懦弱繼母養兒記 2

文創 風 897

雲朵泡芙 著

風 文創 897

目錄

第三十一章

戚瑞有些詫異，轉眼就看到曹覓已經進了屋。

在曹覓眼中，戚瑞這樣的小孩真是再知禮不過。現在家中三個孩子，就數他最讓自己省心。

但她也知道，戚瑞很敏感，是習慣將事情藏在心裡的，不然幾個月前，他不會因為懷疑是自己害死了母親而憋出厭食症。

所以今夜察覺了他的異常，發現他不肯說之後，曹覓表面上沒有追問，但心裡早打定了主意。

她一直等到雙胞胎都離開了，才找了個機會到戚瑞的院子來尋他。

此時，戚瑞已經躺到床上去了，看到曹覓，就想起來行禮。

曹覓快走兩步，來到床前，按住了他。「娘親今夜是悄悄過來尋你的，我們就這樣說會兒話，不必多禮。」

戚瑞聞言，又躺了下去。

「今日，你有了心事對不對？」她試探著詢問道，但很快又補了一句。「沒事，如果你不想說，也不用勉強。」

戚瑞沒有動作，靜靜地躺在床上看著她。

曹覓於是自顧自地說道：「既然你不想說，那就聽娘親說？」

她等了一會兒，沒等來戚瑞的反駁，便繼續開口。「我們瑞兒是個很聰明很懂事的小孩，我知道，平常一些小事，肯定是難不倒你。能讓你藏在心底的，一定是很認真對待的事情。娘親也許沒辦法幫你解決，卻希望你記得，我們瑞兒，是最珍貴、最重要的那部分。如果你發現某一件事、一個人或者一段關係，到後來，是需要你以傷害自己為代價去成全，那麼，它一定是錯的。」

曹覓實在是對之前戚瑞的厭食症心有餘悸。

一個會把母親難產而死歸咎在自己身上，硬生生憋出心理疾病的孩子，內心其實是極端敏感的。她不希望這個聰明的小孩再次陷入什麼死角，又傷害到自己，但是又害怕是自己反應過度，也許戚瑞就是單純心情不好。

於是她說完這些，想了想，最後又補了一句。「雖然你不想告訴娘親，但是娘親隨時等待著你分享自己的心事。等你想好了，或者你願意了，就偷偷過來告訴娘親，好嗎？」

戚瑞躺在床上，點了點頭。

曹覓幫他掖了掖被角。「好了，娘親說完了。你好好休息，娘親先走了。」說完這句，她站了起來，準備離開。

戚瑞在這個時候突然開了口。「娘親……」

「嗯？」曹覓重新坐回去，傾身詢問道：「你說。」

「如果有一個人……」戚瑞似乎在斟酌用詞。「他說的話，跟妳告訴我的東西完全不一樣，那怎麼辦？」

曹覓細細思考著戚瑞這個問題。她是一個現代人，在孩子們面前尤其沒有防備，平日裡，她的言行和舉止，都會有意無意給孩子們傳輸一些現代觀念。

有時候她也會擔心，雖然現代的理念一定是更先進的，但是不一定適合現在這個朝代。在這種封建時代，跟掌握著生殺大權的上位者講人權、講平等，當真就是在自尋死路。

但在她還沒想出好辦法的時候，戚瑞居然已經開始面對這個問題了。

曹覓想了想，道：「這個世界上，每個人都不同，擁有不同的觀念和想法，很正常。你身邊的每個人，大概都會嘗試把自己的想法告訴你，把你往他們想要的方向去塑造。但是這沒關係，別人的想法是別人的，他們只能給你提供一個參考，決定在你自己。瑞兒要學會自己分辨對錯，分辨什麼是自己想要的。」

「可是我分辨不出來。」戚瑞的聲音在這個夜裡顯得有些低沈。「要是我選錯了怎麼辦？」

曹覓好笑地看著他困擾的模樣，想了想。「沒關係，你還小，你擁有很多試錯的機會，擁有重新來過的權利。」

戚瑞似乎並不滿意這個答案，有些急切地詢問道：「那我什麼時候能長大？」

曹覓笑了笑，思考了一陣才回答道：「二十弱冠，三十而立。有人覺得二十歲的少年郎就該明事理，也有人覺得三十歲才需要獨當一面，全看外人怎麼評價了。」

戚瑞沈默了片刻。須臾之後，他輕聲問道：「那娘親覺得呢？」

曹覓摸了摸他的髮頂，認真道：「在娘親這裡，你永遠是個孩子。」

戚瑞困惑地看著她。

曹覓笑著解釋。「我們瑞兒會越來越優秀，逐漸長成讓人敬仰的人。但沒關係，不管你幾歲，在娘親這裡，你永遠有犯錯的權利和被豁免的特權。」

漆黑的床中，她看不太清戚瑞的表情，但小孩的呼吸逐漸變得深長。

好一會兒，戚瑞才重新開口道：「林先生給了我一封信，要我交給娘親。」

曹覓愣了一下。隨即明白過來，戚瑞應該是在解釋今天發生的事。

「我原本並不想把信給娘親。」戚瑞又道。

曹覓笑了笑，反問道：「是娘親剛才這番話讓你改變主意了？」

「不是。」戚瑞回答。「我知道隱瞞是錯的，但我依然不想給。」

「為什麼？」她有些聽不明白。

「我看過信裡的內容了，娘親看到了一定會不高興的。」戚瑞解釋。

曹覓挑了挑眉。「所以呢？」

「但我現在知道，娘親不會的。」戚瑞輕聲補充。

他在被窩裡動了一下，從裡衣取出一封被摺了好幾摺的信件。

曹覓將信接過，想了想，對戚瑞道：「好了，既然事情解決了，你也不必憂慮。娘親回去看信，你現在好好睡覺吧。」

說完，她離開床沿，又為戚瑞掩上了床帳。

「娘親……」就在曹覓想離開時，床帳內傳來戚瑞悶悶的聲音。
「嗯？」曹覓沒坐回去，站在原地回應他。
但戚瑞的下一句話，險些教曹覓站不住。
「妳跟以前那個娘親，不一樣了。」床內的他，一字一頓地說道。
曹覓腦中有些混亂。
她不知道戚瑞口中「以前那個娘親」指的是誰，更不知道戚瑞是不是發現了什麼。
就在她打不定主意是不是也對戚瑞糊弄幾句時，他又道：「但是這樣很好……我喜歡這個娘親。」
曹覓一時千言萬語堵在喉間，笑了笑，臨走前最後叮囑了句。「我知道了……你好好睡。」
回到房中，曹覓洗漱了一番。趁著這個機會，也平復了紛亂的思緒。
等到消化完戚瑞那番話，她才坐到燭下，拆開了林以的信。
曹覓瀏覽了一遍，大概知道了林以的意思。
戚游這位故交文化果然很高，引了歷史上好幾個諸如孟母斷織勸學的典故，最後問曹覓，為何孟母之流嘔心瀝血，教育出名垂千古的聖人，而曹覓同樣身為母親，不勸學便罷，還反其道而行，教授戚瑞雜學，分薄他的精力呢？
當然，信中的言語相當犀利，曹覓看完之後，大概知道他當年為何會得罪人，差點走上被流放的結局了。

她細細想了想，提筆給林以回了封信。之後，她輕吁了口氣，直接回去休息了。

第二日，她並沒有將信交給戚瑞，反而囑咐東籬，親自把信送過去，自己在早膳時將事情與戚瑞說了，讓他無須再為此事憂心。

戚瑞聽完，像往常一般對她點點頭，道了聲「好」。

信送出去之後，曹覓便沒有再繼續關注，因為戚游又要離開了。

「只是把水泥送去封平，需要王爺親自過去嗎？」曹覓有些困惑。

她以前覺得，大部分皇親國戚都是一群躺著享福的人，但真正見識到戚游的忙碌之後，她才驚覺自己之前有多麼幼稚。

當然，她這麼問，絕對不是因為自己捨不得戚游，而是孩子們如果連續幾天沒見到父親，就會開始問曹覓，然後圍繞「爸爸去哪兒」這個話題，延展出十萬個為什麼。

戚游聽到她的話，回應道：「嗯……本來是不用的。」

曹覓疑惑地抬頭看他。

戚游示意她退開幾步，隨後長腿一跨，直接上了馬。

接著，他低下頭，淡淡朝曹覓回了一句。他的聲音很輕，曹覓沒聽清楚他說了些什麼，只隱約聽到「為妳」、「生意」兩個詞。

她覺得自己肯定聽錯了，正待追問，戚游已經一夾馬腹，直接啟程。

曹覓只能默默站在原地，目送他們離開。

另一邊，東籬依照曹覓的吩咐來到林以的居所。

但她沒有如願見到林以，等了一陣無果之後，東籬只能將信件交給林以的書僮，囑咐道：「這封信是王妃予林夫子的回信，請林簡小哥務必交到林夫子手中。」

林簡認識東籬，知道她是曹覓手下最得用的人之一，是以恭敬地回道：「姑娘放心，小人務必不負所託。」

東籬聞言，點點頭後離開。

林簡目送她的身影消失，這才轉身回了屋中。

房間內，另一個正在為林以整理典籍的書僮抬頭看他，詢問道：「東籬姑娘過來做什麼？」

林簡輕浮地晃了晃手中的書信，道：「王妃給咱們少爺回信了。」

兩人每日跟隨林以一起去為戚瑞上課，自然知道昨日裡發生了什麼，也清楚林以那封信上的大概內容。

另一個書僮放下手中的書，輕笑了一聲，道：「王妃雖然身分高，但遇上少爺也不敢輕慢。昨日送去的信，今日居然便親手回了。」

林簡聞言笑了笑。「可不是。」

這兩人從小跟著林以，自然也帶了些主人的行止。此時林以在北安王府受到重視，他們也與有榮焉。

過了一陣，外出散步的林以回來了。

伺候他換過衣服後，林簡便將早上東籬來送信的事情說了。

林以初聞言，有些詫異。他原本以為如果北安王妃聰明，看了信之後就該知道「收斂」，默契地不再干預戚瑞的學業。沒想到北安王妃居然還給自己回了信。

不過他沒想太多，吩咐道：「北安王剛正不阿，北安王妃也算明事理。嗯……林簡，你將信唸來聽聽。」

林簡頷首應「是」，轉身拆開信件讀了起來。「……戚瑞課業進步神速，我身為母親，對先生的感激之情，難以言表。」

曹覓的回信比起林以那一封，顯然客氣了很多。她敬重林以是孩子的夫子，甚至沒有用身分壓人，而是使用「我」這樣平等的自稱。

信件開頭，她並沒有提及正事，而是就最近戚瑞的課業進步，對林以表達了感謝之情。

林簡唸完，笑著朝林以恭維了一句。「少爺為了瑞公子用心良苦，近來瑞公子學業突飛猛進，想來王爺和王妃都是看在眼裡。」

林以也滿意地點點頭。

於是林簡將第一張信紙翻過，繼續唸起第二頁的內容。

「……我沒有先生這樣的才華，但幼時有幸遇到一位大家，他曾言……曾言……」

林簡看著下面的內容，突然開始支支吾吾，有些說不下去了。

「其人言何？」林以皺著眉。

林簡尷尬地笑了笑，清了清嗓子，這才唸道：「他曾言：『讀史使人明智，讀詩使人靈秀，數學使人周密，倫理學使人莊重，邏輯修辭使人善辯。凡有所學，皆成性格。』」

這句經典名言出自英國哲學家培根的書，原話中還有「科學使人深刻」這一句，但這個時代還沒有科學，曹覓就將這一句略去了。

她旨在告訴林以，戚瑞最近在學習的數算，並不是什麼旁門左道的內容。一個人接觸到的每一種知識，最終都會成為塑造己身的養分。

「數學使人周密……」林以乍聽之下，也被這句話的精妙震懾。但很快，他又反應過來。「笑話，數算這類雜學，如何能與『史』、『詩』相提並論，當真荒謬！」

聽到他這句話，林簡也點頭附和道：「少爺說得對！恕小人私下說一聲，北安王妃一介女流之輩，哪裡懂得文人的事？依小人看，這些都是胡謅之言，少爺聽聽就是了，無須往心裡去。」

林以揉了揉額角。「卻不知道她當時遇到的人是誰……能與當時的曹翰林相交，恐怕不是什麼尋常人物。」

冷靜了下來，他又喃喃道：「『凡有所學，皆成性格』？這……這……」

看到他陷入了思考，林簡明智地暫停了唸信的行為。

但林以「這」了半天，也沒想出個所以然來。最終他深吸了一口氣，又問道：「信上還寫了什麼？」

林簡聞言，翻開最後一頁。

但他剛一看清信紙上的字，面色就變得有些煞白。「呃……少爺，這信……」

「你儘管唸！」林以皺著眉吩咐道。

林簡僵笑著朝他點點頭，結結巴巴地繼續讀道：「求學求學，古來有志求學者，無不是於漫漫遠路，上下求索。我以為，好學乃求學一道，最重要的是良師益友。戚瑞年紀雖小，求學之心已彰，我心甚慰。而……而……」

林簡頭上的冷汗不住冒出，下面的話他是怎樣都唸不下去了。

林以因為「求學之心」四個字，面容已經變得十分凝重。他見林簡緊張的模樣，自知下面絕不是什麼好話。

於是，他起身從林簡手中奪過書信，自己唸道：「而先生身為師者，不以之為豪，卻為何要泯滅學生的向學之心？如此，豈非捨本逐末，犯了……犯了為師者的大戒！」

林簡見他面容沈重，深知發了火氣，連忙跪下道：「少爺息怒、少爺息怒！」

唸完之後，林以面紅耳赤地喘著粗氣，顯然是一副被氣得不輕的模樣。

林簡見狀，連忙上前攙扶，關切道：「少爺？」

林以朝他擺擺手，兀自平息了好一會兒，待到平靜，這才將手中已經被捏皺的信紙重新放回案上。

林簡見他安靜下來，詢問道：「少爺可要回信？小人這就為少爺研墨。」

林以坐回椅子上，閉目看似沈思，聞言卻輕輕搖了搖頭。

片刻後，他道了句。「不用，我先想想，先想想……」

誰也不知道他這麼一想，想出了些什麼名堂。

但曹覓後來沒有再收到他的回信，問過戚瑞，也知道這位林夫子再也沒有提起過學習數算的事情。

過了兩日，曹覓帶著禮物過去探望，見他對著自己時神態自若，並無半分不自在，這才安下了心。

第三十二章

解決完林夫子，曹覓終於可以將全副心神投入到自己的事情上。

戚游走了之後，她原本想著找一天同管家詢問府中的銀兩，先從戚游的帳上「借出」一部分資金周轉。

但還沒來得及行動，管家那邊就主動找了過來。

他過來時，同時帶上了整整一千兩金銀，對曹覓道：「王爺臨走前特意吩咐過，讓老奴給王妃送來。」

曹覓有些詫異。

她最近幾天正忙著核算，原本只打算向戚游借用五百兩，沒想到他竟主動有了安排，而且一送就是一千兩。

這個彆扭的男人不知為何，明明前兩天還在府中的時候就可以著人送來，她還可以當面感謝他。可現在，人已經往封平去了，曹覓想答謝都找不到人。

她只能默默記在心裡，等待以後再找機會報答。

不論怎麼說，這筆資金確實解了曹覓的燃眉之急，沒了資金的束縛，曹覓的各項計劃如願順利展開。

經過這段時間，山莊內供流民們使用的火炕已經全部建好了，這讓曹覓鬆了一口氣——即使到冬天，她沒辦法準備出一千多人的冬衣冬鞋，這些流民留在屋中，也能扛過大雪肆虐的寒季了。

已經能熟練砌炕、修建地龍的匠人們完成了山莊那邊的活計，很快到了康城，在曹覓的吩咐下，在王府和其他幾個世家中忙碌起來。

繼秦夫人之後，其他世家也如預料般得了消息，打著討好北安王府的主意上門採購部分水泥。

他們採購的量有限，但曹覓也心滿意足了，畢竟這是如今水泥廠唯一能開張的管道啊！近來，水泥廠生產的水泥要麼自產自銷，投入了水泥廠和山莊的建設，要麼就是無償供應給戚游那邊。

看著一袋袋代表著金錢的水泥被戚游的人扛走，曹覓心中也十分肉痛。她只得先將水泥放到一邊，轉而關注起張卯那邊研製油墨的情況。

水泥研製出來後，劉格將相應的事務交給曾師傅和一個姓陳的府中匠人，又回到了王府。

曹覓暫時沒有什麼需要他做的，又見油墨那邊還沒有其他進展，便直接讓他到張卯那邊主持研製油墨的事宜。

可即使有了劉格的加入，油墨的研製依舊並不順利。好在經過這段時間，其他的事情已經上了正軌，曹覓得了一點喘息的空間。

轉眼一個多月過去，時間來到了七月中。

七月二十，是原身的生辰。

曹覓原本並不想大辦，畢竟府中的正主北安王不在，她原本打主意弄個家宴直接糊弄過去，沒想到遼州的幾個世家一直盯著這邊的情況，秦夫人和司徒夫人更是提前半個月，就喊著要替她張羅。

曹覓無法，只得叫上了管家和東籬，風風光光辦了一場。

七月十九那天，丹巴那邊依照約定，將離開兩個多月的張氏母女送了回來。

彼時，曹覓正在同東籬核對明日生辰宴的流程，外間一個小廝入內稟告說張氏母女回來，她很快反應過來，讓人先將張氏母女送去了原本的院子，又送了兩個人過去伺候。

等她忙完了手頭的事，終於找了空隙接見了張氏。

闊別兩個多月，張氏和女兒子規都黑瘦了些許，但精神看著還不錯。

兩個多月的草原生活讓張氏原本細膩的皮膚變得有些粗糙，卻讓她的雙眼越發明亮，不再像以往一般缺少生氣。

見到曹覓時，她俯身朝曹覓行禮，曹覓連忙將她們母女扶了起來。

照例逗了一會兒子規，曹覓才問起了張氏這兩個多月的生活。

草原的日子其實十分枯燥，而像張氏夫君所在的阿勒族這種貧窮而弱小的部落，生活也就更艱苦一些。

他們已經被趕到了草原的邊緣，那裡，貧瘠的牧草無法供養太多牛羊，阿勒族的人每天一睜眼，就為著牛羊的食物發愁。

張氏說完了艱苦，突然又轉口說道：「其實，民婦在想，也許草原上可以播種也說不定。」

「播種？」曹覓問道：「妳是說讓他們自己種植牧草？」

「嗯！」張氏點點頭，雙眼發亮地看著曹覓。「如果盛朝人能播種種植糧食，養活自己，為什麼草原上不能種植牧草養活牛羊呢？這樣的話，部落就不需一直遷徙了。」

曹覓十分贊同她的話。「妳說得對。以前，阿勒族生活在草原深處，那裡地域遼闊，人們根本不需要考慮牧草問題，吃完了東邊一片，西邊的草原自然而然也就長出來了。但如今阿勒族已經被逼到邊緣，倒不如利用有限的草地，自己種牧草。」

張氏點點頭，面上卻有些愁苦。「阿勒族的族長是民婦亡夫的親叔叔，民婦正在同他商議此事。」

曹覓見她表情，猜測道：「看來……商議不是很順利。」

張氏無奈地笑了笑。「瞞不過王妃。族長說，如今我們居住的地方並不和平，稍有不慎，戎族與盛朝交戰起來，很有可能就會波及到阿勒族。種植牧草也許可行，但很可能等不到長成便會被糟蹋，如此還平白浪費了精力。」

曹覓有些奇怪。「可不種植牧草，也不能解決阿勒族會遭遇的困境啊？」

「是。」張氏頷首。「所以，首領的想法是趁著秋收之前離開現在的地方，往東繞路，避開戎族目前的一些大部族，之後再往北邊去。」

「北邊？」曹覓聽完，皺眉沈思著。

說起來，她對草原那邊的事情並不了解，所以也無法評價阿勒族族長的決定。不過，倘若他們真的成行，張氏母女又跟著離開的話，以後她們想要回到盛朝，恐怕是希望渺茫。

於是，她詢問道：「妳考慮清楚了嗎？」

張氏抬眼朝她看來，笑了笑。「王妃的好意，民婦都知道。」

說著，她離開椅子，俯身又在曹覓面前跪下。「王爺和王妃的大恩，民婦這一輩子都償還不了，只能謹記在心，以圖來世報答。」

曹覓嘆了一口氣。「不必如此。」想了想，還是勸道：「草原畢竟不比中原，否則戎人也不會年年叩關，妄圖入主中原大好河山了。我知道妳有顧慮，但是回來王府，子規也能有棲身之地，實在不必……」

張氏卻搖搖頭。「王妃不知道。在阿勒族，民婦和子規過得雖然有些貧苦，但民婦知道，子規很快樂。她每日裡同部落裡的孩子奔跑在草原上，她跟她的父親一樣，天生就屬於那裡。」說到這裡，她面上浮現出一抹溫柔的神色。「她想要留下，民婦也願意同她一起留下。」

知道子規如今就是張氏唯一的寄託，曹覓不再多勸。

她勉強揚了揚嘴角，又道：「既如此，我也不再多說了。此次為了我，讓妳們舟車勞頓趕回來一次，路上累著了吧？妳先帶子規回去休息，明日生辰宴結束，我與丹巴商量，再把妳們送回去。」

張氏俯身行禮。等她帶著子規離開之後，曹覓倚在案上，有些頭痛地思考著。

隔日，北安王妃的生辰宴如期舉行。

由於北安王不在，此次赴宴的都是些女眷，各大世家花了心思，送了琳琅滿目的禮物。最讓曹覓感到驚訝的是，丹巴雖然沒有收到邀請，但也派人送了生辰禮。而他送來的那些，儼然就是之前曹覓與他提過的奇花異草。

她今日事情繁多，沒有機會細看，但匆匆一瞥，也能確定那些奇植都是盛朝沒有的，而且其中絕大部分都種在精緻的盆栽中，即使經歷了路途顛簸，依舊煥發出強健的生命力。

曹覓喜不自勝地吩咐東籬將東西收好，轉身到宴客廳中待客。

夜裡，宴席結束之後，她藉著核查禮單的由頭，想要過去看看丹巴送來的東西，卻沒想到張氏母女竟然也送了賀禮。

曹覓有些驚奇，一時也顧不上丹巴的禮物了，詢問起張氏送來的東西。

東籬依言將東西取來，只見都是些廉價的毛氈和燻肉。

曹覓倒不嫌棄，與東籬說道：「張氏已經自顧不暇，仍然為我準備禮物，倒是十分有心。」

東籬點點頭。「張氏是個知恩的人。」

曹覓笑了笑。「嗯，妳幫我為她準備一份回禮吧，不要太貴重的，尋些普通的、實用的東西，最好是些冬日裡能用的吃食和衣物，等她們要走的時候，囑託丹巴幫忙一起帶上。」

「婢子遵命。」

曹覓摸了摸那有些扎手的毛氈，正要讓人將東西收下去，突然想到什麼。

「戎族不擅手工，這毛氈處理得可粗糙。」

東籬見狀，連忙將毛氈拿走。「張氏雖然一番好意，但這種東西畢竟還是有些髒，王妃莫要接觸為好。」

曹覓搖搖頭。「無礙。」她突然想起什麼，道：「若是我們能把他們不會處理的羊毛一類買過來……製成冬衣，這個冬季豈不是不用擔心了？」

東籬張了張嘴，明顯覺得她的想法有些異想天開。

「王妃，羊毛粗糙，只能弄成類似於這樣的毛氈，如何能製成冬衣呢？」

曹覓抬頭看她。「怎麼不可以？」

說起來，她的空間中甚至有一臺能紡羊毛的紡織機呢。

曹覓小的時候，她母親和奶奶還會去收購棉花和羊毛，自己做衣裳。後來，日子漸漸好過了，這類費力氣的事情大人們不再做，曹覓也就再沒看過那些工具。

她原本以為母親早將那些東西扔了，但是自從有了空間之後，對空間中的所有東西都有所感應。也是這個時候，她才知道那些東西並沒有被母親丟掉，而是被她收在家中一個小倉庫中，就堆在最裡面的角落。

這種時候，曹覓就無比感謝母親從來不願隨便丟棄東西的好習慣，她如果能找個時間將那套處理羊毛的工具拿出來，研究清楚之後告訴劉格，在這個時代造出紡羊毛的機器也不是不可能！

想到這裡，她心中突然浮起一個絕妙的主意。

「或許，阿勒族他們不需要遷走……」她低聲喃喃，考慮著這件事的可能性。「張氏性子穩重，絕不願意接受無償的饋贈，但若能讓她和阿勒族成為仲介，替我在草原收購大量羊毛，或許就可以解決阿勒族如今的困境了。」

她越想越覺得這個辦法可行。

東籬聞言，在旁邊提醒道：「王妃，如今戎族與本朝關係緊張，張氏在草原收購羊毛或許不難，可是要如何運過來呢？」

曹覓點點頭。「妳說得對。如今各個商道都有丹巴那樣的大商人把控，這些商道是他們多年經營打點下來的，絕對不可能輕易讓別人通行。但是……」她忽而又笑了笑。「丹巴根本看不上羊毛這種小生意，或許可以跟他提一提，『租借』他的商道。」

「租借？」東籬有些驚訝地瞪大眼睛。

曹覓道：「妳可以理解為，嗯……買路費。」

東籬被她逗得一笑。「王妃這麼一說，奴婢便懂了。說起來，這些戎商確實就是半個盜匪呢。」

曹覓好笑地看了她一眼。「不要亂說。」但隨後，她又沈思起來。「不過這件事，還是要同張氏那邊商議看看……不知道她一個女子，有沒有這樣的膽魄。」

說著，她囑咐東籬。「總之，她若提起要離開的事，妳便說我有些事要託付與她，先留她兩日。我這邊先跟劉格和丹巴確認一下，再看看要怎麼做。」

東籬點了點頭。「是。」

如此一番討論下來，天色已經晚了。

曹覓打了一個哈欠。「算了，禮物的事情明日再核算吧，妳也別熬夜了，下去休息吧。」

東籬聞言點點頭，取過帳簿便先離開了。

她離開後不久，曹覓洗完臉，正打算休息的時候，突然聽見門外值班的婢子入內稟告道：「王妃，王爺回來了。」

儘管自認對北安王的神出鬼沒已經習慣，乍聽到這個消息的曹覓還是愣了一瞬。

但很快，戚游就推開門走了進來。

她連忙上前行禮，口中道：「王爺。」

戚游微皺著眉。「王妃還未就寢？」

「嗯。」曹覓解釋。「因為今夜是妾身的生辰宴，方才核對了一些禮單，差點忘了時辰。」

戚游聽完，沒頭沒腦地冒出來一句。「本王記得。」

曹覓沒聽懂，呆呆地抬頭看他。

戚游站在離她五步遠的几案旁，取過桌上的茶杯，倒了杯茶水潤喉。

曹覓借這個機會小心地觀察他，發現北安王穿的是騎馬的裝束，鬢角還有些凌亂，明顯是剛剛趕回來的模樣。

她小心地問了一句。「王爺……是剛剛回來？」

戚游放下茶杯，「嗯」了一聲。

「王爺是否先沐浴？」曹覓詢問道：「妾身去吩咐下面的人準備浴湯？」

戚游搖搖頭。「本王已經吩咐過了。」

他這話一出，曹覓徹底迷惑了。

所以你回屋這一遭，只是為了喝口茶嗎？

正當她疑惑間，只見從一進門就一直挺挺站著的北安王突然湊近她，從懷中取出兩張紙，遞到她面前。

曹覓遲疑著接過。「王爺，這是……」

「本王去封平監督城牆修建。」戚游不自在地咳了一聲。「順路，咳，發現附近的永餘和懷通也需要修補一下，於是，便幫妳談下了兩單生意。」

曹覓聞言，展開手中的紙。隱隱的燭光下，她不得細看，只瞥見了打頭的「契書」兩字。

「這些……」她還沒反應過來。

「是永餘和懷通的太守掏的錢。」戚游補充道：「那兩家在城中作威作福久了，平日裡不知道昧下了多少銀兩。本王視察城防，發現許多疏漏，便令他們以功代罰，重新加強城牆布防。」

曹覓點點頭，正要說話，戚游卻再一次打斷了她。

「嗯，妳知道就行了，我去沐浴。」他轉身朝門外走去。臨出門前，他轉頭又囑咐了一句。「天色已晚，妳先睡吧，不用等我了。」

曹覓聞言，連忙行了個禮，恭送戚游離開。

待到戚游離開之後，她展開兩張契書。契書中的內容正是關於水泥的採購合約，聯繫上他方才那些話，曹覓終於釐清了其中關係。

北安王往北面走了一趟，發現了封平附近兩座城池的城防並不合格，於是懲處了城中的官員，順便給她送來了兩個大單子。

曹覓看著契書上巨大的交易金額，有些不敢置信。

戚游為她談下的這兩個單子，需要的水泥量巨大，且並不要求一次交付。按著如今水泥廠的生產效率，大概從現在到明年春末，水泥廠中的一應產出再也不愁銷路了，這可比城中世家採購的量翻了幾十倍去！

意識到這一點，曹覓哪裡能不興奮！

畢竟等到她在城中的酒樓建成，等到那些世家發現水泥的妙用，還不知道要多久。這段時間，她原本以為要靠自己咬牙熬過去，而戚游送來的兩張單子，恰好解決了問題。

曹覓回過神來之後，連忙將契書藏好。

她剛將木匣合上，突然聽到外間傳來一陣動靜。

她這時候終於意識到方才因為那兩個單子，興奮了好長一段時間，按著戚游平日裡的效率，他這個時候應該是沐浴完回來了。

想到這一點，曹覓連忙脫了外衣，回到床上躺好。
她儘量控制自己的呼吸，讓自己看起來已經陷入沈眠。
果然，她的睡意還未醞釀起來，就聽到有人推開房門。
洗漱完畢的北安王來到床邊，在床沿坐了一小會兒，之後慢慢地躺到她身邊。
儘管不斷告誡自己不要露出破綻，曹覓還是免不了背脊僵硬。
但好在，戚游躺下之後便不再有動作，曹覓的不安感也慢慢消散。
她因為那兩個單子正興奮著，此時也不睏，一會兒想到水泥廠那邊的運作，一會兒思考著要與張氏合作收購羊毛的細節。
但思緒飄著飄著，還是免不了飄到枕邊人身上。
大概是暗夜給了她勇氣，她踟躕一會兒，慢慢地轉過身，悄悄地偏過頭去看北安王的眉眼。
在她紛雜的思緒中，隱隱有一個猜測：戚游此次往封平，可能很大一部分原因就是為了那兩個水泥單子去的。
自從父母去世之後，她已經很久沒有體會過旁人這般的好意了。
遼州貧困，戚游就封之後一直十分忙碌。這裡可不像現代，還講究什麼做五休二，算起來就封之後，他平日裡能在家休息的時間根本少得可憐。
可就是這麼一個大忙人，察覺到她財政窘迫時，居然會趕去為她爭取兩個單子，並在生辰這個意義重大的日子裡為她送來。

以往的生辰，原身雖然也會收到禮物，但都是管事以戚游的名義準備的金銀首飾，分量完全比不上這兩個單子。

貴重之餘，這兩個單子承載的是北安王的心意。

曹覓心中實在滾燙，一會兒心疼戚游奔波，一會兒又忍不住暗喜他竟如此在意自己。

某個瞬間，曹覓差點就要衝口朝枕邊人問一句。「你為什麼對我這麼好？」可少女的嬌羞還是占了上風，她抿住雙唇，不敢發出一點聲音，卻實在忍不住想要借著夜深人靜，偷窺一下他的模樣。

秋月正好，月光卻被床帳擋在了外頭，曹覓在一片黑暗之中看不見任何東西，卻能感受到身邊人輕淺的呼吸。

她壯著膽子，慢慢地側過身子，面對著戚游，想要更靠近一些。

但她的計劃剛實現一半，就感覺有一雙手按住了她的側腰。

曹覓瞬間停住，理智回籠之後，開始瘋狂唾罵三十秒前被豬油蒙了心的自己。

僵持了一陣，她終於還是忍不住，用只有自己能聽到的氣音問了句：「王爺？」

戚游伸手將她輕輕推了回去，連眼睛都沒睜，回道：「別鬧，睡覺。」

曹覓聞言如蒙大赦，借機翻過身子，背對著戚游用被子蒙住腦袋。將自己藏好之後，她躲在被窩中，實在忍不住，又小聲笑了一會兒。

一夜無話，但有些情感，已然隨著夜風吹皺了桃花池。

第三十三章

第二日。

曹覓心裡記掛著事，早膳之後就找來了劉格。

她開門見山地問道：「油墨那邊的事宜，如今進展得怎麼樣了？」

劉格如實彙報道：「回王妃，油墨的研製張卯已經尋摸到了一些思路。目前調出來的油墨已經有了黏性，但離王妃所需要的仍有一些距離。我們重新優化了幾種配方和調墨的工藝，再過一段時間，必定能將王妃需要的油墨弄出來。」

「很好。」曹覓滿意地點點頭。

她深知創新的難度，所以即使油墨那邊進展不大，她也能夠理解。如今聽到劉格口中的好消息，自然非常滿意。

「油墨那邊是不是張卯在負責？你忙不忙？若是可以的話，你便抽身出來，我另外有事交代你去做。」

劉格愣了愣。他入王府至今，曹覓交代的工作都是些新奇東西。但他沒想到水泥剛剛弄出來，油墨那邊還只是剛剛找到了點思路，她又有了新想法。

但他只恭敬道：「王妃儘管吩咐。」

曹覓便與他說起關於羊毛的事情。

在這個時代，人類對於皮毛的應用還僅限於一些粗糙的處理方式，現代常見的棉花和羊毛並沒有得到充分利用。如今，棉花大概還藏在印度和阿拉伯的某個角落，等待著人們發現。但是羊毛，卻是唾手可得的東西。

之前，曹覓為了掩飾容廣山莊糧食事宜，曾經委託商隊收購過一批羊絨。

其實細分起來，羊毛可以分為普通羊毛和羊絨兩種。普通羊毛易得，綿羊身上的毛直接剃下來就可以使用。羊絨卻不一樣。羊絨是長在山羊身上的絨毛，為禦寒而生，到了每年春天，這些絨毛就會自行脫落。羊絨產量少，但保暖性更強，處理起來也簡單許多。

按照曹覓的想法，自然是這兩種都需要分別採購，按照不同的需求製作出不同的衣物。

正好她開始憂慮山莊那一千多流民過冬的事宜，火炕畢竟只能保證冬日室內的溫度，顯然還是不夠用。所以她昨夜思考了許久，還是下定決心，準備先把毛衣弄出來。

如果事情順利的話，入冬之前第一批毛衣就能趕出來了。到時候，容廣山莊的流民在屋內有暖烘烘的火炕烤著，出門時還能穿上暖和的羊毛衣，根本不會影響幹活。

當然，府裡的人也得安排上，特別是三個畏寒的孩子。

戚安和戚然本就有些圓滾滾，有了毛衣，這個冬天他們就不需要包成個球狀才能外出透氣了。

想到這裡，曹覓也有些迫不及待了。

她同劉格說道：「我想用羊毛製作禦寒的毛衣。」

「羊毛？」劉格皺了皺眉。他同東籬一樣，無法想像那些一團團的羊毛如何能製作成衣物。

「羊絨的處理倒是簡單。」曹覓笑了笑，先提起了羊絨的處理。「同麻線一樣，將羊絨搓成線團便可以使用了。普通的羊毛……需要費一點功夫。」

她按照記憶中父母那一輩處理羊毛的方式，與劉格交流了許久。

這其中，需要使用到的工具，她也大致描述了一番。

對於利用羊毛，曹覓並不太擔心，因為這個世界已經有了麻線的紡織機，羊毛的紡織工具和現有的紡織機有些類似，劉格他們只需要在現有工具上改良就可以了，不需要像水泥和油墨一般「無中生有」。

而另一個讓她安心的事情是，她的空間中是有全套工具的，這意味著她隨時可以根據劉格他們遇到的問題，提供相應的解決方案。

交代完羊毛的事宜，當天下午，她找到時間查看起丹巴送來的那些植物。

整整九盆形態各異的罕見奇植被擺在庭院中，都是盛朝本土沒有或者罕見的品種。曹覓一一看過，卻略感失望。

東籬見到她面上表情，小心詢問道：「王妃不喜歡嗎？」

曹覓勉強地搖搖頭，道：「也沒有，倒都是挺好看的。」

她之前與丹巴說的時候，用的是自己喜歡奇花異草的藉口，丹巴送來的這九盆花草都是具有一定的觀賞價值，哪裡能想到曹覓看重的是實用性。

東籬聞言，又道：「奴婢見識不多，但這些花草確實從未見過。如今整個遼州乃至整個盛朝，王妃這裡的應該是獨一份呢。」

曹覓扯著嘴角笑了笑，又打起精神道：「妳讓人好好照顧這些花草吧。之後可以的話，也分幾盆出來。上次受了秦夫人的紅籠果，下次找個機會，也與她送兩盆過去，好償了這個人情。」

東籬點點頭，回道：「是。」

曹覓看完花草，有些興致缺缺，正打算回去的時候，東籬又道：「除了這些，丹巴先生還送來了十餘袋種子。」

曹覓聞言，有些詫異。「種子？」

東籬解釋道：「丹巴先生說，活的花草在商道上極難運送，很多他想為王妃帶回來的奇異花草，運到半路都枯萎了，因此做了兩手準備，也為王妃帶來了一些種子，說是王妃如果有興趣，可以吩咐下人嘗試栽種。」

「他想得倒是周全！」曹覓欣喜地問：「種子在哪兒？拿來與我瞧瞧。」

東籬給旁邊一個小廝使了個眼色，很快，小廝便從旁邊一處廂房中，取出了兩個大木盒。

兩個木盒中裝著十幾個大小模樣相仿的麻布袋，麻布袋並不大，約莫只有成年男子兩個巴掌大小，但都鼓鼓囊囊的。裡面裝著的，顯然就是種子。

曹覓來了精神，隨手拆開一個袋子，從裡面抓出一把褐色種子。她並不認識這種種子，但看著這十餘個麻布袋，突然想到了一個「偷天換日」的好法子。

她裝作觀察種子的模樣，隨口詢問。「這些是昨日丹巴先生送來的，你們可有拆開看過？」

東籬一直跟在曹覓身邊，對這種小事並不知曉。但方才那個過去取種子的小廝上前一步，答道：「回王妃，因為昨日事情太多，小人拿到這些東西之後，拆開了幾個袋子，確認裡面都是種子之後就、就收起來了……還未盡數查看過。」

他說話的時候有些忐忑，害怕曹覓因為他做事不周全而責怪。

但是他不知道的是，此番行為正中曹覓下懷。

曹覓安撫道：「嗯，不怪你，也是我忘了吩咐。」接著，她又囑咐道：「今後不管是丹巴或是其他戎商，若是送來了種子，第一時間要告知我，送來與我查看。」

那小廝見她沒有問罪的意思，鬆了口氣。「謹遵王妃吩咐。」

曹覓滿意地點點頭，又佯裝隨意地打開第三袋種子。

取出一小把之後，她突然眼睛發亮地對著東籬說道：「嗯，這種子的模樣倒是有趣。」

因為位置的關係，此時，東籬和其他人站在曹覓身後，並沒有看到她取種子的動靜。

東籬聞言抬頭時，只看到她手中捧著一把金燦燦的、形狀有些怪異的種子。她點點頭，附和道：「像是奇怪的黃色豆子。」

「像豆子嗎？」曹覓笑了笑，小心翼翼地撥了撥手中的玉米粒。

方才她就是趁著眾人都沒注意到的時候，將第三袋中的種子換進了空間，轉而弄了一些玉米種子出來。

曹覓自己非常喜歡玉米，玉米不僅可以煮熟食用，磨成玉米粉也可以開發出許多花樣繁多的吃法。所以剛才她先將玉米拿了出來。

但其實玉米並不是現在最佳的選擇。玉米的種植對於肥沃度和土質都有著極大的要求，論起產量也不算太高。明年將這批種子放到容廣山莊，種出一批嚐嚐鮮倒是不錯，但是要作為主要囤糧還是差了點。

於是曹覓將玉米粒裝回，轉頭又取過另一袋種子。

這一次，她一番偷梁換柱之後，從袋子中取出來的是一把不起眼的黑褐色扁豆狀種子。

東籬湊近來看，突然笑了笑。「看來丹巴先生送來的東西中，不都是新奇的，也有些平平無奇的東西。」

「平平無奇？」曹覓看著手中的紅薯種子，附和著笑了笑。「嗯，看起來確實是這樣的。」

說起紅薯種子，很多現代人也會驚奇。大部分人別說見過了，根本就不知道紅薯其實是有種子的，而且紅薯的種子也可以用來播種。

說起這種子的來歷，曹覓也有點無奈，這是之前買其他種子時商家送的添頭。

她當時將種子隨意扔到了倉庫，轉頭便忘了這回事。然而這一袋自己完全沒放在心上的東西，竟成為如今的「救命稻草」。

曹覓捧著這一袋珍貴的紅薯種子，只恨自己當時沒有多買幾袋。空間裡確實還有幾大筐可以直接使用的種薯，但種薯目標太大，根本解釋不清來歷。

所以，這一袋能順利蒙混過關的紅薯種子，就是曹覓接下來最大的指望。她只希望這些在東籬眼中「平平無奇」的種子順利發芽，長出紅薯藤，就可以直接用紅薯藤來扡插。

東籬見她捧著那把種子看了許久，猜測著詢問道：「王妃，是想要栽種這些種子嗎？」

曹覓聞言，從回憶中回過神來，將紅薯種子送回袋子中，一時竟覺得把這麼珍貴的東西留在這裡實在有些不安全。

於是她抓住紅薯種子的麻袋，對東籬說道：「嗯，我看有幾種種子新奇得很，既然丹巴沒能將它們的植株帶過來，我們自己栽種也是一樣的。」

但很快，她又想到了一重顧慮。「不過，如今已經七月末了，算起來田裡都快豐收了，這時候栽種並不是好時候。」

東籬點點頭。「遼州比京城要冷，進入十月，康城就該下雪了。這些種子也不知道耐不耐寒，現在種下去，恐怕難活。」

曹覓點點頭。

「可是……若是等到明年開春再育種，這點種子……哪裡夠呢……玉米種子多，明年先種個幾畝，自家嚐嚐就夠了。紅薯的種子不多，也不急著趕春耕了，乾脆開春時就先育苗，然後到了夏令時節，再扡插種植就行了！恰好紅薯耐旱，只要日照足，就能長得好。」

琢磨清楚這些，她滿意地點點頭，面上掛了淺笑，仔細將裝了紅薯種子的袋子綁好，放回木盒中。

「東籬，這些東西一定要收好。」她吩咐道：「明年春天，這些東西，我都要帶到容廣那邊去播種。」

「容廣？」東籬微微睜大了眼睛。「山莊中種的不都是糧食嗎？這些種子大抵也都是花種，就同那九盆盆栽一樣，王妃何必費心送到山莊？」

曹覓搖搖頭，胡謅道：「花種自然也可以放到山莊那邊。到時候若種得好，我便可以在山莊中舉辦『奇花宴』，邀請遼州世家過去賞花。」

曹覓這麼一說，東籬便點點頭，道：「婢子都記下了。」

臨走之前，曹覓對著保管種子的小廝又叮囑了一遍，確保他了解這批種子在她心目中的重要性，終於滿意地帶著東籬等人離開。

第三十四章

過了兩日，張氏來找曹覓辭行。

曹覓沒有立刻答覆，轉而取了案上一塊剛做好的奶糕，餵給了子規。子規看了張氏一眼，得到母親的默許，這才接過奶糕。

她接過後也沒有直接送進口中，而是舉著糕點，遞到張氏嘴邊。

張氏溫柔地看著她，搖了搖頭，示意她自己吃。

子規踟躕了一會兒，這才小小地啃了一口。

她吃東西的模樣十分可愛，引得曹覓目不轉睛地看著她。

小女孩察覺到曹覓的注視，甜甜一笑。

張氏教了一句。「就知道吃，快說，謝謝王妃賞賜。」

子規便眨巴著眼睛看著曹覓，笑著說了一句。「謝、謝王妃。」

見到小女孩這麼可愛的反應，曹覓心都軟了。「不用，喜歡就好。」

她抬頭對張氏說：「子規這模樣，真是討人喜歡得很，妳教得真好。」

張氏笑了笑。談起自己唯一的孩子，她也十分驕傲，於是罕見地沒有自謙。「子規是個好孩子。」

曹覓便又轉頭去看子規，詢問道：「子規喜歡這裡嗎？」

子規點點頭。曹覓又問：「妳們馬上要回草原去了，子規會不會想念這裡？」

剛滿兩歲的孩子並不懂得「想念」的含義，她困惑地抬頭，朝著母親求助。

張氏安撫地摸了摸她的髮頂，回了曹覓一句。「民婦會常常與她提起王爺和王妃，定不會教她忘了王爺和王妃對我們母女的恩德。」

「說到這個……」曹覓頓了頓，話鋒一轉。「我近來倒真有點事情，想請妳幫個忙。」

張氏一愣，不知道曹覓這樣有錢有勢的北安王妃，會有什麼事需要她一個平民幫忙。但她很快表態道：「王妃有命，民婦必定盡力。」

曹覓笑了笑。「不過是一件小事，妳看看能不能辦。如果實在沒辦法，那也沒關係。」她將話題轉移到羊毛那邊。「我近來需要大批的羊毛，但遼州境內飼養羊的人家不多，所以打算往塞外採購。塞外的戎商，我只認識丹巴這些人，我與他們交情不深，也不甚信任他們。這幾天，我突然想起妳。妳如今定居於阿勒族，又恰好居住在離遼州不遠的地方。戎族以放牧為生，牛羊的數量不是遼州可以比擬的。所以我就想著，囑託妳來幫我辦這件事。」

張氏聽完，沈思一陣，點了點頭。

「王妃若需要羊毛，民婦確實可以幫忙在阿勒族以及周邊的一些小部族收購，但是……」她一下子就發現了問題所在。「若想將收購的羊毛送回康城，恐怕還是得求助於丹巴這樣的戎商。」

「對。」曹覓點點頭，又道：「我是這樣想的，如今收購羊毛只是嘗試，免不了要經過丹巴那一關，他在遼州和戎族兩地經營許久，與他合作能省下許多麻煩。我可去與他分說清楚，租借下他的商道，供妳將收購好的羊毛送進來。但是……」她頓了頓，看著張氏，又提出另一種方案。「但我還有另一個想法，於妳而言卻是辛苦些，妳願不願意聽聽？」

張氏點點頭。「民婦願意。」

曹覓便道：「如今，妳與丹巴其實已經搭上線，我覺得如果妳願意接下這筆生意，倒不如學著自己去與丹巴談判。據我所知，不少商行會選擇與丹巴合作，他們將往來交易的利潤交付一部分與丹巴，獲得安全出入遼州和塞外的機會。」

乍聽之下，其實這兩個方案並沒有什麼區別，都是透過丹巴銜接這樁交易。區別只在於，丹巴那邊是由曹覓出面，還是由張氏出面。

而這就意味著，這樁生意的利潤究竟怎麼分配。

「如果妳願意選擇第二種，每三斤羊毛我會付一個銅板，其餘再不過問，妳送來多少羊毛，我就付多少錢。但倘若由我出面與丹巴交涉，那麼我會與丹巴談妥租賃的價格，之後只能付與你們幫忙送來的銀兩。」

她說完，取過旁邊的茶盞，潤了潤喉。

張氏沈默了，曹覓也不催她，任她自己思考。

倒是子規見兩人都不說話，有些疑惑地在張氏懷裡蹭了蹭。

張氏安撫地捏了捏她的小手，抬頭回應道：「多謝王妃。民婦願意自己與丹巴那邊交涉。」

曹覓滿意地點點頭。她對張氏的選擇早有猜測，張氏是個聰明人。

「如果妳不需要銅錢，我也能幫妳將報酬換成等價的糧食、鹽巴等東西。」曹覓又道：「這番採購並非我一時起意，今後若無意外，每年我都需要大量的羊毛，妳且盡心去做。」

張氏點點頭，帶著子規一起跪下叩謝。

從曹覓一開口她就知道了，王妃不過是尋了個由頭幫助她們母女罷了。

如今阿勒族的族長有意北遷，張氏一個漢人媳婦根本無法撼動他這個決定。但是有了曹覓的支持就不一樣了，戎族牧羊，對於羊毛這種不能吃不能穿的東西，向來是直接扔掉。如今，她如果能透過曹覓這條線，將這些「廢物」利用起來，那麼，她作為整個族中唯一的中間人，她和子規的地位就不可同日而語了。

曹覓著人將她扶了起來，嘆道：「何須如此？妳若做得好，將來是我要倚重妳才是。」

等到張氏坐回去，曹覓便與她又聊起了羊毛。

她詢問起戎族那邊處理羊毛的方法，也告知張氏羊毛與羊絨的不同，提醒她一定要仔細區分。張氏邊聽邊點頭，偶爾回應幾個問題，看著是真將這件事放到了心上。

曹覓十分滿意，臨到張氏要離開前，又提醒了一句。「雖說是妳自己出面與丹巴談，但妳後面的人是我。妳無須氣弱，更無須畏怯，只記得自己是我的人，丹巴便不敢為難妳。」

曹覓這是在暗示張氏，必要時候可以將自己搬出來做噱頭。

張氏感激地點點頭，回道：「王妃放心，民婦省得。」

隔日，收拾好的張氏便隨著丹巴商隊離開。但坐上行往草原的馬車時，她已不再如之前一般迷惘。

她知道自己不需再跟著阿勒族遠遷，也許將來的某一日，她也能帶上子規，讓女兒露出與旁人不同的面容，堂堂正正地回到這片土地。

張氏離開之後，曹覓梳理了一下手上的工作。

如今，水泥廠的生產已經上了正軌，其他事情也進入了一段相對平緩的發展階段，自己終於有時間歇口氣了。

趁著這段閒暇，她把更多時間花在三個孩子身上。

如今，戚瑞與林夫子經過這段時間的磨合，師生的交流越發順暢。

曹覓每次見到他，都發覺他越成熟了，板著個臉不苟言笑的模樣，儼然有幾分戚游的味道。

時間進入八月，雙胞胎在前幾日度過了自己的三歲生辰。

雖然這時還不足以啟蒙，但有了戚瑞這個明珠在前，林夫子不願意把他們落下。他在授課的地方添了兩套書案，每日戚瑞去聽課的時候，就把戚安和戚然也抓過去，教他們認一些簡單的字。

但他用的是這個時代的教育方法，識字之前也不會跟曹覓一般，先編個故事哄人開心，雙胞胎被他折騰得敢怒不敢言，轉頭就找曹覓哭訴。

曹覓深刻感受到現代父母送孩子進幼兒園的滋味，一邊心疼，一邊也沒辦法真的任性把他們都接回來。

她嘗試著委婉地反應了課堂太枯燥的問題。而林以自從那封信之後，對她雖然依舊不假辭色，態度卻已然恭敬許多。

他拿出自己給雙胞胎啟蒙的文章，解釋著這是世間難尋的孤本，自己的教育方案並沒有錯。

曹覓見回饋無果，只能訕笑著離開，轉頭面對雙胞胎的時候，只好承諾多做些好吃的撫慰他們。

金秋八月，正是豐收。窗外黃葉飄落的時候，封平那邊傳來戰報，戎族那邊已經出現了先鋒隊，在關隘外面蠢蠢欲動。

戚游收拾了一番，又趕赴前線去坐鎮了。

曹覓找機會又往容廣山莊去了一趟，看著田間滿滿未成熟的糧食，心中十分安慰。

容廣山莊由於今年播種得晚，趕的是夏耕那一趟，目前還未到收穫的時候。

山莊中有經驗的老農看過，容廣這一批糧食可能得等到九月下旬才能收成。但這一年裡，因為流民侍弄得盡心，加上今年風調雨順，收成不會太差。

曹覓一邊滿意點頭，一邊琢磨著山莊接下來的發展事宜。

其間，烈焰路過田間，瞥見她的身影，便拐了個道過來。

曹覓不動聲色地餵了一個蘋果，見牠吃得開心，便詢問緊跟著的大夫。「烈焰近來和這三匹馬……呃……相處得好嗎？」

他苦著臉回道：「稟王妃，軍中送來的三匹馬都是最好的母馬，與汗血馬相處得倒也融洽……只是……欸，目前那方面尚無進展。」

曹覓聽了，輕咳兩聲掩飾尷尬，摸了摸烈焰的鬃毛，小聲吐槽道：「怎麼？你都不滿意啊？」

烈焰也不知道聽懂了沒有，往她懷裡拱了拱，嬉鬧一陣之後，見再討不到甜甜的蔬果了，便又徑直離開，自己散步去了。

那三匹母馬倒是寸步不離地跟著牠，見牠轉身，也跟著走了。

曹覓看著烈焰這享福的模樣，只能在心底安慰自己急不得。

她返回王府後，算了一下日子，覺得自己接下來可以安靜等待山莊那邊收成的消息了。

不料沒清閒兩日，張卯那邊派人來報喜，說是油墨弄出來了。

曹覓喜不自禁，提步就要往張卯那邊去，臨出門前，她突然想起什麼，點了一個婢子吩咐道：「妳去周雪那些女夫子那邊，引她們一同往張卯那邊去。」

婢子點頭領命往周雪幾人所在的院落報信，曹覓這才繼續帶著人往張卯那邊行去。

她到院中時，發現劉格也在。

劉格近來雖然正在和羊毛等東西打交道，但他畢竟是王府匠人的主管，對所有研製的進展都要掌握。

張卯這邊出了成績，自然也把他請過來指點。

曹覓候了片刻，等到周雪那些人都來了，才讓張卯準備演示印刷的過程。

匠人們聽到吩咐，將折騰了好幾個月才弄出來的油墨往印板上一刷，之後再用白紙一印，輕輕壓了片刻，揭下白紙，一頁清晰的文章便直接印出來了。

此時示範，張卯選的是本朝流傳最廣的一篇孝經。孝經字數不長，七、八頁紙便能書寫完。院中的工匠如此反覆操作幾次之後，一篇孝經便原原本本地印刷出來了。

周雪等人被曹覓急匆匆叫來，並不知道此間是有何事，初一進到院中，只被院中的各種奇怪氣味衝得差點失了顏色。之後又見到院中都是些衣服和手上滿是墨跡的匠人，更不知道曹覓打的是什麼主意了。

如今這印刷術一展示，原本尋常人要一刻不停地接連抄上小半個時辰才能抄出來的孝經，竟在一個不起眼的匠人手中唰唰幾下便弄出來了。

聰慧如她們，立刻意識到了這項技術的重要性，一時間微張著嘴，瞪大了眼睛看著。

張卯還在一邊介紹道：「油墨剛研製出來，急著向王妃報喜，就把王妃請來了，是小人考慮不周。這印板還有待改進，還請王妃再給我一些時日，之後印製，絕不會像今日一般如此耗時。」

曹覓取過印好的孝經查看起來。

張卯弄出來的這種油性墨比水墨乾得稍快一些，就這一會兒功夫，紙張上的墨跡已經半乾了。曹覓看了一會兒清晰的字跡，又將紙湊到鼻前嗅了嗅，確認沒有什麼太大的異味，這才放下了心。

她轉頭對著張卯說道：「你做得很好。油墨能如此快研製出來，當真令我驚喜。」

張卯紅著一張臉，笑容也止不住，謙虛道：「都是王妃和劉管事指導有方，小人不敢居功。」

另一邊，曹覓將那孝經傳到周雪幾個人手中，詢問道：「妳們覺得這印刷術怎麼樣？」

她之所以把這群人喊來，是因為周雪這些人時常要抄書。畢竟她給的教材只有一份，她們每次都需要自己抄上幾遍，一是為了預習，二也是為了儲存起來，之後好送到山莊供其他女夫子學習。

曹覓覺得這群深受「抄書之害」的女子，一定比其他人更能懂得印刷術的珍貴。

果然，周雪等人拿到那幾頁孝經，翻來覆去地看了好幾遍，甚至不捨得傳給旁人。

周雪撫摸著手中的孝經許久，終於平靜下來，說道：「這……這當真是……鬼斧神工。」

聽到她這番評價，幾個女夫子紛紛點頭贊同。

她們興奮地討論了一小會兒，周雪又眼睛發亮地詢問曹覓。「如今印板上刻的是孝經，若將孝經換掉，刻上算術等書……」

「嗯。」曹覓點點頭。「也許山莊那邊，每一個孩子都能擁有課本了。」

周雪激動得雙眼微紅，正想說些什麼，突然又憂慮道：「王妃仁慈，但是……即使有了這印刷之術，宣紙同樣不便宜。」她嘆了口氣。「山莊那邊，孩子們倒是不需要，不過也許可以給幾位夫子都印製幾本。」

她這一提，曹覓也想起紙了。

其實她一開始也有過造紙的念頭，可是那時候劉格等人身負要務，完全抽不出手來。

如今張卯已經將油墨弄出來了，印板那邊問題也不大，紙墨不分家，等他們這邊的事情告一段落，就可以琢磨琢磨改良造紙術的事宜了。

將這件事記在心裡，曹覓暫時沒有說出來。

她來到那幾塊刻了孝經的印板前面，大致看了一下，又招手喚來劉格和張卯，建議道：「關於印板的改進，你們可以試試其他的材料。如果有餘力的話，也許可以試試把『活字』先弄出來。」

「活字？」張卯有些疑惑地重複了一遍這個奇怪的詞彙。

曹覓點點頭。「活字印刷是將所有的字都刻成一個單獨的刻板，之後，無論需要刻印什麼書，都不需要費時專門做一塊刻板，只需要選取文章中出現的字組成全篇，便可以直接印刷了。」

劉格和張卯兩人聽完，一時愣在原地，回過神來之後，只感嘆道：「王妃巧思。」

曹覓笑了笑。

印刷術在唐代被發明出來之後，直到宋代才被改良，弄出了活字印刷術。曹覓並不知道從印刷到活字印刷之間，是不是還存在著什麼巨大的技術鴻溝？於是又對著張卯補充道：「我之後還有另外的事情交給你，活字如果一時沒有進展，也無須在意，如今整塊的印板已經足夠用了。」

張卯點點頭，恭敬行禮道：「是。」

第三十五章

突然，一個藍衣女子突發奇想說道：「王妃，印刷術只能印字嗎？若是在印板上刻出畫作，是不是也能印出畫來？」

這些女夫子們各懷絕技，此時開口的藍衣女子就是一位書畫雙絕的人物。

曹覓聽到她這種想法，笑了笑。「這是自然，只要能刻出來，約莫都能印。但是畫作一類，技藝之外更講究靈氣。用印板印刷出來的畫作，恐怕只餘其形，不存其神。」

眾位女夫子聽了，若有所思地點點頭。

「雖說印刷出來的畫作失了靈性，但……」曹覓卻有了一個主意。「並不是所有畫作，都需要靈氣十足，對吧？」

曹覓取過孝經，指了指紙張右下角的位置，問道：「若是在紙張邊緣用印刷術印出子女侍奉父母的圖樣，襯上這孝經，豈不是別有一番風味？」

周雪等人圍攏過來，一時間沒能領會她的意思。

曹覓乾脆跟張卯要來了筆墨，讓藍衣姑娘按著她的想法在孝經左下角的空白處勾勒幾筆，畫出一幅「母慈子孝」的小像。

周雪這些人瞬間領會了這幅畫作的妙趣。

藍衣女子道：「從前我只見過字為畫添輝，今天第一次見畫為字增趣，倒也別有一番風味。」

另一女子則捧著那張孝經，對著曹覔央求道：「妳們誰都別跟我爭，王妃，求您將這頁孝經賞賜予我吧！」

曹覔笑著搖搖頭，道了聲「好」，便任她們去鬧了。

待到眾人都看過那頁孝經，曹覔叫過眾人提出自己的設想。「妳們說，如果府中準備一批紙箋，用事先準備好的印板，在其上印上雪月花鳥甚至美人等小像，再販售出去，如何？」

周雪第一個回答道：「如果畫作是靈兒所作，即使因為印刷失了靈氣，必定也餘七分顏色，這樣的紙箋買來收藏，小女子也是願意的。」

曹覔等的就是這樣的答案。

她笑了笑，道：「如此，那便值得試一試了。若到時走不通，便留在府中，我們自己用。」

眾人聞言，盡皆笑開。

「哪有可能走不通？」周雪大膽地調侃了一句。「只怕到時候不夠賣，王妃連我們的那份都要收去呢！」

曹覔無奈地搖搖頭。

她最近是有些缺錢，畢竟如今用來周轉的資金，可全都是戚游「借」的那一千兩銀子。

印刷術好不容易研究出來，她自然要想辦法從中生財，好籌集資金，繼續下一步的研發。印書這條路子只是常規操作，不可能一下子聚集大量的財富，但是紙箋這樣新奇好看的東西，卻極有可能一舉進入貴族階層，成為聚寶盆。

想通這一點，曹覓對名喚「靈兒」的藍衣女子說道：「那這段時間，妳若有空就畫些草木飛鳥或是美人像出來，到時候讓張卯他們印一批出來，我們看看效果。」

藍衣女子靦覥地應了聲「是」。

曹覓又提醒道：「圖形印刷之後，圖像整個會翻轉，妳在繪圖時要記著這點……總之到時妳可以找張卯他們，按著他們的指引作畫。」

藍衣女子點點頭，自然應下。

解決完這一樁，又吩咐了一些其他瑣碎的事宜，曹覓便先行離開了。

一個月後，容廣山莊傳來準備秋收的喜訊。

恰好原本留在康城中，為王府和世家修炕的泥瓦匠們結束了手頭的工作，曹覓便乾脆將酒樓那邊的修建也停了，讓這些人回到山莊幫忙搶收。

王樹就是在這個時候在管事的安排下，跟隨其他泥瓦匠回到容廣山莊。

他因著身強體壯又願意賣力氣，在幾個月前，被北寺挑選出來，往水泥廠那邊學習搭炕的手藝。

離開容廣的這段時間，他也十分記掛地裡的莊稼。畢竟當初開墾的時候，也是他們這批人衝在前頭將種子播撒在地裡。

夏令種下的秧苗經過幾個月的耕作，已經長成金黃的麥穗，田地裡縈繞著一種豐收氣息，連帶著寒意的北風都沒有吹熄眾人的熱情。

時值正午，女人們抬著做好的飯來到田壟邊，招呼著人們上來用餐。

很快，隊伍漸漸縮短，輪到了最末的王樹。

負責這一列打飯的白氏看了他一眼，取過一個大碗，動作麻利地添起飯菜來。

王樹原本趁著排隊的功夫，將要說的話好生琢磨了一番，可真來到她面前時，仍舊有些結巴。「咳，白、白家娘子手藝真好，今天這飯菜聞著比昨日更、更香了。」

白氏笑了笑，卻沒有居功。「今日的飯菜確實好，卻不是我的功勞。」

兩人對話的功夫，白氏已經將空碗填得滿滿當當的。

「今日莊內殺了六頭豬，他們方才都在議論呢。你排隊時沒有聽到嗎？」

排隊時，王樹光顧著想自己的事，確實沒注意旁人都在說些什麼，此時聽到白氏的話，他驚詫地瞪大了眼睛，詢問道：「六頭豬？是山莊內養的那幾頭？這不年不節的，怎麼就給殺了？」

白氏解釋道：「是王妃特意派人過來，說是這段時間收割辛苦，殺幾頭豬給大家夥兒開開葷。王妃還送來了一些新米，總之，等下午你們把這最後一塊地收拾好，今晚就能一飽口福了。」

「原來是這樣。」聽到是王妃的吩咐，王樹終於放下了心。

白氏又指了指他手中的碗，說道：「豬還沒殺好，今日午飯我用了些豬油，味道估摸著也不錯。你……你喜歡的話，就多吃點。」
王樹點點頭，笑得眼睛都瞇了起來。「妳做的東西，自然是怎麼都好吃。」
白氏微微紅了臉，羞赧地瞪了他一眼。
她見後面沒人了，便準備收拾東西離開。
王樹正想幫忙，卻被旁邊幾個正吃著飯的熟人打趣。「王哥，幹麼呢？怎麼成天圍著人白家娘子打轉，打完飯就過來啊。」
這番話逗得王樹和白氏都紅了臉，王樹瞪了他們一眼，轉身大大方方朝那邊走了過去。
「瞎說什麼呢！」
男人們又調侃了王樹幾句，見王樹有些上臉了，這才將話題轉開。
「看今秋的收成，至少我們這個冬天不會難過了。」
「對！」一個黑皮膚的漢子驕傲道：「不是我吹，我還是第一次見到一畝地裡居然能打上這麼多糧食，這都整弄好，莊裡的那個糧倉夠不夠放啊？」
眾人聞言笑開，有的說肯定夠，有的又說不夠就直接再建一個唄。
倒是王樹還清醒著，他看著黑皮膚，記起他不是田裡收割的，而是負責脫粒的，於是有些憂心忡忡地問道：「老黑，我們田裡這邊，今天下午忙完，就都收好了。你前段時間不是被調過去脫粒嗎？怎麼樣？那邊還順利嗎？這都晚秋了，可別到時候拖到落雪了。」
黑皮膚看了他一眼，只是笑了笑。
他見眾人都等著自己回話，終於反應過來，有些疑惑地詢問道：「怎麼回事？你們都沒聽過我們脫粒組那邊的事情？」
瘦麻杆瞪了他一眼。「這幾天大家夥兒忙得要死，天一亮就到田裡來，天黑了就收拾東西回去睡覺，誰有心思打聽你們脫粒那邊的事情。」
黑皮膚抓了抓後腦勺，憨憨笑道：「也是。」於是解釋道：「放心吧，我們脫粒那邊快著呢，絕對耽誤不了日子。」
王樹見他這樣信心十足的模樣，有些困惑。「真當我們沒脫過粒啊？我還想著這邊收割完了，明天要申請過去你們那邊幫忙呢！」
他有力氣，做起這些粗重的農活也比別人快一些。
黑皮膚「嘿嘿」一笑，神秘兮兮道：「不用不用，這你們就不知道了吧？」
旁邊急性子的見不得他賣關子，輕輕踹了他一腳，說道：「咋回事啊，你別藏著掖著！」
黑皮膚這才老實了，說道：「還記得咱們之前開墾的時候，那個王府來的劉師傅吧？」
「那個安了一條假腿的？」劉格的外貌特徵非常特殊，立刻有人記了起來。
「對！就是他！」黑皮膚點點頭。「開墾時，他帶來的那種耕犁，幫助咱們兩三下就把地翻好了，你們還記得吧？這一次脫粒啊，那個劉師傅也帶來了幾個大傢伙，說是叫『脫粒機』。」他眉飛色舞地說著。「反正我也不知道那大傢伙是怎麼弄的，我們脫粒組根本不用像以前一樣在那邊賣力氣，只需要用那些機器，就可以輕鬆把麥粒都脫下來了。」
眾人聞言面面相覷，一時都有些不敢相信。

「這……這麼厲害？」王樹根本無法想像他描繪的畫面。

「對啊！」黑皮膚越講越激動。「我之前也是不信，直到我親眼見識了，才知道這些匠人有多厲害！不過那機器也就十幾臺，我們脫粒組那邊都占滿了，你們如果過去幫忙，也插不上手了。」他笑了笑。「到時候你們也許可以去幫忙做些別的。」

周圍的人只得點點頭。

第三十六章

距離山莊幾十公里外的懷通附近，張氏帶著人燃起了篝火，準備今夜先就地歇一歇。一袋袋裝滿了羊毛的麻袋堆在她身後的車隊上，正準備往康城所在的方向運送。

過了懷通，之後的路逐漸好走起來，沿途的城池村鎮也變得多了。但是張氏率領的這群人依舊不敢隨意往盛朝人的地盤投宿，而是在野外休息，或者在丹巴的據點中歇腳。

就這樣，又走了好幾日，一行人終於抵達容廣山莊。

張氏指了幾個阿勒族的人，帶上所有的羊毛前往山莊內交易，其他人則被北寺安置在一處院落暫歇。

等待有些熬人，院內，一個拉馬族的男子有些煩躁地來回踱著步，一刻不停地往院外張望著。

這一次，張氏不僅掏空了阿勒族的羊毛庫存，也向幾個周邊與阿勒族交好的部族收購羊毛。幾個部族對羊毛能換錢這種事根本不信，還是看她真能與丹巴這個大戎商搭上線，借用他的商道，這才冒險地決定試試。

除了整理出部落內的羊毛，這些部族也各自派出了幾名族內的男子隨行。

一來將羊毛從塞外運到康城，即使走上丹巴的商道也需要侍衛保護。二來，其實也是為了監視張氏的行動。

所以，此時張氏離開了修瑪的視線，修瑪便有些著急。

被他踱步的聲音擾得心煩，旁邊一個大漢用戎族語喊了一聲。「修瑪，你安靜點！」

修瑪看了他一眼。

開口的大漢不僅身量是他們這群人中最可觀的，所在的部落也是他們那一片中實力最強大的，修瑪不敢隨意得罪他，便在旁邊找了一塊空地徑直坐下。「阿達，你不擔心嗎？」

「擔心什麼？」名喚阿達的大漢舉起水囊喝了一口。「左右不過是些不值錢的羊毛，虧了也不要緊。」

修瑪皺了皺眉。

「可是，之前我們部落為了挑出這些乾淨的羊毛，很是費了一番功夫。」他咬了咬唇。「如果這次不能換回東西，我們就白忙活了。」

對於修瑪這樣的小部落來說，浪費囤積過冬物資的時間，整理出一批羊毛，已經算是部落的消耗了。如果這批羊毛不能如張氏所言的換來東西，那這個冬天將會十分難過。

他並不贊同族長這個決定，他不想與盛朝人打仗，但是也不想同盛朝人打交道。每年途經他們部族的盛朝人商隊，會用劣質的鹽巴和苦茶換走他們大量的皮毛和牛羊。年輕氣盛的修瑪覺得盛朝人都是狡詐的。

阿達嗤笑了一聲。「在這裡換不回東西也不要緊。阿勒族雖小，總歸還有些人和牛羊。到時候若是空手回去，咱們就上阿勒族……嘿嘿。」

他話中的意思不言而喻，院落中幾個留守的阿勒族男子有些氣憤地朝他看過來，反應過來之後，又悻悻地縮了回去——

以阿達部落的強大，他確實有底氣說出這樣的話。

修瑪聞言，突然也意識到，如果阿達的部落真的朝阿勒族發起進攻，那他們也可以跟在後面撿點漏，總之不會白幹就是了。

想通這一點，他豁然開朗，果然不復之前的憂慮。

夜幕降臨時，他們等待的張氏也沒有回來。倒是容廣山莊派人端上了食物。

白氏帶著其他廚娘將食物放好，轉頭對著眾人說道：「張娘子被我們管事留下用膳，這些是為眾位備下的菜餚，請隨意享用。」

她說完，轉身就要離開。

阿達叫住了她，用十足蹩腳的漢語詢問道：「張、張氏，回來？時候？」

白氏好一陣子才弄明白他的意思。「我也不知道，但是莊內的報酬還未準備齊全，約莫明天才能弄好，張氏應該也要到明日才能回來吧。」她笑了笑，安撫道：「今夜你們先好好休息吧，明日就會有消息了。」

白氏說完便徑直帶著人離開。

這些人都是因為懂些漢語才被自家族長派出來，但事實上，他們對漢語並不精通。白氏走後，所有人拼湊一陣，大致明白了她話中的意思。

但白氏那一段話讓戎族的漢子們連矇帶猜，一會兒說是「張氏明天回來」，一會兒又驚呼「沒有報酬」。

眾人吵鬧一陣，最後還是阿達用手一拍，震住了場面。

他端起了白氏她們送來的米粥，囫圇喝了一口，這才說道：「別吵了，吵得老子煩心死了！都坐下，想吃飯的吃，不想吃飯的滾去睡覺，明天那個女人要是再不回來，我就闖出去跟他們要個說法。」

眾人聞言，這才停了嘴，自己找了位置吃起飯來。

修瑪坐在阿達旁邊，喝了一口粥，眼睛頓時一亮。

容廣山莊如今剛剛豐收，所用的都是今年的新米，煮出來的粥不僅黏稠，而且又香又潤，十分美味。

修瑪以往吃過的米麥，都是商人故意弄的陳糧霉糧，與白氏端來的這批新米完全沒辦法比。

粥水一入喉，他就感覺到了不同。「這……這山莊真是富裕，招待我們用的都是這樣好的東西。」他頓時有了些信心。「也許張氏真的沒騙我們。」

阿達冷笑一聲，潑冷水道：「盛朝人最會做生意，比丹巴還小氣，那些沒人要的羊毛能換來多少東西？」

他雙手不停往口中送著吃的。「還是趁著現在有吃的，趕緊飽腹才是正理。」

修瑪一愣，隨即點點頭「嗯」了一聲。

他邊吃，邊趁著眾人沒注意時，往自己懷中揣了幾個麥餅。抬頭時，發現不僅他一個人這麼做，就連阿達的懷中都是鼓鼓囊囊的，顯然都藏著東西。

大家打的都是同樣的心思。

白氏為他們準備的食物十分充足，本以為他們不能全部吃完，但這群人邊吃邊拿，不一會兒就把食物給「清理」乾淨了。其實這群戎人只填了個七、八分飽，多的都悄悄囤了起來，準備帶回部落，好教自己的父母兄弟們也能嚐一嚐。

吃完之後，他們只得在院中隨意睡下。

第二日，午膳剛過，就在眾人有些焦慮，甚至商討著是不是直接衝出去找張氏的時候，張氏終於回來了。

她換了一身的衣服，看起來比之前舟車勞頓時乾淨了不少，但眉目間依舊是那種淡漠神色。

見她一人獨自歸來，阿達上前粗魯詢問道：「錢呢？他們給了沒有？」

張氏看了他一眼。

她已經能使用簡單的戎族語，回道：「沒有錢。」

眾人聞言皺起眉頭，正準備發作，張氏又道：「準備一下吧，我們要返程了。」

她說完，轉身朝著院外走去。

阿達怎麼可能讓她這樣離開，連忙追了上去，在她耳邊說道：「妳什麼意思？為什麼沒有錢？我警告妳，如果這一次沒有獲得妳之前承諾的收益，我們部族一定會——」

他話還沒說完，已經跟著張氏踏出了院門，來到了外面。好幾個正在整理著馬車的阿勒族男子轉頭朝他望過來。

張氏面無表情地看了阿達一眼，並沒有理會，轉身來到自己的小叔子古斯身邊，囑咐道：「這些新麥很重要，要捆牢一點。」

古斯憨憨笑道：「我明白。」

張氏檢查了一下，滿意地點點頭，回頭見阿達還在那邊傻站著。

院中其他人趁著這會兒功夫，也都跟著跑出來了。他們望著之前裝滿了羊毛的車子上此時堆滿了袋袋新麥、鹽巴和團茶，驚訝得話都說不出來。

修瑪跑上前，從地上的一個麻袋中掏出一把麥子，放在鼻子前聞了聞。「是……是新的，剛種出來的……」

阿達和其他人這才反應過來，連忙上前確認起那些物資。

袋子中裝的都是分量不輕的好東西，米麥是新收上來的，鹽巴是乾淨的，茶葉是一團一團的，並不是以前他們跟戎商交易的那種碎茶末。

一個瘦小的漢子拿起一整塊的茶餅，突然喊道：「這個……在我們部落，可以換五隻羊……這、這……」

他淚眼朦朧地看著面前的一大袋茶餅，似乎在琢磨著這裡頭究竟有幾隻羊。

張氏任他們自己確認了一陣，才上前找到阿達說道：「阿達，這些東西，我們回部落之後，按照之前各家出的羊毛進行分配。現在我們動作得快一點。下個月要下雪了，但我估計冬季只是剛開始，雪不會太大。我準備回去的時候趕快一點，在過年之前再送一趟羊毛出來，你覺得呢？」

阿達和其他人這才反應過來。

壯實的戎族漢子嚥了口口水，愣愣點頭。「好……好的。」

張氏點點頭。「那就快一點吧，你們收拾一下，我們一個時辰後直接出發。」

眾人這才放下手中的東西，有的回院子裡收拾東西，更多的人則留在外面，幫忙將換回來的東西整理裝車。

半個時辰後，張氏跟北寺告別，並約定了下次到訪的時間。

這群戎人重新踏上了旅途，但他們的前路已經不再渺茫。

第三十七章

張氏將羊毛送進容廣山莊的時候，曹覓倚在王府的火炕上，稀罕地摸著面前的羊絨線。

劉格已經將毛線紡織機弄了出來，這批曹覓在春夏時節吩咐商隊們收購回來的羊絨，大部分已經變成了細膩的毛線團。

羊絨因為本身質地柔軟輕盈，處理比較方便，紡織出來的羊絨線也十分柔軟，曹覓的手一撫摸上去就不捨得拿下來了。

三個孩子本來在火炕上玩得開心，見她對著一團團羊絨線愛不釋手，也湊了過來。

老三戚然撚了撚手中的線，有些疑惑地抬頭問哥哥。「這是什麼？」

戚安惡劣地笑了笑，突然道：「你嚐嚐。」

戚然在他的慫恿下受過無數教訓，但每次都是轉頭就忘，此時聽他這樣說，便直接將毛線團往嘴裡送。

好在曹覓發現了他們這邊的情況，用手輕輕拍了拍戚安的手掌心，皺著眉道：「不准欺負弟弟。」

戚安嘟了嘟嘴。「我沒欺負他，是他自己要信的！」

曹覓又拍了一下以作懲戒。「他那麼相信你，你這個做哥哥的還總是逗他。」

見戚安一副毫不在意的模樣，她又舉例道：「你想想，如果是瑞哥哥這樣矇騙你，你會高興嗎？」

戚安轉頭看了一眼老大，兀自琢磨了片刻，才終於點點頭。「知道了。」

曹覓這才放過他，對著三人解釋道：「這是毛線……欸，然兒，別把自己纏住了。」

曹覓見狀，將毛線團重新拿回來，纏好。

經過這番，戚然乖乖湊到曹覓身邊，詢問道：「娘親，這個是幹什麼的？」

「不能吃的！」曹覓好笑地先跟他強調道。

戚然鼓了鼓雙頰，點點頭。

曹覓便用柔軟的毛線在他的臉上蹭了蹭，道：「用來給你們做衣服的。怎麼樣？軟不軟？」

戚然被她蹭得直笑，點點頭「嗯」了一聲，又撲過來搶她手中的東西。

兩人玩鬧間，被勾起了興趣的戚瑞抓起一團毛線，詢問道：「這個怎麼變成衣服？」

曹覓笑了笑，將戚然抱到一旁，取過之前讓劉格幫忙削好的棒針。

曹覓在農村長大，也學過幾種織毛衣的針法，雖然如今搞不出現代那些繁多的花樣，但是簡簡單單織個毛衣什麼的，不在話下。

她原本準備自己先試試，再把府裡的繡娘們叫過來教導，沒想到三個孩子在這裡，倒是讓她先在孩子們面前露一手。

她取過一團被染成淡紅色的毛線團，把線繞在棒針上，開始嘗試織了起來。

雖然許久沒織過毛衣，手法已經有些生疏，但好在並沒有出什麼大紕漏。

三個孩子在旁邊目不轉睛地圍觀著，看得十分入迷。

慢慢找回手感，曹覓的手越來越快，小半個時辰的功夫，一隻小襪子便出現在她掌間。

為了趕時間，這隻襪子織得有些粗糙，也沒用什麼特別針法。等她將襪子套到戚然的小腳丫子上，看著那隻哪裡都不貼合腳掌的「小袋子」，曹覓有些心虛地咳了一聲。

但三個孩子親眼看著她用兩根木條就將一團團毛線變成了一個「小袋子」，都捧場地驚呼起來。

曹覓掩飾著自己的心虛，捏著戚然的小胖腳，詢問道：「怎麼樣，暖和嗎？」

戚然小胖雞啄米似地點著頭，扭了扭腳趾頭，回答道：「好暖和。」

曹覓被他逗得開心，對三人說道：「過幾日，叫府中的繡娘給你們用這個都做一身衣裳，之後下雪了，你們在外面也不會太冷了。」

府中有了什麼好東西，曹覓一直是緊著三個孩子來的。

如今冬天臨近，曹覓自己也愁了一段時間。在這個時代，感冒發燒可不是什麼小事，一不小心可能就會發展成大病。

之前，府中已經修建好了火炕和地龍，一入深秋，曹覓就吩咐僕役在幾個孩子們經常活動的地方熱起來了。如今，羊絨線也趁著落雪前弄了出來，真讓曹覓鬆了一口氣。

羊絨線有了，羊毛線應該也近在眼前了。

曹覓琢磨著等劉格處理好張氏送來的第一批羊毛，那麼留在山莊的流民女人們就能有事情做了。

這個冬日裡趕出來的毛衣不僅能滿足山莊中的需求，有餘裕時，再找管道銷售出去，也能成為一筆新的進項。

戚安聞言，上手摸了摸戚然腳上的羊絨襪，轉頭對著曹覓喊道：「我也要！」

曹覓摸了摸他的頭。「嗯，你也有。」

趁著如今興致正濃，曹覓拿起毛線團，打算將另一腳也織出來。雖然她已經認識到自己手藝的拙劣，但是三個孩子捧場，她織得也十分開心。

這時，東籬從外間進來，稟告道：「王妃，張師傅那邊又送了些紙箋過來，王妃是否接見他們？」

這段時間，劉格在處理羊毛那邊的事情，張卯也沒有停下改良印刷術的工作。之前，他們按照曹覓的想法弄出了一批紙箋，但是效果並不如人意，張卯那邊一直在優化。畢竟印畫同印字不一樣，並不是單純一板一印就能搞定。

見他們又有了成果，曹覓自然是欣喜，道：「嗯，讓他們到廳裡面去，我到外面去見他們。」

東籬點點頭，轉身又出去了。

曹覓對旁邊的嬤嬤吩咐照顧三個孩子，便整理了一下裝束出了門。

廳中，張卯和一個藍衣姑娘正等著她。

藍衣姑娘便是那位擅長作畫的女夫子，名叫祁靈兒，正是風華正茂的好年歲。

曹覓每次看到周雪、祁靈兒這幫人，都會感慨遼州那些世家的能耐，也不知道他們是從哪兒搜羅出這麼一幫有顏又有才的女子。

曹覓在主位上坐定，張卯便激動地呈上一個小盒子，道：「王妃請過目。」

只看他和祁靈兒的模樣，她就知道紙箋的事情大概是成了，於是心中有數地打開盒子，果然被盒中整齊的紙箋吸引住。

這一批造出來的紙箋十分精緻，曹覓取出紙箋翻看，發現有的印上了花草，三月的桃花粉瓣飄落，六月的菡萏蜻蜓初上……有的則印上了時下文人追捧的美人像，姿容各異的女子或立或坐，各有特色。

這些妙趣橫生的圖案或被印在左下角，或被印在開頭，餘下中間大片空白供人書寫，看著便讓人有詩興。

曹覓左右翻看幾張，連連點頭道：「嗯，不錯！」

張卯激動地介紹道：「我們按著王妃之前的建議，將完整的畫作分為幾層，分別上色後印刷，如此反覆三五次便能得到此番效果。」

曹覓點點頭。「我只是提個建議，是張師傅和靈兒費神弄出來的，效果猶在我的期待之上。」

張卯和祁靈兒聞言都有些面紅。

祁靈兒靦覥地說了一句。「王妃喜歡便好。」

「紙箋你們繼續印著。張卯，你到時候送一批到靈兒那邊，任她們取用。至於你……我回頭與劉管事說說，再確定與你的賞賜。」

張卯和祁靈兒拜下謝恩，曹覓便讓他們各自先回去。

她捧著這一盒紙箋，轉身回了屋。

曹覓離開之後，三個孩子的興趣已經從毛線上轉開，戚瑞更是重新捧起書，任雙胞胎在旁邊怎麼吵鬧都不分神。

三個孩子中，他雖然最懂事，卻不及兩個小的好哄。自從入了學堂之後，更有些喜怒不形於色，不像戚安和戚然，隨便就能被一點小東西引起興趣。

曹覓湊到他身邊，神秘兮兮地將盒子捧到他面前。「瑞兒，猜猜看這是什麼？」

戚瑞抬起頭，在翻頁的空隙給了她一個眼神。

見曹覓堅持，他便放下書，慢條斯理地打開了盒子。

接著，他瞪大了眼睛，小心翼翼地摸了摸盒中的紙箋。片刻後，視線從盒子轉開，滿懷期待地看向曹覓。

曹覓滿意地看著他的小表情，湊上前調戲道：「你親娘親一口，娘親就把它們送給你。」

戚瑞聞言一愣，向後仰了仰頭。

他的面頰很快飄上薄紅，表情變得有些羞赧。

戚安發現了這邊的動靜，不管三七二十一便湊過來糊了曹覓一臉口水。

他看也不看曹覓手中的東西，只下意識說道：「娘親，我親妳，給我！」

曹覓好笑地戳了戳他臉上的軟肉，道：「你又不需要這些東西，先給你瑞哥哥不行嗎？」

戚安看了戚瑞一眼，嘟了嘟嘴，辯駁道：「可是大哥又不親妳，他肯定不要。」

他話音未落，戚瑞猛地湊上前來，在曹覓面頰上親點一口。

曹覓還在發愣，他已經將盒子拿走，緊緊地揣到了懷裡。

北方的雪季來得早，第一片雪在一個安靜的冬夜造訪了康城。

林以正坐在窗邊執筆寫信，忽而聽到簌簌的落雪聲，感慨地嘆了一口氣。

他之前還在泉寧時，偶爾也能與好友們把酒暢談，惋惜自己命途多舛，明明是滿腹才華，卻落得個雪落花銷的下場。

思及此，他揮墨落筆，洋洋灑灑作起一首五言。

前兩句的內容是借景，第三句由景及人，他寫得十分順暢。

到了最後一句，本應是點睛之筆，借景抒情，抒發自己內心的苦悶和寒意，林以卻遲遲下不了筆。

蓋因從前幾天開始，北安王府中燒起了火炕和地龍。林以作為三個孩子的夫子，待遇自然不差，此時窗外雖然落起了雪花，可屋中十分溫暖，配上王府中特意準備的松柏熏香，閉上眼睛，儼然能讓人升起置身於初夏的錯覺。

林以胸中那股悲情始終醞釀不到位，最後一句遲遲無法書就。

房門突然被敲響，林以乾脆放下了筆。「進來。」

林簡抱著滿滿一疊書，放到了林以旁邊的案上。

他正要稟告這些書的來歷，突然看到半敞開的窗戶，連忙上前，先將那條縫隙掩住。「少爺，外面落雪了，這窗還是關上好。」

林以皺了皺眉。「無礙，屋中也不冷。」

林簡聽到這一句，開心地點了點頭。「王府當真不是普通人家能比的，咱們之前在泉寧，冬夜裡都沒有這樣暖和呢！」

林以有些不耐煩聽他說這些，指著那疊書詢問道：「這是什麼？」

「啊，是瑞公子那邊送來的。」林簡連忙解釋。「前幾日，少爺不是憂慮著要找時間抄幾本書送給陳公子他們嗎？當時瑞公子將書要去了，說是能幫您解決。」

「嗯，我記得。」林以點點頭，走到了那疊書旁邊，有些不可置信地皺起眉頭。「這才幾日就抄好了？」

「王府財大氣粗。」書僮笑了笑緩解氣氛。「想來是找了好些人，一起抄出來的。」

「那般糊弄，怎麼可能趕出些好東西。」林以取過最上面的一本書，隨意翻了翻，見是自己的筆跡，以為是自己之前送過去的原本，便毫不在意地往旁邊一放。他取過第二本捏在手上。「這些書，我是準備複刻來送友人的，若是隨意糊弄，倒不知道送出去後是維情還是結仇了。」

林簡縮了縮脖子，又道：「這……少爺莫急，如今還是十月，時間尚早，若您不滿意，這兩日我和林分再找時間將書重抄出來便是。」

林以點點頭，「嗯」了一聲。

回話間，他翻開手中的第二本書，準備看看這趕工的品質。

書頁一翻開，他陡然發現，這一本書上的字依舊是自己的筆跡。他有些疑心自己之前看錯了，皺著眉頭將放在一邊的第一本書又攤開。

燭光下，兩本攤開的書隱隱泛出些墨香，與屋內的松柏香氣奇異地融合在一起，十分好聞。

林簡見狀，有些好奇地湊上前去。「少爺，怎麼了？」

那邊，林以已經震驚得瞪大了眼睛。

他突然想到什麼，伸手取過第三本書，反覆比較起來。

這時候，林以才發現，這些書紙張都很新，絕對不是那本翻閱過多次，還不小心灑上過墨點污漬的原本。

他抬頭看著書僮，驚疑不定地詢問道：「我們送過去的原本呢？」

林簡聞言，立刻從自己懷中掏出一本舊書。「欸，看我這笨腦子。少爺，原本我揣在懷裡呢。」他將書遞過去。「這一疊都是瑞公子那邊新抄的，原本的我另外拿開了。」

林以接過原本，接著將原本也攤開，放到了那些新書旁邊，一時間有些呆愣。

半晌後，林以回過神來，招手喚來書僮。「林簡，你過來看看。」

林簡原本站在幾步開外，不敢打擾他，這才上前，道：「少爺……怎麼了？這些書有問題嗎？」

「你看看。」林以指著案上攤開的書。「這……這不是我的筆跡嗎？」

書法是當代文人引以為傲的本事，畢竟在這個做點什麼都要先發手寫拜帖的時代，主人家的字就是留給結交對象的第一印象。

林以當年名震盛朝上下，靠的不僅僅是才華，也有那一手橫豎巍如山嶽，彎鉤懸若玉盤的書法功勞。

此次他想要趁著年節送給友人的書，就是自己當年在書院一字一字抄下來的經史孤本。

林簡湊上前，待看清新書上的筆跡時，也呆愣住了。

他沈默了一會兒，突然猜測道：「少爺，我聽聞這世上有人能隨意仿出別人的字跡……難道王府竟找了這樣的人來為少爺抄書？」

林以搖搖頭。「不對。」他將兩本新書翻到同一頁。「你看，如果是抄下來的，即使筆跡出自同一個人，同樣的字也會有微小差別，更別說字在紙上的位置了。」他指著兩本書上一模一樣的「之乎者也」四個字。「可你看，這些書……完全是一模一樣的。」

說完，他又去取新的一本，翻到了同樣位置。

果然，確認了三五本之後，他終於承認道：「這些書……完、完全是一模一樣的……這是如何做到？」

與他的原本相比，戚瑞送來的這些書不僅看著新，沒有什麼墨點污漬，而且還幫著刪改掉了他之前抄寫和注釋過程中劃掉的錯字。

這樣品質的藏書送到友人們手中，當真是十足有面子了。

林簡作為一個書僮，見識十分有限，林以想不透的問題，他自然也琢磨不出來，於是只能詢問道：「少爺……那這些書……還留下嗎？」

林以想不出個所以然，索性點了點頭吩咐道：「先放著吧，我後日上課時，自己問問戚瑞便是。」

「嗯。」林簡聞言，安心地點了點頭。「少爺，天色不早了，您還是早些休息吧。」

「嗯，我有分寸，你先下去吧。我待會兒就歇息。」

林簡聞言，道了聲「是」，隨即便開門離去。

門又被關上，帶起的微風嬉弄得案上的燭光連跳了好幾下。

等到燭火安穩下來，林以的目光又回到寫了大半的那首五言詩上。

遼州的風雪比泉寧更加嚴寒，自己因為遭受迫害背井離鄉，來到此處謀生計，就像風雪摧殘下的枯樹……

林以提起筆，躑躅了一陣，終於落下最後一句——

「幸得溫炕生。」

第三十八章

接連下了好幾日的小雪，為康城鋪上了一地絨裝。好不容易挨到放晴的時刻，幾個孩子穿戴上早就準備好的羊絨衫，撲到雪地中撒歡。

曹覓跟著他們出來透氣，被幾人逗得玩興大發。

隔著羊絨手套，她團起一個雪球，發現並不寒冷，便準備招呼三個孩子一起過來堆個雪人。一回頭，卻被一個小雪球砸個正著。

待到她撲落面上的雪花，只聽到三個孩子的笑聲，也分辨不出那雪球是誰砸的了。

曹覓下意識看向最穩重的戚瑞，用疑惑的目光向他詢問。

戚瑞難得有興致，大概也是這幾天被憋得狠了，紅著臉，不僅沒有回應曹覓的疑問，反而彎腰也團起了一個雪球。

很快，北安王妃忘記了自己端莊的模樣，和三個孩子在院中嬉鬧了起來。

母子四人在院中玩了一會兒，東籬突然進來說道：「王妃，秦夫人到訪，奴婢已經將她接到了廳中，王妃是否要接見？」

「秦夫人？」曹覓回憶了一下。「這幾日我們與秦家沒什麼往來啊，她來做什麼？」

「奴婢不知。」東籬誠實回答。

曹覓整理了一下裝束。「讓陳嬤嬤她們過來帶三個小公子回屋去吧！秦夫人那邊妳好生招待著，我去換件衣服，馬上過去。」

很快，恢復端莊模樣的曹覓來到前廳。

秦夫人見曹覓進來，連忙起身行了個禮。「王妃萬福。」

曹覓衝她笑了笑。「雪才剛停，秦夫人怎麼這時候過來了？」

秦夫人有些尷尬地回了一個笑，東拉西扯了些家常，才終於問道：「王妃，不知道上次那些造火……火炕的工匠現在在何處？我欲請他們到府中，再修建兩處院落。」

「火炕？」曹覓有些奇怪。「當時不是都完工了嗎？」

秦夫人解釋道：「當時遺漏了兩處，所以需要再請工匠們過去看看。」

「原來是這樣。」曹覓了然地點點頭，心中卻知事實是另一種模樣。

那個時候，秦夫人不過是表面上恭維她，其實打心眼裡不相信什麼火炕地龍。當時到秦家去的工匠回來告訴她，秦府的管事只讓他們弄了幾處偏院和下人的地方，至於主院這些地方，進都不讓他們進去。

當時她與秦夫人談起火炕時還是夏末，曹覓當時過後一想，也覺得自己是有些犯傻，最後能把東西推銷出去，靠的不是她的口才，而是地位。所以聽到工匠帶回的消息，曹覓也不驚訝——畢竟人家願意掏錢都算給她面子了。

這幾天落雪，她雖然沒有外出，但對於外面的消息還算是了解。

秦夫人當時以施工為藉口將府上幾個妾室都打發了出去，如今入了冬，幾位妾室又回來了。

原本應該淡忘了她們的秦大人居然因為主屋寒冷，而幾個妾室屋中溫暖如春，日日流連於偏院。

發覺此事的秦夫人愣在當場，但她對外塑造的是大氣主母形象，也不好對著幾個偏院做什麼，只能吞了這口悶氣。

待到今日天晴，就直接上王府來求助曹覓。

秦夫人笑了笑，又問：「不知他們如今是否方便？」

「這恐怕……」曹覓苦惱地搖了搖頭，據實相告道：「要等到明年開春了。」

「啊？」秦夫人微蹙著眉，不解道：「秋收已過，按著以往，如今不正是清閒的時候嗎？」

曹覓只得想了個委婉理由，解釋道：「冬日裡凍土堅硬，不好施工，而且那些人……如今另有要事，並不在康城中。」

其實秦夫人說得沒錯，秋收都過了，如今容廣山莊中沒有什麼農事，該是最清閒的時候才是。但是曹覓怎麼可能白白浪費掉這些人力？

落雪之前，張氏沒有辜負她的期望，將第一批羊毛運送了過來，如今山莊中一部分人就在處理這些羊毛。

劉格將紡毛線的工具和流程都帶了過去，第一批羊毛將在這個月裡變成一套套保暖的羊毛衫。

而另外一些流民男子則在北寺的指導下，準備來年開春的農肥。

今年風調雨順，容廣山莊收上來滿滿一倉糧食，這在那些流民看來，已經是老天的恩賜了。

曹覓卻並不滿意。

見識過現代農田動輒上千斤的產量之後，她很難對只有兩、三百斤的麥田產生什麼歡喜的情緒。秋收過後，她反思了一番，定下了來年要攻克的產量難關──農肥。

當初北安王府一行來到康城已經是春末，播種更是等到了初夏，種子能種下去就不錯了，肥力之類的增產措施根本就跟不上。

這個時代的農人雖然已經有了施肥的概念，但是對農肥的處理十分粗糙。於是趁著這個冬天，曹覓對北寺吩咐了相關的安排，讓他們在冬天好好安排腐熟農肥的事宜。

所以，並不是她故意不想幫忙，而是如今容廣山莊中真的抽不出人手來弄修建火炕這種小事。

秦夫人聞言，有些苦惱地低下頭。

曹覓都已經這麼說了，她也不敢多說什麼，於是便道：「原來如此，那真是遺憾……」

曹覓笑了笑，道：「不過夫人應當也不急吧？當時大半個秦府都修建好了火炕和地龍，總算這段時日能過個暖冬。」

秦夫人打不定曹覓是不是在嘲諷自己，僵著臉點頭回應。「王妃說得對。」

曹覓笑得十足溫柔，轉頭又問：「那……等到明年，泥瓦匠們回來了，再讓他們過去秦府？」

秦夫人笑著點了點頭。「嗯，正是。多謝王妃。」

曹覓搖了搖頭，客氣道：「哪裡需要說這種話？」

秦夫人走了之後，幾日間，陸陸續續又有其他世家上門。他們大都提起火炕的事情，但曹覓都以同樣的理由拒絕了。

冬日裡的容廣山莊正如曹覓所言，並不閒適。

張氏帶來的羊毛已經在處理了，山莊中一處開闊的院落內，有人正忙著煮羊毛，有人則將一捆捆羊毛鋪開來晾曬。

院中的廂房內，一群女子戳著兩根棒針，正在織毛衣。

往年婦女在冬日中勞作時，因為要露出雙手，不一會兒，雙手就會變得通紅，情況惡劣的，手上還會長出又癢又痛的凍瘡。

可是容廣山莊的婦女們卻全然沒有這些困擾。屋中的炕燒得火熱，她們甚至只穿著春秋時的衣服，便感覺十足溫暖。

而北寺此時正帶著一群男子在一處平地上挖著一個大坑。

落雪之前，曹覓讓劉格送來了幾種漚肥的方法，北寺此時正帶著人在嘗試修建她信中提到的「沼氣池」。

沼氣池的建造並不難，只需要挖好沼氣坑，讓糞料在無氧的密閉條件下自然發酵。這個過程中會產生大量的難聞氣體，就被稱為「沼氣」。

沼氣主要成分是甲烷，可以燃燒，曹覓的母親當年就在村中的沼氣池中工作過，經常跟她講起自己那段時間的艱辛，所以她對於沼氣池的建造也有印象。

不過曹覓對於能不能利用沼氣還無法確定，於是她便小心嘗試一下，讓北寺他們先挖幾個坑看看。將來若是失敗了，只需要小心些，別弄出什麼爆炸之類的事故，將沼氣放了，只利用池中的臭土來施肥也是一樁好事。

把面前的大坑挖好，北寺正準備招呼眾人歇一歇，突然看到一個守門的小廝從遠處趕來。

他迎了上去，才知道山莊門口來了一個陌生人，點名要找他。

北寺吩咐手下的人繼續安排漚肥的工作，便隨著小廝離開。

來到門房，他果然見到一個陌生男子。

來人看相貌是典型的盛朝人，身上的裝束卻十分奇怪，更像是戎族那邊的風格。

來人確認道：「閣下就是山莊的北寺管事？」

北寺點點頭，反問道：「不知道閣下是？」

男子大方自報家門，說道：「我是丹巴先生商隊中的人。」

丹巴的商隊規模很大，其中大多數是戎人，但為了方便在遼州行走，也招攬了許多盛朝人。

北寺眉頭微蹙。「丹巴先生？」

來人點點頭，從懷中取出一封信交到北寺手中。「這是丹巴先生讓我帶過來的信。之前在封平西北面，盛朝的軍隊和一支戎族騎兵起了衝突，與你們交易的阿勒族的隊伍恰巧經過那片地方，如今他們整個隊伍都被封平的軍隊扣下了。丹巴先生正在設法營救，但收效甚微，於是派我來給貴莊報信。」

就在北寺收到丹巴傳遞的消息時，曹覓這邊也接待了一位從封平而來的信使。

來人是由戚六直接引進來的，看起來像是戚游身邊的親信。

他與曹覓見過禮後，便開門見山地說道：「王妃容稟，王爺在封平抓住了一批戎族的人，那群人自稱是為王妃運送羊毛的。王爺派小人過來詢問王妃，想確認是否真有此事。」

他說著，從懷中取出幾張紙，遞給曹覓。「這是從那夥人身上搜出來的契書，請王妃過目。」

曹覓接過，快速瀏覽一番。這幾張契書她很熟悉，正是之前她與張氏簽訂的合同。

了解是張氏那群人被扣押了，她有些著急地說道：「嗯，這確實是我親筆簽下的契書。他們……是不是犯了什麼忌諱？怎麼會讓王爺捉拿了去？」

傳信的兵卒搖搖頭，回答道：「也不算犯了忌諱。當時雷將軍巡邏時，發現一隊戎族的騎兵，追擊時恰好遇上了他們，後來雷將軍就把他們和那夥騎兵一起俘虜了。原本，他們該和那隊戎族騎兵一起被處決，但是王爺的親兵中有人認出了張氏，這才將事情報到了王爺那邊去。王爺派人審出那群人的來歷後，便暫時將人扣下了。等王妃這邊回了消息，確認身分，這些人就會被釋放。」

曹覓聞言鬆了口氣。本想直接答覆，但還是謹慎地確認道：「我與那群人往來，就是買賣些草原上的羊毛，其他並不涉及。你們應該檢查過他們的車隊了吧？有沒有發現什麼違制的東西？」

來人答道：「確實已經檢查過了，就是一些羊毛，沒有旁的不合規矩的東西。」

曹覓這才安心地點了點頭。「嗯，這樣便好。那群人確實是為我運送物資的商隊。他們並無惡意，麻煩你回去轉告王爺，若沒有其他問題，便將他們放了吧。」

她算了算，發現這時候確實是張氏承諾運送第二批羊毛的時間了。

如今，山莊那邊已經將第一批羊毛處理得差不多了，就等著這批新的羊毛準備繼續開工。

來人點了點頭，道了聲。「是。」行完禮便離開了。

曹覓等了等，突然想起什麼，便命東籬去將戚六叫了過來。

「戚六，王爺如今在封平那邊，你的人能直接見到王爺嗎？」曹覓詢問道。

戚六並不知道曹覓打的是什麼主意，但如實回答道：「這是自然。」

曹覓滿意地點點頭。「好。此番張氏那邊的事，倒是煩勞王爺和眾位將士為我的私事分心了，我心中實在過意不去。我有件事要你去辦。你安排一批人，過兩日護送我的車隊到封平去一趟，我有東西要給王爺。」

戚六愣了愣，仔細想想沒有什麼不妥的地方，便應下道：「謹遵王妃吩咐。」

封平，主將營。

戚三進入營帳內，對著戚游和雷厲行了一禮，之後道：「王爺，那批人已經離開了封平。」

戚游正在看戰報，頭也不抬地答了一句。「嗯，知道了。」

雷厲個頭將近八尺，此時縮在主將營的几案後面，十分不自在。

他歪著身子抻了抻腿，閒得無聊地問了一句。「哪批人？半個月前我打回來的那個商隊？」

戚三點了點頭。「是。」

雷厲摩挲著自己冒著鬍碴的下巴。「那真是王妃的人？他們走的可是丹巴那條老狗的商道。」

戚游分了他一個眼神。「你知道他們是尋常商隊，還把他們抓回來？」

「嘿！」見他開了口，雷厲解釋道：「我早想給那條老狗一個下馬威了，此次碰見，不恰好想著殺幾隻雞嚇一嚇他嘛！」

戚游搖了搖頭。「我不是與你說過，暫時不要去招惹他。」

平日在其他將士面前威風凜凜的雷厲雷將軍委屈地撇了撇嘴，回答道：「這哪裡算招惹，如今王爺您來了，那老狗肯定不敢……」他越說越小聲。

戚游眉頭微蹙。「今後不准再擅自行動，否則你便自去領軍棍。」

「喔……」雷厲不情不願地回應了聲。

他蔫了小半刻，又恢復精神，抬起頭來詢問道：「王爺，那群人真是為王妃送東西啊？

王妃要那些破羊毛做什麼？」

「我怎麼知道？」戚游將戰報翻過一頁。「武平那邊如今是戎族最好的突破點，明日，陳賀回來之後，你加派一些人手，過去堵住那個缺口。」

「嗯、嗯，末將都記著呢！」雷厲點點頭。「我太清楚丹巴那條老狗了，他絕對不可能平白讓王妃的人走他的商道！之前有一個商隊和我說，他們用丹巴的地盤，每次得交八成的利，唉我的個乖乖，那條老狗真會做買賣！」

「他如果沒有些手段，也做不成如今這個規模。」戚游敲了敲桌子，將雷厲的心思拉了回來。「今年軍隊裡越冬的物資仍舊緊缺，雖然將士的住所修了一批火炕，但外出終究是不方便。陳賀回來之後，你與他清點一下你們兩軍軍內剩餘的東西，三天後給我一個清單。」

「好嘞，王爺您能到遼州真的老天開眼嘍！」雷厲忙不迭地點頭。「王爺，您說王妃現在借了那條老狗的商道，會不會也被占了大便宜……呸、呸，我的意思是……不是……」

「你很關心王妃的事情？」戚游皺著眉看向他。

「我不是！我沒有！」雷厲嚇得一個倒仰。「我、我就是看不得那條老狗把便宜占到咱們自家……啊呸，不，我是說，占、占到王爺您頭上！」

「那你想怎麼辦？」戚游直接放下文書，好整以暇地看著他。

第三十九章

今日恰逢兩人休沐，此時也不是正經的辦公時間，雷厲之所以會出現在他的營帳，其實是過來敘舊的。只是戚游並不習慣休息，依照往常般處理起了堆積的事務，是以對於雷厲種種走神的行為，並不計較。

雷厲見他這副模樣，反而縮了縮脖子，不敢說了。

他與戚游早在少年時便相識，無法無天的雷府大公子只有在北安王面前才會收斂幾分，這是軍中大部分人都知道的事情。

旁人都以為他是懂得尊卑，但事實上，雷厲會這樣，究其根本，就是他認慫。他活生生被小了好幾歲，但功夫、手腕都比他強的戚游，給搓磨服氣了。

如今見到戚游這認真的模樣，他不由得回憶起當初某些挨揍的情景，便乖乖不敢亂動了。

戚游輕笑一聲，道：「現下又不是什麼談論公事的時間，你有什麼想法就說說。」

雷厲看了他一眼，見他面容可親，便又翹起尾巴來。「王爺，是這樣的！我覺得啊，咱們完全可以給王妃開一條新的商道啊！」他指著旁邊的地圖。「您瞧瞧，阿勒族他們其實就在北面的丘陵後頭，那塊其他戎族根本看不上的地盤。他們不走丹巴的路線，可以直接從西邊繞出來，然後往昌嶺郡那邊走。只要咱們的人事先知道，檢查過沒什麼問題，就可以直接給他們放行。這一道，離著康城那邊還近些呢！」

「昌嶺郡？你們雷家親信駐守的那塊地方？」戚游回憶了一下。

「對！」雷厲點點頭，討好地說：「王爺您對王妃這麼好，只要您下道指令，我立刻讓雷奔他們給個通行書，讓王妃的人暢行無阻。」

戚游似笑非笑地看了他一眼，詢問道：「我對王妃好嗎？你怎麼知道？」

雷厲愣了愣。

他不知道是不是該接這個話題，但見戚游面容和緩，似乎沒什麼不喜，於是想了想，還是誠實說道：「您與王妃成親都三、四年了，別說妾室，就連個側妃都沒有……這、這不是對王妃好嗎？」

「我有沒有側妃和妾室……」戚游有些疑惑地看著他。「跟我對王妃好不好有什麼關係？」

雷厲一時也沒跟上戚游這思路。

戚游將文書都整理了一番，突然又解釋道：「王妃秀外慧中，掌家……近來掌家也算有方，再加上生子育兒，一切都打理得妥當。她已經將妻子的分內之事做好了，我再找些女人進去，不是平白打破家宅安寧嗎？」

說到這裡，他不由得想起曹覓的性子。

也不知道如果自己真納了妾，王妃會不會如同尋常女子一般不高興？但戚游發覺自己近來是越來越在意她的感受了，一想到有令曹覓傷心的可能，他便越發堅定了不納妾的念頭。

「咦？這樣說起來，確實十分有道理。」雷厲崇拜地看著戚游，自曝家醜道：「我家裡那個好像也是在我納了兩房妾室之後，才開始對我陰陽怪氣的。」

戚游翹起嘴角笑了笑，難得興致一起，又分享道：「這就好比你原本總領雷家軍，在封平一帶戍守，我偏要調一個監軍過來與你爭搶領軍的權力，你做如何想？」他不等雷厲回答，便自顧自回答道：「你如何想倒還是其次，雷家軍卻很有可能因為你們的互相爭奪而分崩離析。聽明白了嗎？只要你恪盡職守，不犯什麼大的差錯，我便不會重新調人，打破這平衡。」

「明白了、明白了！」雷厲激動地不住點頭。

他兀自感嘆了一陣，突然琢磨出了點不對勁。「可是王爺……這軍中的事，怎麼能和家宅後院相比？而、而且……您難道從沒覺得，這後宅吧，咳，只有一個女人，咳、咳！就、就很單調嗎？」

戚游斜睨他一眼，一副「孺子不可教也」的語氣教訓了一句。「美色誤人。」說完，他起身來到門邊。「我到西營那邊去一趟，你若沒事的話，先回去休息吧，明日陳賀回來之後，我有事與你們商議。」

雷厲回過神來。「好的。」

他手腳並用地起了身，迅速走到戚游身後。兩人一前一後出了門，雷厲被屋外凜冽的冬風吹得打了個哆嗦。「哎喲！太冷了這天！」

但他很快瞥見一道出來的戚游連眉頭都沒皺，於是趕忙止了抱怨，強撐著挺了挺背，喊住戚游道：「對了，王爺。」

「嗯？」戚游頭也不轉地應聲。

「您剛才還沒答覆我呢！」凍得難受的雷厲說道：「昌嶺郡那邊要不要我去打個招呼，讓王妃的商隊能夠直接過去啊？」

戚游腳步一頓，須臾後繼續提步，回應道：「不用了。不過是婦人家的小事，無須麻煩軍中。」

他說完便加快腳步徑直離開。

雷厲搓了搓手，沒有追上去，只在原地喃喃了聲。「呃……也沒啥麻煩啊……經過昌嶺郡，檢查得還更嚴格些呢……」

他思考了片刻，沒琢磨出個所以然來，便徑直轉身回自己院落取暖去了。

過了幾日，一列普通的車隊蜿蜒在封平城外。

為首者與守城的將士溝通之後，順利地進入了封平。之後，他帶著人一路通過數道關卡，來到了城中軍隊駐紮的地方。

一位將士出來與他交涉，片刻後，將士令車隊在原地等待，自己則往主將營走了過去。

他在營外等了片刻，得了戚游的接見。

「怎麼了？」戚游詢問。

「啟稟王爺。」將士半跪著道：「康城那邊來了一支車隊，說是奉王妃之命，給王爺送了些東西過來。」

戚游聞言抬起了頭。

他還未說話，旁邊的雷厲就忍不住期待地詢問道：「王妃？新一批的水泥提前到了嗎？」

康城那邊時常會往封平軍中運送水泥，但由於產量的限制，每次運送的分量有限。如今正值雪季，戚游和雷厲一眾將領都開始愁起兵卒過冬的問題，水泥早一些運送到，就能早些修建更多的火炕。

報信的將士聞言一頓。「不是，東西是王妃專程派人送來的，屬下不敢擅自查看。」

雷厲興致缺缺地坐了回去。

戚游問道：「車隊領頭的是誰？」

將士如實回稟道：「是戚六大人手下的人。」

「嗯。」知道領頭是戚六的人，戚游便不擔心了，隨口對旁邊的戚三吩咐道：「戚三，你過去清點一下吧，若沒有什麼緊要的，你就直接看著安排。」

戚三道了聲「是」，領了命令直接離開。

他走了之後，房中又響起了討論的聲音。

「……武平那邊的情況比我想像的要嚴峻一些。」戚游看了雷厲一眼，命令道：「雷厲，還是你親自帶兵過去一趟，威懾一下那邊的戎族殘餘。」

雷厲抱拳領命。「王爺放心。」

北安王點點頭。分明已經做好了安排，面上的神色卻未見緩和。

他頓了頓，又道：「朝廷那邊承諾的軍需如今還未抵達，本王已經派人往臨州那邊採購了。陳賀，你這兩日將城中的越冬物資都整理出來，先讓雷厲他們帶走。」

戚游的右手邊，一個留著文人鬚的中年將領點點頭。「末將明白。」

他年紀大，對此類安排見怪不怪了，雷厲卻堵得厲害。

他深吸幾口氣，到底沒忍住，破口罵道：「這都什麼狗屁東西！遼州這邊的軍餉都拖了多久了？怎還要王爺投錢來補這個窟窿眼?!」

戚游看了他一眼，沒有說話。

雷厲於是又道：「武平往西那一段的布防修建年年提，年年都沒音訊，將士們巡守的時候，躲在八面漏風的茅草屋裡，都不是被戎族那群瘋狗咬死的，是被活活凍死的！」

戚游眼神暗了暗，半晌後仍是勸慰道：「我知道。武安那邊條件艱苦些，我會儘快安排東西過去。你到了那邊之後，先安排部分凍傷的兵卒回來。」

雷厲臉色漲得發紅，偏偏不敢在戚游面前發脾氣，只得悻悻道：「末將領命。」

戚游見狀，又道：「我們不好受，那些戎族的殘餘也同樣挨著凍，只要熬過了這段時間，等到開春，一切就會好轉。」他堅定地對著屋中的兩位將領承諾道：「明年冬天，決計不會再像如今這般難過。」

戚游今年剛到遼州，之前不了解這邊的情況，導致錯過了向上追討軍餉軍資的最好時機。但等到這段時間過去，他空出來，必定是要回去要個說法的。

雷厲和陳賀見他這副表情，心中也安定許多。

雷厲終於不再慫著氣，行了一禮。「屬下明白。」

戚三按照戚游的吩咐，出來清點曹覓送來的東西。

領隊的交給他一個精緻的包裹，道：「這裡面兩套羊絨衣物是專門為王爺準備的。除此之外，車上還有三百套羊毛衫，是王妃送給王爺麾下親兵的東西。」

戚三看了看車上的東西。「老六還說了什麼沒有？」

他對這些東西不甚了解，知道這人是戚六的人，於是打探起消息。

領隊點了點頭，突然湊近戚三耳邊，小聲道：「戚六大人特意讓小人囑咐大人，這三百套衣服營裡的弟兄們根本不夠分，讓您不要聲張，悄悄將東西截下，先緊著自家人分。」

如今，戚游的親兵已經由原本的五百擴張至將近千人，由戚三等八位戚游的親信各自率領。

這其中，除去戚六率領的那一隊留在康城保衛王府，和另外兩隊被派出執行特殊任務，封平周邊還有五支隊伍，將近六百餘人。

雖說他們都是為戚游效命，但隊伍之間有合作也有競爭，自然也免不了有些親疏。戚六與戚三從小一起長大，兩人關係極好，是以戚六才會在這種小事上給戚三一些「小小建議」。

戚三聞言，詫異地挑了挑眉。

他轉身去翻了車廂中的一套羊毛衫，很快便感受到掌中衣物的柔軟和驚人的保暖。在這個時代，很少有衣物一入手就能讓人感受到暖意。

他驚訝地摩挲了一下這件衣物。「羊毛？這並不像硝製的皮毛，感覺更暖和一些……這是怎麼做出來的？」

那領隊人聞言，誠實地搖了搖頭。「屬下不知。」但他想了想，補充道：「近來王妃一直派人在遼州內和塞外大量收購羊毛，就是為了製造這些衣物。這一批還是王妃為了感謝王爺之前為張氏等人解圍，直接從容廣山莊那邊調出來的。」

戚三突然意識到什麼，又問：「你們隊伍已經都有了？」

「嘿嘿！」領隊的是戚六手下的副官，與戚三也熟識，翻了翻自己的領口，小心地將一件羊絨衫的衣角拽了出來，忍不住炫耀道：「我這個可不一樣，這是羊絨的，跟給王爺的那套是同一種材料。車上這三百套就是羊毛，論起來比我這個差遠了。」介紹完，他又感嘆道：「王妃仁心啊！說我們這些守衛的將士辛苦，所以當先給我們隊伍每人都發了一套，嘿嘿！看不出來吧，我腿上也穿了，可暖和了。這一路迎著風雪趕路，除了臉被颳得有些疼，身上完全都不冷的。」

戚三目光幽深地看著他，等到他炫耀完，喊來一個心腹，吩咐道：「去叫幾個人過來，把車上的東西卸了，運回我們軍中。」

心腹點了點頭，徑直下去安排了。

戚三留在馬車旁，正等著人過來，旁邊的院落中突然走來三個人。

打頭的一個見到戚三，興奮地喊了一聲。「三哥！」

他年紀不大，兩、三步躥到戚三面前，詢問道：「三哥，今日不是你當值嗎？怎麼沒跟王爺在一塊兒，出現在這裡？」

戚三不動聲色地把他的手從自己肩上拿下來，並不回他的話，反而虎視眈眈地看著尾隨過來的另外兩人，與他們草草一抱拳，算作見禮。

眼窩深、鼻梁寬的格爾正是戚游麾下專領異族兵卒的一位將領，他走到戚三面前，饒有興致地看著曹覓的那個車隊，突然對旁邊一個僕人問道：「這是什麼？」

這位僕役是容廣山莊的人，哪裡懂得軍中的彎彎繞繞，聞言，他詳實回答道：「這是王妃命小人們送來的羊毛衫，感謝眾位大人保下了張氏那個商隊。」

格爾眼前一亮。「張氏？古戈的那個妻子對吧！就是我手下的人認出了她呀！」他開心地拍了拍那個僕役的肩膀。「王妃仁德，居然還送了禮物過來，你們等著，我這就安排人來取回去。」

第四十章

格爾剛轉過身，就被戚三按住肩膀。

戚三皮笑肉不笑地解釋了一句。「格爾，這批衣物王爺已交由我清點，恐怕你不能派人來取。」

這句話故意說得模糊，腦筋轉得有點慢的格爾愣了愣，以為戚游已經安排好了，於是確認道：「啊？王爺已經安排好了嗎？」

戚三拿著雞毛當令箭，點了點頭。

格爾見他肯定，便悻悻地息了念頭，正要回應，另一個跟他一起出來的男子搶先說道：「這麼點東西，王爺安排了什麼？都送到戚三你那邊去？」

他可不像格爾這樣好糊弄。

戚三挑挑眉。「長孫淩，這話什麼意思？」

長孫淩沒有第一時間回應他，反而走到了車隊旁取出車廂上的貨物。

戚三心頭咯噔一下，知道今日這事情難了了。

另一邊，長孫淩已經拿出了一套羊毛衫，仔細查看起來。

他們這樣久居軍中的，一下就能意識到這種既保暖又不會妨礙行動的衣物，對兵卒有多麼重要。他愛不釋手地翻看著羊毛衫，激動地朝著戚三喊道：「戚三，這東西我的隊伍裡先來二百三十套！一人兩套，恰好能換洗！」

格爾和最開始那個少年也湊到跟前去，稀罕地摸了摸那羊毛衫。

兩人也不笨，立刻一前一後按照長孫淩的演算法，報出了自己隊伍需要的數量，似乎報得快了，就能儘早拿到東西一樣。

戚六的副官還站在戚三身邊，苦笑了一聲。「哎喲，各位將軍，哪有那麼多啊……」

一時間，北安王手下最得力的幾個將領就站在倉庫前，對著一車的羊毛衫搶得面紅耳赤。

好一陣過去，誰都不服誰，便約定著之後去找戚游作主。

夜裡，戚游解決完手上的事務，回到房中已是月上中天的時候。

他簡單洗漱過，正準備就寢，就聽到門外侍衛通報道：「王爺，戚三大人求見。」

「讓他進來。」

很快，戚三捧著一個精緻的包裹進到房中。

他將包裹放到戚游屋內的案上，稟告道：「王爺，這是王妃今日送來，專門為王爺準備的禮物。」

戚游看了那包裹一眼。「禮物？」

他想起了白天裡的事情，詢問道：「車隊送了什麼過來？」

之前，長孫淩他們雖然喊著要讓戚游作主，但是誰都不敢拿這種小事去打擾北安王，所以戚游還不知道車隊那邊發生的事情。

戚三如實回道：「除了專門為王爺做的兩套羊絨衣褲外，王妃還送來了三百套普通的羊毛衫，說是為王爺的親兵準備的。」

戚游點了點頭。「我知道了。」

他給了戚三一個眼神，示意他離開，但往日裡與他默契十足的戚三卻似乎沒有領會到命令，依舊站在原地。

戚游又問了一句。「還有事？」

「咳！」戚三清了清嗓子，借著近水樓臺先得月的便利，說道：「王爺英明。那些羊毛衫只有三百件，根本不夠城中的兵卒們分，卑職想著，是不是就不大費周章了，由小人和戚九的隊伍直接分了便是？」

戚九，就是白天裡那個喊他「三哥」的少年。

戚游聞言，正待點頭，卻突然想起了什麼，笑道：「倒是難得見你這麼急著討要東西。」

他原本對著戚三口中的「羊絨衫」沒什麼興趣，畢竟平日裡的衣物也都是王府中的裁縫繡娘做好之後，再派人送來的。戚三一提起，他自然就以為是曹覓借著車隊替他捎帶了一些普通衣物。

也是這番討要引起了他的興趣，他走到案前將那包裹打開。

包裹中，放著兩套白底玄紋的羊絨衣物。

北安王穿的東西自然不能跟普通人一樣，只顧保暖舒適，王府中的繡娘在曹覓三腳貓功夫的指點下，硬是自己琢磨出了另外幾種織法，這才趕出能配得上王府中幾個主子的衣物。

雖然單論精緻程度，這些羊絨衫仍舊比不上戚游平日的衣物，但其上挺拔的墨竹昂然立於玄石之上的圖案，也使得這兩套衣服在織法單一的羊毛衫中脫穎而出了。

戚游取出一件，入手便感覺到這種衣物的不凡之處。

他心中一時轉過了好幾個念頭，直截了當地問道：「這種東西，王妃那邊還有多少？」

戚三知道他會如此問，早將能打聽的消息都打聽過來了。「稟王爺，據屬下所知，這類羊毛衫，王妃那邊也沒什麼存貨了。此次王妃也是為了張氏他們的事，這才從容廣山莊那邊調了一批過來。」

「如此說來，張氏商隊運送的那些羊毛，就是這類衣物的主要材料？」戚游很快將兩件事聯想到一起。

戚三頷首，回答道：「是。」

戚游點點頭，沒有耽擱，轉身走到書案之後，提筆開始寫信。

羊毛衫的好壞他一眼就分辨了出來，此時寫信，自然是為了跟曹覓商討批量購買的事宜。

但剛寫了個開頭，他便驀地停頓下來。

他原本準備著手寫下採買的具體數量和價錢，臨到落筆時，突然想起曹覓之前與他說過的話。

在他的記憶中，那個執意不肯要水泥價錢的嬌小女子，仰著頭，頭頭是道地與他說著什麼「共同承擔」的歪理。

那時候，他只覺得曹覓幼稚。一個婦道人家，將家中打理清楚就是了，談什麼與他共同承擔？拿什麼與他共同承擔？

但是如今看著桌上的東西，他又有些拿不定主意了。

他怕這封信寄回去之後，曹覓又會弄出些什麼奇怪的理由打發了他，再平白把東西送來。

一點都不想「吃軟飯」的北安王陷入了一種詭異的沈默中。

戚三發覺他的異常，小聲喊了句。「王爺？」

戚游被他喚回心神，有些舉棋不定地詢問道：「之前我們派去臨州的那批人，還沒帶回消息嗎？」

戚三頓了頓，回道：「軍中採購的冬衣數量巨大，一時確實難有回音。而且……王爺，恕屬下直言，王妃手中的羊毛衣物，可不是尋常冬衣能比擬的。屬下以為，若王妃的山莊能供給大批軍士所需，倒不如將先前派出的商隊喊回來，直接到容廣山莊那邊採購羊毛衫便是。」

戚游聞言，只覺得案上的信更難以寫就了。

「可是王妃……可能不會要錢。」他試探性地想要提醒戚三這困境。

戚三愣了一瞬，完全沒聽出自家主子的話外意思，只感慨道：「王妃博施濟眾、廣收流民，是遼州上下皆知的。如今王妃惠及軍中，屬下代眾位兵卒，叩謝王爺和王妃恩德。」

戚游沒有回應，反而沈默了下來。

戚三跟在他身邊好幾年，發現氣氛突然有些凝重，試著摸索自家主子的心思。「王爺是……在防備王妃嗎？」

之前他們還在京城時，戚游懷疑王妃性情大變，曾讓他們這些手下暗中調查過一段時間。戚三能力過人，當時發現了許多蛛絲馬跡，但當他將證據呈上，以為戚游會索利收拾掉曹覓時，戚游卻突然叫停了。

他不僅將那些證據都燒掉，還囑咐他們幫著曹覓將一些馬腳收拾乾淨，從此再也沒提這些事。

戚三從不懷疑主子的決定，那時便把事情拋到了腦後，但此時見戚游連曹覓的東西都不想要，這才想起了舊事，想確定戚游對王妃的態度。

雖然有些心疼，但戚三還是艱難地下了決定——如果王爺不喜王妃，那、那這些羊毛衫不要也罷……其他冬衣雖然品質差，也不是不能穿。

哪想到戚游聽了他的話，居然奇怪地笑了一聲。「你也覺得我該防備她？」

戚三躑躅著，不敢開口。

倒是戚游起了興致，說道：「我們雖說是主僕，但從小一起長大，感情不比尋常。你對現在的王妃是什麼看法，不妨說來聽聽。」

戚三聞言，便也收了顧忌，直言道：「不瞞王爺……屬下不僅覺得王妃奇怪，也覺得王爺對待王妃有些奇怪。」

「哦？」戚游一挑眉。「怎麼奇怪了？」

戚三心一橫，道：「王妃性情變化宛若換了一個人，這是大家有目共睹的。但當時在京城時，王府後院出了好幾件事，王妃受了刺激也說得過去。但更令屬下覺得奇怪的是……王爺明明早對王妃行徑存疑，當時也有機會深入調查，為何當初事未盡，卻突然令屬下幾人收手了？屬下不是質疑王爺，您將戚六留在康城，我一直以為您是另有安排。但今夜聽了您的話，屬下又覺得……您不是特別在意王妃的變化。」

戚游被戚三的話帶入回憶中，喃喃重複。「當初為什麼突然令你們收手……」他驀地輕笑一聲。「嗯，大概是因為我覺得她行事有章法，不該隨意受到懷疑吧。」

「啊？」戚三直接愣住了。

戚游便解釋道：「你記不記得，那時剛平叛回來，我們就得到皇上要收回北安封地的消息了。」

戚三點了點頭。

「我那時雖然一直積極應對，心中不免苦悶怨懟。」戚游攥緊了拳頭。「憑什麼？從祖父那一輩開始，哪一任北安王沒有為江山社稷灑過熱血？可不管何時，坐在龍椅上的人卻從未真心善待過北安王府。若是我自己不爭氣，或真有二心，被奪了王位和封地也就罷了……可難道我做得還不夠好嗎？」

他深呼出一口氣。「也恰好是那時候，王府出了夏臨、春臨的事情，我早就主動提出要幫王妃，但她都拒絕了，將事情處理得比我想像中要好上許多。一開始我其實很不解，主僕有別，一般主母發現夏臨犯事的端倪後，或許就不問對錯，先打殺了再說。但她冷靜地蟄伏許久，找出了所有證據才將人定罪，沒有放過任何一個參與者，也沒有捲進其他無辜的人。

「說實話，王妃這種做法很麻煩，甚至有些愚蠢與婦人之仁。但……或許她永遠都不會知道，在這個法制崩壞，皇帝可以不辨是非，憑藉莫須有的罪名就隨意更改一位親王封地的時候，她的做法……很令我動容。這世間污濁，難為她還澄澈不染，遵循法度。」

戚三張了張嘴，半晌說不出話來。

戚游也不在意，此時他與曹覓分隔兩地，他只是需要一個嘴巴牢靠的聽眾，讓自己可以一抒胸懷。

他也不明白這是不是思念，只是下意識地很想與人談論那個澄澈不染的女子。

「後來，我們來到遼州，她在路上救下很多流民。那時候，我已經吩咐管事備下足夠的糧食和銀兩，就等著她向我求助，便讓人接管那些流民……可是，她又出乎意料一直都沒開口……再後來，就是水泥和羊毛衫的事情了，她不僅靠著自己的力量立足起來，還反過來說要與我共同承擔，幫了我許多忙。戚三，你說她多奇怪？這世間女子依靠男子不是天經地義之事嗎？為何她便不同？」

「王妃……確實與尋常女子不同。」

戚游勾著嘴角。「是啊……所以其實到現在，我也不知道該將她擺在什麼位置，但她在不依附我的情況下，將府內各項事務都打理得井井有條，又將幾個孩子教養得那般好，我覺得這樣就是最好了……她比起之前是有變化，但現在，王妃不能被任何人輕忽，也包括我。」

戚游沒有說出口的是，他如今不僅是不敢輕忽王妃，近來更是有越來越在意她的跡象。他很小便成了親，如今孩子都能習經了，卻從未在忙於公務時想起後院家宅的小事。可是這段時間，離開王府之後，他的腦海中便時不時會出現曹覓的身影。

這份想見無法見的執念壓在他心頭，堆成了高高的山脈。他原以為這高山阻隔了豐沛的水氣，但在今夜細細念著曹覓不尋常之處時，才驀然發現山上一直是四月天的盛景。山間花曳鳥鳴，從不懂情愛的北安王也撥開了清霧，撞入了落英繽紛的桃花林。

戚游回過神來。「好了，羊毛衫的事情我已經有了決定，今夜便寫信送回康城。你先下去吧。」

戚三聞言，頷首道：「是，屬下先行告退。夜深了，還請王爺注意身體，早些歇息。」

戚游點了點頭，道了聲「知道了」，戚三便直接離開。

他走了之後，戚游借著燭光，將自己原本寫好的信重讀了一遍，半晌後，終於堅定決心，將寫了一半的信件團起扔掉，重新取過一張紙箋。

「……感念王妃慈悲之心，本王欲辟昌嶺為專屬商道。日後，王妃麾下隊伍，可持特行令，暢行此路。昌嶺沿途有軍隊把守，比之丹巴商道，道邇而險稀……離家日久，甚是思念，盼卿與三子俱安。」

北安王慜了一晚上的家書，很快送到了曹覓手中。

傳信人輕車簡行，明明晚了好幾日上路，卻與張氏的商隊在同日抵達康城。

曹覓在正廳中接見了信使，看完信件之後，從容地與他商議起接下來的羊毛衫供應事宜。

等她找到藉口回到房間，才一臉不敢置信地將信件重新掏了出來，一字一字地確認。

「怎麼回事啊？這是……這是不打算付我錢的意思嗎？」曹覓一頭霧水地抓著信。「水泥的原材料是從你的封地上無償開採的，我才不敢厚著臉皮跟你要錢。羊毛衫從頭到尾都是我操持的，怎麼你就還直接不打算給錢了呢？給我開了個專屬的商道……這確實還可以，少了丹巴那邊的剝削，羊毛採購價就可以降一降了。可……這也彌補不了我的損失啊。要不我直接算好帳，就用我從內庫那邊借的錢抵掉？這也不太厚道啊，怎麼顯得戚游沒跟我計較，而我在一筆一筆清算呢……得冷靜想想，看看這商道有沒有什麼可以利用的地方……」

曹覓一個人在房中發洩完滿腔負面的情緒，這才重新打開了門。

信使終於等到她出來，連忙呈上一張令信。「王妃，方才與您商定的事情，小人已經盡數記下。請王妃加蓋私印，待小人送到容廣山莊，令山莊那邊提前準備。」

曹覓接過令信，再次確認了一下信上需求的羊毛衫數量，頭皮發麻地嚥了口口水。

「嗯……你做得很好。」她抬起頭，擠出一個萬分勉強的笑容。「東籬，去取我的私印來。」

東籬行禮道：「是。」

不管這場誤會是怎麼結下的，整個冬天，容廣山莊除了準備來年的肥料，其餘人手都投入織造羊毛衫的工作中。

大雪紛飛中，年節的腳步悄然而至。

康城裡的年味不及京城，但今年的北安王府卻一改去歲冷清的模樣，差點被來客踏破門檻。

戚游在過年之前回了一趟康城，但不是心心念念要回王府過年，而是康城裡的事務已經堆積到他必須回來一趟。

來到遼州之後，他多數時候在外，與幾個孩子相處的時間大大減少，但曹覓卻知道，整個王府就是因為有他在外奔波，才能撐起來。見他此次回來明顯精瘦了些許，儘管兩人之間並沒有夫妻之情，她還是有些心疼。

她覺得自己應該是最近對著三個孩子的時候多了，忍不住把家裡的這一位也列入了需要看顧的名單。

正月裡的熱鬧過去之後，一家人久違地一起坐在榻上，享受著難得的清閒。

三個孩子久未見到父親，都圍到他身邊，聊起近來的瑣事。

戚瑞二月時就六歲了，已經開蒙大半年，雙胞胎也蹭了幾個月的課。戚游坐在榻上，考校起三人的功課。

時常被林夫子誇讚的戚瑞在父親面前比往日裡要規矩，模樣像極了他的父親。

兩人就這樣一個低頭側耳傾聽，一個抬頭恭聲回話，暖融融的燈火將父子的身影映到牆上。曹覓剛吃過飯，正是犯睏的時候，昏沈之間只覺得家的概念在這一刻無比的清晰真實。

老大和老二的課業好，輕易得到了戚游的讚許，只有老三，哀哀切切擦過而已，委屈地回頭找曹覓時，眼角還泛著點淚花。

曹覓就有些不滿意地瞅了戚游一眼。

其實戚然的表現放在別家也算優異了，畢竟他還不滿四歲，實在是上面兩個哥哥太優秀，這一番比較之下，就顯出他的平凡了。

但戚瑞和戚安本就不能以常人的標準看待，曹覓自己很少拿三人比較，就怕老三心裡出現什麼陰影。

考完了課業，戚瑞突然問道：「父親，封平是什麼樣子的？」

戚游想了想，道：「康城和京城是用來生活與享樂的城池，但封平是時刻準備戰鬥的關隘。」

他提起封平高築的城牆，數十座瞭望塔陳列在周邊，入秋之後，兵卒每日都能在上面看到隱於荒道上的戎騎。

他也提起今年風雪，武安村的一個兵卒收養了周邊許多孤兒，被發現時許多孩子已經凍傷，是雷厲下了命令才保住那些孩子的性命。

戚然眨了眨眼睛，突然說道：「孤兒？可以把他們送到容廣山莊去啊！」他轉頭看著曹覓。「娘親可以收留他們。」

幾個孩子後來又跟隨曹覓去過兩次容廣，對那裡的學堂記憶猶新。

曹覓摸了摸他的小腦袋，感覺到戚游看過來的目光，她知道這句童言應該是被北安王聽進去了。

於是她點點頭。「嗯，也可以。」

她看向戚游，索性直接道：「去年山莊豐收，倉中的糧食有了富餘，遼州今年若還有流民，山莊可以繼續收攏一部分。」

「妳還有餘力？」戚游挑挑眉。

曹覓頷首，想了想。「明年我打算擴大耕作的規模，將山莊中閒置的土地開墾出來，再將羊毛坊從山莊中分出去，莊裡目前需要大量的人手。」

事實上，曹覓對於明年的規劃遠不止以上兩項，但她知道，點到為止就夠了。

果然，提起羊毛的事情，戚游也上了心。

封平的軍隊已經知曉了羊毛的好處，如今大軍上下還有幾萬套的缺口沒有補上，他也有些急。再者他如今成為遼州的封王，曹覓能解決部分流民的問題，於他也有益處。

於是他點點頭，道：「本王知道了。妳明年能接納多少人？」

曹覓琢磨了一下。「那些走投無路的孤兒……你看著辦吧，能送來的就都送來吧。但是青壯的話，我需要七百左右，不拘是男是女，只要能幹活就行了。」

戚游點點頭，明顯是應下了。

兩人都沒有注意到，在日常的交流中，他們已經自動省去了「本王」、「妾身」這樣的自稱。

曹覓在心情放鬆的時候，有時候說得順嘴，就會直接忘了稱呼這回事。但戚游的改變似乎來得有些突然，卻又順理成章。

但在這時候，就連戚游本人都沒察覺到這點微小的變化。

曹覓想到什麼，又問：「你……開春了又要去封平？」

戚游點了點頭。「嗯，二月末。我住到瑞兒六歲的生辰過後再離開。」

曹覓若有所思地點點頭，戚瑞卻突然說道：「父親，我想跟你一起去封平。」

第四十一章

這話一出，兩個大人都呆住了。

戚安不甘示弱地接了一句。「我也要跟大哥一起去！」

戚游按住了戚安的頭，止住了他撲騰的勢頭，轉頭對戚瑞問道：「怎麼突然有這種想法？」

戚瑞認真道：「書上說，讀萬卷書，不如行萬里路。封平是盛朝北面最緊要的一座關隘，也是父親常駐的地方，我想去看看。」

戚游搖搖頭。

「那話確實不錯。」他看了戚瑞一眼。「但你還未讀完萬卷書，談何行路？」

戚瑞一頓，隨後又辯駁道：「可我聽戚六說，父親很小的時候，就跟著爺爺上過疆場了。」

「你以為疆場是什麼好玩的地方嗎？」戚游凝眉問道。

被長子這麼一提，戚游也想起了自己六、七歲的時候，第一次直面戰場時，被父親揣在馬上。白日裡他一直沈默，面無表情地看著廝殺的場面，上一任北安王很滿意，甚至誇獎他有膽氣。

到了夜裡，倖存的人回去收拾戰場，所有人都安安靜靜的，不復白日裡喊打喊殺的吵鬧。他站在父親身邊，覺得清冷的月光刺得他遍體鱗傷，血肉模糊。
「你年紀還小……」戚游幽幽開口道：「現在還不合適。」
戚瑞並不服氣，還想再說點什麼，曹覓連忙拍了拍他的肩膀。
要說戚瑞去封平這事，她肯定是第一個不同意。就算戚游剛才鬆口了，她也得跟他們父子倆抗爭。
但是北安王守住了第一道關卡，她的理智也趁這個時間回籠了。
她深知對付老大不能用直接粗暴的辦法，於是柔聲道：「林夫子這段時間教導了你許多，瑞兒想要隨父上陣，其心可嘉。」
她這話一出，家中四個男子一同朝她看了過來。
望著戚瑞重新燃起希望的目光，曹覓不自在地別開了眼，又道：「但是你有沒有想過，去封平之前要準備些什麼？」
戚瑞眨了眨眼。他還沒有考慮過這個問題。
曹覓便乘勝追擊道：「你之前也聽你父親說了，戰場危機四伏，你如今這般年紀，若沒有做好充足準備，去了也只是給你父親添亂。要到封平，你至少得先知曉一定的作戰知識，需要有一匹好馬，再加上願意誓死追隨的部隊，對不對？」
戚瑞抿著唇想了想，點點頭道：「娘親說得對。」
曹覓知道這下才算是把人勸住了，輕吁了一口氣。
她隨即又安撫道：「那接下來幾年，娘親會幫著你安排這些事，你留在康城，不僅要完成林夫子那邊的課業，也要抽空訓練武力，你可應付得過來？」

戚瑞聽到她這麼說，不懼反喜，眼睛發亮地點點頭，道：「嗯，娘親，我能應付！」

老二戚安被他帶得燃起了鬥志，也跟著湊了過來。「娘親，我也要！」

曹覓頭疼地揪了揪他的小臉，先答應了下來。「好。」

雖然不同意兩個孩子這時候到疆場，但是看到老大和老二的進取心，身為父親的戚游也勾了勾唇，心中十分欣慰。

他轉眼看到旁邊撅著小屁股、沒有「表態」的老三，皺著眉將人抱到懷中，詢問道：「然兒將來想做什麼？到時候跟著兩個哥哥，一起去封平打戎人好嗎？」

小胖墩瞪大了眼睛，驚恐地搖了搖頭。

「那你想做什麼？」戚游挑眉。

小胖墩癟了癟嘴，誠實道：「我……我想吃甜豆糕。」

北安王的臉色瞬間就沈了下來。

曹覓連忙把戚然從他手裡接過來，避免他一個生氣，直接把兒子扔出去。

維護小兒子的念頭令她勇氣頓生，狠狠瞪了戚游一眼。

之後，她低下頭安撫戚然道：「然兒有自己的喜好是好事，就算跟大哥二哥不一樣，今後也能過得開心。行行出狀元，正確的未來又不止一條路，對不對？」

小胖墩似懂非懂地點點頭，心情卻莫名好轉了起來。

另一邊，兩個大孩子聽到曹覓的話，對視一眼，默契地沒有開口。

過了一會兒，曹覓見天色不早了，便安排嬤嬤們各自將孩子們送回去。

三個孩子離開之後，屋中僅餘北安王和王妃兩人。

曹覓琢磨著要說點什麼打破尷尬，沒想到是平日寡言的戚游先開了口。「妳對老三……是不是太溺愛了些？」

他對於方才的事還是有些耿耿於懷。

曹覓皺著眉反問道：「瑞兒身為長子，天資聰穎，志氣也高遠，安兒和然兒都敬重他，將來若無意外，世子之位非他莫屬。老二從小敬佩他哥哥，有時候，瑞兒的話比我的管教還好使。雖然有些頑劣，但功課之類的正事從未落下，長大後也能順理成章輔佐瑞兒。然兒身為么兒，寵溺一些怎麼了？他心無城府，單純可愛，但重情重義，最能聽得進勸告。他若是不想踏入朝堂，自自在在地在府裡做個閒人也是好的。」

說完三個孩子，她又道：「就算不在王府，我也能給他留下足夠守成的家業，不需勉強他去面對自己不喜歡的東西！」

想到如今手頭上的容廣山莊和各個工坊，曹覓這句話說得底氣十足。那麼多流民孤兒她都養了，哪裡可能虧待自己孩子？

戚游蹙眉看了她一眼。「我在府中的時間少，三個孩子都是妳在教養，我知道，妳比我更了解他們。若只是在平凡的商賈之家，妳這番打算倒也不差，但這裡是北安王府，他們又都是嫡子，行差踏錯一步，就有可能釀成大禍。」

曹覓聞言抿了抿唇。

半晌，想明白的她點點頭，同意了戚游的說法。

其實她也知道，自己對老三有些溺愛。

對於三個孩子的愛護和關注，她自認沒有偏過心，但是老大和老二太乖巧了，曹覓甚至隱約知曉他們將來的成就，對他們自然放心許多。

只有最小的戚然，無害又討喜，在書中又因為哥哥的奪權落得慘澹收場，她希望自己的到來能改變些什麼，令他這輩子沒有憂慮。

人無完人，這是她一個女子，站在一個母親的立場上考慮的。

但是戚游的這番話，她又不得不認同。

身在王府，享受著尋常人家難以想像的富貴權勢，不管願不願意，他都要承擔起相應的責任。

北安王見她想明白了，點了點頭，又說道：「他們都還小，如今也不急，關於這件事我已經有了安排。我今夜與妳提起此事，只是想讓妳知道，妳可以按照自己的想法愛護他們，但是將來，不要干涉我對他們的培養。」

曹覓點點頭。「我知道了，王爺。」

知道戚游也是關心三個孩子的，她也不那麼抗拒了。

本來嘛，一個家庭中，總是父親嚴厲些，母親溫柔些，這樣剛柔並濟的教導，才能使孩子安穩成長。

想通這一點，曹覓也釋懷了。

北安王很忙，即使回到康城，依舊日日流連於書房。

二月中，北安王府嫡長子迎來了六歲生辰，戚游和曹覓為他辦了一場生辰宴，算是將戚瑞正式推到了遼州各大世家的面前。

生辰宴隔天，戚游才將自己準備的生辰禮送到戚瑞面前。

那天，一個曹覓從未見過的男子出現在王府中。

男子看起來足有三、四十歲，瞎了一隻眼睛，走起路來一點聲響都沒有。戚六在那人面前跟耗子見了貓一樣，挺直了肩背，恭敬喊了聲「二哥」。

戚二點了點頭，帶著身後兩個少年越過戚六，朝戚游和曹覓行禮。

戚游頷首示意他起身，戚二便退到一邊。

北安王於是指著他帶來的兩個少年對長子道：「這是戚二教養出來的，從今以後便是你的人了。你收下他們之後，為他們取名，他們就只會聽命於你。」

戚瑞雙眼發亮地點點頭。

那兩個少年郎年紀不大，看著也就十一、二歲的模樣，面對在場幾個身分極高的主子，一點膽怯都未露。

他們身姿挺拔，目光清亮，像極了剛剛學會飛翔的雛鷹。

曹覓知道，這是戚游在幫戚瑞培養他自己的勢力了。

戚瑞為他們取名為「天樞」和「天璇」，這是北斗七星中前兩顆星辰的名字。

戚瑞生辰過後，戚游便又開始準備起離開的事情。

他離開的前幾天，罕見地將曹覓請到書房。

曹覓不知所以，但還是打起精神，準備應付。

戚游讓她在旁邊坐下，詢問道：「我聽封平那些泥瓦匠說，水泥工坊中有奇特的窯，燒製的溫度比尋常的瓷窯要高一些？」

曹覓微愣，反應過來後點了點頭，肯定道：「是，水泥燒製的溫度比瓷器高，需要用特殊的窯。」

經過這一段時間的改良，水泥工坊那邊摸索出了許多燒製的規律。他們改造了原本借鑑的閔州窯，重建了新的水泥窯，專供廠中燒製水泥。

戚游聽完之後，開門見山說道：「我想要知道那種窯的建造方法。」

曹覓抬頭向他看去。說實在的，她不知道戚游懂不懂得這種窯的價值。

看起來，新窯建造方式的價值比不上之前曹覓無償供給到封平的水泥和羊毛衫，但在這個科技水準不高的時代，提高燒製溫度這種巨大的突破，背後真正的價值和意義，後世可是要載入教科書的！

如果北安王這次又準備無償索取，那她就要與他好好說道了。

但很快地，戚游輕咳一聲，似乎是有些不自在地說道：「咳，我知道妳可能不想要錢……但本王在內庫留了五千白銀，日後妳若需要，不必透過管家，可自行去支取。」

曹覓差點失態地當著他的面喊出一句。「你到底對我有什麼誤解？我想要錢啊！」

她這時候終於想明白了，之前的羊毛衫恐怕就是因為這種誤會，才讓戚游打消了給錢的念頭。

當時他不在王府，覺得書信也說不清楚，乾脆沒有表示。如今內庫中的這五千兩銀子，已經遠遠超過了新窯的建造之法和之前給出的幾批羊毛衫的總價。

曹覓雖然理解不了他的思路，但是想到王府內庫中明明白白的五千兩銀子，心情還是十分愉悅的。

她心中默默唸了一句「我就只取我應得的部分，拿個兩千兩就夠了」，一邊朝戚游點點頭，說道：「那等過幾日，我讓工坊中幾個專業的建窯師傅跟你一同離開？新窯的事情我也不清楚，直接將人派過去更方便些。」

戚游點點頭。

「他們到封平那邊，不會有什麼危險吧？」曹覓確認道。

戚游搖了搖頭。「不會，他們不去封平，我會將他們留在懷通。」

懷通在封平南面，無須直接面對戎族的侵襲，曹覓聞言便也放心了些許。

「這便好。」她答道。

話題盡了，她琢磨了一下時機，準備告退離開，戚游卻又問道：「妳不問我借這些人要做什麼？」

曹覓止住了動作，有些迷糊地順著他的話詢問道：「呃……那王爺借這些人要做什麼？」

戚游深深看了她一眼。「我準備在懷通建造一處新的冶鐵坊。」

曹覓點點頭。

戚游見她沒有開口，忍不住又問了一句。「曹翰林留下的典籍中，有沒有提起冶煉之法的珍本？」

曹覓這才反應過來他主動提起這件事的用意。

她的心跳驀地加快，因為她判斷不出戚游此番是真心求問，還是有意試探。

儘管設想過這樣的對峙，但她還是險些失態，僵著臉笑道：「這……我平日沒有留意冶鐵的內容，要不我這兩日去翻一翻？」

戚游見她這模樣，居然點點頭，心情頗佳地笑了笑，道：「如此當然最好。」

曹覓等了一會兒，見他沒有繼續追問的打算，輕吁了一口氣，告退道：「王爺若沒有旁的事，妾身便先告退了。」

戚游點點頭，任由她行禮離開。

過了幾日，戚游帶著從曹覓那裡得來的冶煉新法和幾個建窯的師傅離開。

曹覓身為一個獸醫，對冶煉什麼的根本一竅不通，那幾張冶煉法，還是她這幾日從iPad的邊邊角角資料裡搜出來的。

如今，鐵是朝廷管轄的產業，曹覓沒有打算涉及，這次北安王提起，她也算做了個順水人情。

這樣想著，她一面佯裝不捨地將自己的丈夫送走，一面開心地將內庫中的額度從原本打算的兩千兩提高到了四千兩。

很快，草生雪融，遼州白茫茫的大地被早春的新綠取代。

容廣山莊今年做了充足準備，有經驗的老農看準了時機，早早育好了苗，只待田地翻好就能下種。

北寺從各個隊伍中挑選出最勤懇小心的人，將他們叫到一處。

「今年，你們無須在大田那邊耕種了。」

眾人面面相覷，一個黑皮膚的農漢詢問道：「大管事，不在大田那邊耕種……那我們幹麼啊？」

北寺安撫道：「無須擔心，你們依舊還是種田。」他指著桌上的幾袋種子。「前幾日王妃安排人送來了幾袋新種，你們幾個種田的手藝好，所以我才把你們都挑出來，專門侍弄王妃送來的新東西。」

眾人點點頭。

種子被裝在袋子裡，眾人看不到，於是又問了一句。「新的種子是什麼新糧食啊？」

農家人的心目中，要專程種植的東西，總脫離不開糧食蔬菜這些範疇。

北寺搖搖頭，如實回答道：「這些都是本朝罕見的植物，由異國商人從遠處帶回來，獻給王妃的。至於這些種子究竟能種出什麼，暫時還不知道。」

聽到他這番解釋，眾人驚疑地瞪大了眼睛。

北寺見狀，也不怪罪他們。

事實上，他自己一開始聽到這個吩咐，也覺得匪夷所思。要說王妃想種點新奇的東西，他也理解，但是把種子交給王府裡的花匠侍弄便是了，何必送到山莊這邊？

可王妃的命令毋庸置疑，這些根本不知道能長出些什麼東西的種子，如今被王府的小廝小心地送到了他手上。

回憶起隨種子送來的信件上，曹覓密密麻麻的囑咐，北寺收回思緒，正了臉提醒道：「這些東西非常重要，是王妃目前最為重視的東西。你們雖然脫離了大田那邊，但是只要將新種子種好了，王妃會另有賞賜。明年就會有分田的名額了，到時候會優先考慮你們這批人。」

眾人聽了，這才安了心。

很快，拿到了種子的農人們在北寺的指導下，在山莊河流上游一處肥沃的田地上，用鋤頭翻開了第一塊土地。

第四十二章

康城城中最繁華的永樂街上，迎客樓的掌櫃正守在二樓最好的廂房門外。

片刻後，小二端著兩壺女兒紅上樓，掌櫃急急從他手中將東西接過來，用眼神示意他直接離開。

接著，他端上笑臉，推開廂房門走了進去。「幾位爺，女兒紅來了。」

開門的聲音打斷了房中眾人的談話，他們看去，見是迎客樓的掌櫃親自來了，便同他打了招呼。

坐在正中的彭壺明顯是主人，掌櫃將酒壺放到他面前的桌子上，彭壺便笑著問道：「郝掌櫃，怎麼是你親自過來了？」

郝掌櫃笑道：「早知道是彭爺來了，我早就該過來伺候了。幾位爺，今日可喝得盡興？」

彭壺旁邊，一位大腹便便的胖商賈飲下一杯女兒紅，滿足地打了個酒嗝。「嘖嘖，誰不知道迎客樓酒菜在康城獨領風騷？要是在郝掌櫃這邊都喝不盡興，要到哪裡去才能滿意？」

他這番恭維使得郝掌櫃笑得瞇起了眼。「眾位爺滿意便是小店最大的福氣了。」

幾人互相客套了幾句，性喜美酒好菜的胖商賈突然盯著對面一座還沒建好的酒樓，說道：「卻不知道，那家酒樓要是開起來了，會是個什麼滋味？」

他說的正是開春以來，康城內百姓茶餘飯後最津津樂道的一個談資。

在永樂街上建樓，原本並不是什麼奇事，奇的是，那棟還在修建的酒樓在半個月澆築完了第四層，竟絲毫沒有要停止的跡象，如今已經開始搭建起第五層。

「之前康城最高的樓就是城北的那座觀星樓吧？」胖商賈摸著自己的肚子。「我記得觀星樓只有三層，這一座酒樓……竟是已經建到了第五層！」他感嘆著問道：「它要修到幾層去？這在整個盛朝都罕見吧？」

宴會的舉辦人彭壺回答道：「沒有更多了，也就是五層了。」

「彭老哥的消息就是靈通！」旁邊有人詢問道：「我聽城中百姓在傳，有說五層的，有說八層的，您怎麼知道就是五層了？」

彭壺笑了笑，也不賣關子。「那酒樓建造所需的石料就是從我手中拿的。近來他們停了採購，我就猜測應該是要完工了。」

「原來是這樣！」那人瞪大了眼。「既如此，您也一定知道這酒樓背後的人是誰了？」

屋中眾人聞言，都朝彭壺看了過來。

彭壺慢悠悠飲下一口酒，道：「這個……我也無法說啊！」

他這句話的意思，先是肯定自己知道這個消息，再是隱晦地提醒眾人，酒樓背後的人不可輕易議論。

在座的都是人精，聽到這句話，也明白他的意思了。

郝掌櫃眼珠子轉了轉，心下也有了數，壓低聲音說了句。「看來，那酒樓背後的人來頭不小啊！」

「正是。」彭壺看了他一眼，好言勸道：「郝掌櫃，別說我沒事先提醒你，對付那裡，可不能用那些手段。」

郝掌櫃陪著笑，親自為彭壺斟了一杯酒，不甚在意道：「小老兒明白。來，喝酒，喝酒！」

能在永樂街這種地方把生意做起來的，哪個後面沒有靠山？郝掌櫃雖然聽進了彭壺的話，到底還是覺得無須放在心上。

「那酒樓的位置，不就是原先的百味樓嗎？」郝掌櫃繼續道：「眾位爺大概不知道那百味樓為何開不下去吧？」

「哈哈哈，這哪裡有不知道的？」彭壺笑了笑，賣了郝掌櫃一個面子。「敢開在迎客樓附近的食肆酒樓，怕是客人還沒走進去，就要被這邊的酒香菜香勾得直接轉道了。」

房中眾人聞言，皆是附和著贊同。

胖商賈連連點頭道：「對！說起這康城，乃至遼州的第一酒樓，以我的見識，還沒有人能越過郝掌櫃你這裡去！」

他是康城中有名的老饕，得了他的肯定，郝掌櫃連脊背都挺得更直了些，但也不敢太忘形，於是又道：「都是貴客們賞臉，我這小店才開得下去。」

說完，他直接起身。「今天的青魚新鮮，我去吩咐廚房，給幾位爺殺兩條來下酒，還請大老爺們多多照顧小老兒的生意才是。」

眾人受了禮，自然都齊聲道好。

一時間，屋內飲酒作樂聲不斷，儼然一副主客盡歡的模樣。

等到宴席散了，彭壺走到外頭，被春日裡的涼風一吹，這才清醒了些許。

僕役將他扶上馬車，輕聲詢問道：「老爺，這便回府嗎？」

彭壺飲下馬車內早就準備好的醒酒湯，搖了搖頭，道：「我們到文澤街去一趟。上次我不是叫你幫我去訂了遼硯嗎？我得親自過去看看。」

僕役點了點頭，吩咐外頭的車夫出發。

回到車廂內，他又道：「老爺您放心，小的知道那東西是您下個月準備帶過去京城的，叮囑了那店家要找最好的。」

彭壺看了他一眼。「京城那地界，紙墨筆硯哪一樣不比遼州這地方有名？要想東西送得出手，咱們就只能爭個『奇』。」說完，他幽幽嘆道：「這條線太重要了，這個敲門磚，多小心都不為過，明白嗎？」

僕役一直跟在他身邊，陪他跑遍天南地北，自然知道他這是有意在教導，於是點了點頭，恭敬道：「小的明白。」

彭壺這才滿意地點點頭，倚著車廂閉目養神起來。

過了一會兒，馬車拐入文澤街，卻開始顛簸起來。

彭壺皺著眉，詢問道：「怎麼回事？」

文澤街和永樂街不同，這條街道上賣的大都是文房四寶一類的東西，平日裡只有文人會光顧。文人知禮，所以這裡也比其他地方清靜許多，本以為可以在路上小憩一陣的彭壺被馬車晃得睡不著，自然有些不喜。

僕役出了車廂打探情況，回來後如實稟告道：「爺，聽說是街上有一家書坊今日開張，引得眾人爭相過去圍觀。如今前面排起了長隊，再往前馬車怕是走不了了，需要下車步行。」他詢問道：「咱們今日是不是先離開，等過兩日再來？」

彭壺有些詫異，開玩笑道：「一間新書坊竟然能引起這樣的轟動？怎麼，它賣的不是經史，是聖人的手笥嗎？」

僕役窘迫地搖搖頭。「此處離那間書坊還有些遠，小的探聽不到消息。」

彭壺想了想，也許是商人的直覺打敗了身體的倦怠，他起了身，道：「你讓車夫靠邊停車吧，我們走過去看看。」

僕役聞言道了聲「是」，轉身到車夫那邊傳命令了。

主僕二人走了一段，果然看到了一家排著長隊的書坊。

彭壺自然不會跟那些人一般老實排隊，他帶著僕役，徑直走到隊伍的最前頭。

書坊門前有好幾個人正在維持秩序，一個小二模樣的人見到他，直接迎了上來。「這位客官，您是來買書的吧？」詢問完，他也不等彭壺回答，熱情招呼道：「您這邊請。」

彭壺挑了挑眉。

他察覺到小二話中的漏洞，並沒有跟著進去，反而問道：「這裡這麼多人，難道不都是來買書的嗎？」

小二搖搖頭，解釋道：「不，他們都是來看書的，不是來買書的。閱覽室那邊人已經滿了，這才沒辦法把外面的人都放進去。但是買書的通道在這邊，裡面還有許多空席，客官如果需要，可以跟我過去看看。」

彭壼若有所思地點點頭。

他這時也發現了，聚集在此處的多是一些打扮寒酸的文人，只有他一個，身上穿的是繡滿了暗紋的名貴綢緞，手上還帶了兩個青玉扳指。怪不得小二一眼認出他與那些人不同。想明白這一點，他也就沒了顧忌，跟隨著小二進了書坊。

路上，他饒有興致地詢問道：「你們此處是書坊？怎麼還讓那些人隨意閱覽？」他記住了「閱覽室」這個地名，也大概猜出了「閱覽室」的作用。

要知道，普通的書坊掌櫃最忌諱這些買不起書，又厚著臉皮賴在書店中看書的窮酸文人了。這些人不僅不會讓書坊得到絲毫利益，有時候甚至會妨礙書坊做生意。

那小二聞言，卻點了點頭，肯定了他的猜測。「是的，方才進門後如果往左拐，就能到達閱覽室。如果不想買書，只想看書的，可以直接到閱覽室中去，尋找自己需要的書籍。」

「不用錢嗎？」彭壼確認道。

「是的。」小二回答。「只要不刻意毀壞書籍，都是無須花錢的。」

彭壼有些詫異，想了想，又隱晦地提醒道：「你們家主人……難道就不怕那些文人將書上內容背下，再回去偷偷抄寫下來嗎？」

小二愣了愣。「啊？為什麼要偷偷抄寫下來？」

說話間，他已經帶著彭壺來到一間開闊的房間。房中放了好幾張桌椅，此時卻空著。

彭壺一眼就明白過來了——這家書坊剛開張，還沒有顧客上門，外面那些文人，都是衝著免費看書來的。

小二指引著彭壺在靠門的一張桌位坐下，之後才繼續道：「閱覽室內可以隨意抄寫書籍啊。當然，如果他們自己沒有帶足東西，想要使用書坊中的筆墨紙硯，就需要付錢購買了。」

小二這解釋一出，彭壺是徹底懵了。

「抄出來的書……是要交給你的書坊換取閱覽的時間，對不對？」他按著自己多年來做生意的經驗，又有了一番猜測。

「不是，我們書坊不收抄書的。」

這下彭壺完全說不出話了，身後的僕役驚訝地再次確認了一遍。「完全不收錢？還可以隨便看書抄書？你是這個意思嗎？那你們這家書坊……靠什麼營利啊？」

「賣書和紙啊。」小二誠實地回答道。

看到兩人面上止不住的驚詫，小二畫蛇添足又補了一句。「對了，我們坊裡的書也賣得貴些。」

「好了好了。」彭壺揉了揉額角。

他覺得自己一定是醉糊塗了，才覺得能一開張就引人排隊的書坊有蹊蹺，甚至硬拖著有些疲乏的身子親自過來看看。

這下，他是真有些後悔了。

沒想到在康城文澤街這種地方，也能遇到一點生意頭腦都沒有的傻子——明明是以賣書為業，卻免費讓人閱覽抄寫坊中的書籍，這樣一來，就絕不可能從那些阮囊羞澀，願意自己抄書的文人口袋中掏出一丁點錢。

而對於那些願意買書的，這坊裡的書價格又貴。

他們是覺得想買書的都是冤大頭，還是以為自己的書都是什麼無可替代的金貴玩意兒，才能任由他們坐地起價嗎？

另一邊，小二發現自己好像搞砸了這趟生意。

他小心翼翼地詢問道：「呃，這位老爺，您要看看我們坊裡的書和紙箋嗎？我們這裡的——」

彭壺嗤笑了一聲，打斷了小二的話。

他本是想直接走的，但是一想到外面的長隊，又有些拉不下面子了。

於是他擺擺手，直接道：「這樣吧，書我是不需要了，你隨便給我包上些紙箋吧，我還有些旁的事，馬上要走了。」

小二眼睛一亮，連忙道：「好的好的，我們這邊有上中下三種——」

「你別說了。」彭壺的酒意還沒醒全，正是頭疼的時候，根本不想聽小二說話。他想起家中正學經的長子，直接道：「拿最好的來。」

小二聞言行了個禮，轉身直接離開了。不過片刻，他取回一個精緻的小木匣。

「客官，這就是我們坊中近來品質最好的春箋，您收好。」

等到身後的僕役將木匣接過，彭壺便隨意詢問。「多少錢？」

「承惠……」小二笑了笑。「二十兩黃金。」

彭壺往懷裡掏銀票的手頓住了。

第四十三章

在盛朝，黃金與白銀的兌換比例是一比十。二十兩黃金，就是約莫二百兩白銀的價錢。這個價錢對於彭壺這樣的富賈而言，平日裡買點珍玩古董也不算多，但他從來沒想過區區一盒紙箋，居然也敢報出這樣的價格。

彭壺冷哼一聲，道：「你們今日剛開張，我本想著與新店討個吉祥，卻沒想到你們竟敢這樣宰客！」

小二愣了愣，正待解釋，卻被彭壺伸手打斷。

「我不與你說。」他重新坐了回去。「你去把你們掌櫃的叫來，今兒個我彭老三還真要看看了，這康城地界有誰敢這樣壞規矩！」

小二聞言，急得直抓腦袋。

他見彭壺似乎鐵了心要見掌櫃，妥協道：「好的客官，我去把掌櫃叫來。但客官，這盒『春箋』您先還我吧，這個東西要是損失了，小的可賠不起。」

彭壺聞言，面色更加難看。

他從僕役手中接過那個木匣子，冷笑一聲道：「我不是付不起這二十兩黃金，就是純粹看不起這東西。東西放我這裡，你讓你們掌櫃親自過來跟我要。」

小二這下真急了。

他踟躕了一陣，只得囑託房外的另一個人幫忙看著彭壺主僕，便小跑著離開了。

彭壺顯然被氣得不輕，見他離開之後，將盒子往桌上重重一放，怒道：「荒唐！」

身後的僕役勸道：「老爺您消消氣，何必為這種小事發怒？」

彭壺看了他一眼，教訓道：「你知道些什麼？」他嘆了一口氣。「你跟了我那麼久，也不是不知道，咱們遼州這邊的商賈一向被外面的人看不起。外面都說我們是與戎族蠻人做生意的，沾染了戎族的氣息，是低人一等的東西！我接過家業，拚搏半生，如今也算是遼州數得上的商賈，結果呢，為了京城那一條門路，我花進去多少錢？還是響都沒聽見一聲！」

他敲了敲桌上的木匣，又怒道：「如今邊塞守軍無能，塞外商道全被丹巴一個戎族人把持，我們往北去的利潤已經被削到極低！我正在力勸本地商賈結盟，團結一致往南邊滲入，這邊就出了這樣行事出格的奸商，遼州的商賈名譽就要毀在這些人手上了！」

僕役張了張嘴，半晌道：「呃……老爺說得是。」他頓了頓，提醒道：「老爺，您還沒看過這紙箋呢，也許這東西真的值二十……」

「值什麼？」彭壺瞪大了眼睛，怒道：「府上少爺正在學經史，用的是我從京城帶回來的五蘊宣，百張也就二十兩白銀左右。」說著，他乾脆一把拉開了那個木匣。「這東西就是用真金做的，也值不了二十兩黃——」

彭壺的話說到一半，硬生生又自己吞了回去。

他擰著眉，放輕手腳從木匣中取出一張紙箋細看。

盒中的紙箋與普通信紙大小差不多，書頁呈淺黃色，聞起來還有些淡淡的桃花香氣。

但最吸引人的，還是紙箋下方的美人像。春雨朦朧中，一個執著紙傘的美人行於青石板道上。光是一個窈窕的背影，就引人遐想。

彭壺一愣，馬上又去看盒中另外的紙箋。

往下幾張紙箋的圖案與第一張一模一樣，配色上卻都略有差別。再往下找，圖案又變了，姑娘不見了蹤影，紙傘被遺落在一戶人家的木門前。

彭壺沒讀過書，對於字畫的鑑賞能力較低，紙箋上的畫作對於他而言，籠統可以歸入「好看」這個水準。

但並不妨礙他第一眼就鑑別出這盒紙箋的價值。

其中之一，是紙箋上幾種顏料的價值。他接觸過石料生意，知道畫作上的靛藍色和天青色是以兩種非常昂貴的石料研磨製成的。這些能做成顏料的寶石數量不多，價值在同等重量的黃金之上。

其二，就是這些相同的圖案。一模一樣的美人圖，絕不是畫師畫上去的，雖然少了點靈氣，卻另有一種工整的美感。

這些紙箋的製作，使用了一種超越了他已知的手段。他越看越震驚，連外間走進了兩個人都沒有發現。

來人徑直走到他身邊，主動行禮，道了一句。「彭老爺，有失遠迎，還望恕罪。」

此番動靜喚回了彭壺的神智，他連忙將紙箋放好，起身回禮。「無妨無妨。」

來人正是書坊的掌櫃。

他面上帶著歉意，又行了一禮賠罪。「鄙人姓張，是這家書坊的臨時掌櫃。今日剛開業，有些忙亂，沒能親自招待彭老爺，還望彭老爺恕罪。」

掌櫃與方才那個夥計顯然不一樣，一進門就認出了彭壺。

彭壺雖然不認識他，此時也客套地笑了笑，將人扶起。「張掌櫃不必多禮。」

張掌櫃起身後，主動在彭壺旁邊坐下。「閱覽室那邊人太多，我一時抽不開身。那個小夥計沒與彭老爺解釋清楚，讓彭老爺起了些誤會。書坊新開張，這些人還有待搓磨，還請彭老爺恕罪。」

回想起剛才的那番「誤會」，彭壺也有些面熱。

他本以為這家書坊胡亂開價，是以才發了脾氣，但是剛才一番看了下來，彭壺意識到這盒紙箋的價值，確實遠遠超過了自己的想像。

但結合起實際，他還是提了一下意見。「方才確實是一起誤會……只是，張掌櫃，」他指了指那個木匣子。「這一盒紙箋，作價二十兩黃金，雖然我知道那顏料畫作確實造價不菲，但這價格是不是依舊有些高了？」

張掌櫃連忙道：「彭老爺且聽在下解釋。方才夥計都與我說了。其實坊中紙箋絕大部分價格都不算高，只是您當時囑咐他要拿『最好的』，他一時興奮，沒與您確認清楚，就將這『春箋』取了出來。春箋是坊內這一季的鎮店之寶，僅有二十套，售完即止。再加上造價不菲，價格便上去了。」

「售完即止？」彭壺沈思了一陣，又問：「也就是說，整個盛朝也就這二十套，之後便再也沒有了是吧？」

張掌櫃點點頭。「呃……當然，到了夏季，坊中也會推出相同品質的『夏箋』，只是紙箋上的圖案之類的就完全不同了。」

彭壺理解地點點頭。

張掌櫃又轉頭吩咐旁邊的夥計。「你把『春箋』拿回去，再取百張坊內的上品紙箋過來。」吩咐完，他又轉頭看向彭壺。「就當是我給彭老爺的賠罪之禮。」

彭壺聞言，連連擺手。「不，等一下！」

張掌櫃詫異地詢問道：「彭老爺……這是？」

彭壺有些面熱地咳了咳，道：「這上品紙箋我就不要了，只是，那『春箋』，你讓人再取兩套過來……我要三套。」

書坊開張了，但曹覓並沒有精力關注那邊的情況。

她將事情安排給下面的人，便又往容廣山莊跑了一趟。

北安王的動作很快，自二月末起，陸陸續續有三批流民被送到了山莊內。這一次是分批送來的，加上北寺和南溪已經有了去年的經驗，所以這些人很快就被編成新的生產隊，投入開墾新田的隊伍中。

曹覓到來時，山莊中開墾出來的田地，較去年已經多了將近兩倍。但她如今最關心的卻不是這個。

「按照之前說的，我要將羊毛坊分出去。」山莊的書房內，曹覓看著文書，吩咐道：「羊毛坊那邊已經在建設了，大約夏末就能建好，你們要在這之前將準備分過去的婦女名單擬好。到時候，這些人就專門處理羊毛的事情。」

北寺和南溪點了點頭，道：「是。」

「另外……」曹覓看著北寺，問道：「我先前說的，今年要養殖更多的禽類和肉豬，如今準備得怎麼樣了？」

北寺聞言，稟告道：「已經按照王妃的命令在山莊東面選了一處地方，搭建了一處『養雞場』。前幾日購進的兩千隻雛雞，已經送了進去。」

曹覓聞言，頭也不抬地「嗯」了聲。

「但是……」北寺有些苦惱。「王妃，山莊內目前僅有幾個之前有過經驗的人，已經被派去了雞場，但他們都覺得……一次養這麼多禽類，十分冒險。」

「我知道。」曹覓點了點頭。「要記得我之前說的，注意保持通風，及時清理糞便，送到堆肥處。另外，每過一段時間便用石灰水或酒進行消毒。只要做到這些，就可以極大減少雞群患病的機會。」

養雞極易招致雞瘟，雞瘟難以治療，卻可以在預防上作文章。

「我最近在書中看到一個藥方。」說完了外部的環境，曹覓又提到。「將貫眾、蒼朮、大黃、膽草、明雄、薄荷葉、小麥等用水熬製，煮出的藥水可以用於預防雞群生病。」她取過一張紙。「劑量和用法我都寫在上面了，你看一看，然後吩咐養殖場的人按照上面寫的去做。」

北寺聞言一愣，隨後驚喜地接過那張紙，道：「是。」

曹覓揉了揉額頭。

她最近越發覺得自己的專業在這裡顯得有些雞肋，現在只希望這個藥方真的能有效預防雞群的疾病，不然這個養殖場可能就辦不下去了。

好在如今初次嘗試，只購進了兩千隻雞仔，就算出了事，這個損失也不是擔不起。

說完了禽類，曹覓又詢問道：「豬苗呢？都閹了嗎？」

就在去年，北寺聽到曹覓說要閹豬時，還不知所措地紅著臉，連回應的話都說不出來。

莊內幾個大夫一開始也無法接受，要把好好的豬變成「太監」這種匪夷所思的事。但是去年的幾頓豬肉宴，已完全扭轉了他們的想法，吃過又肥又沒有腥味的豬肉之後，莊內的大夫們今年根本不需要北寺吩咐，一等到公豬長到了時候，手起刀落，乾淨俐落地為牠們去了勢。

於是曹覓就見北寺面帶欣喜，點頭回應道：「是，都處理好了。今年有了經驗，那些豬仔長得比去年還好一些！」

「嗯，那便好。」曹覓點點頭。

處理完了重要事務，她將手上的文書收拾了一下。

喝了口茶，曹覓突然漫不經心地問了一句。「說起來，我去年送來的那些種子，如今長得怎麼樣了？」

意。

她心裡最緊張的就是這些個寶貴的新糧食，卻不敢露出一點異樣，讓旁人知曉自己在意。

「按照王妃的吩咐，特意找了最好的農人在侍弄，只是……」

「只是什麼？」曹覓輕蹙起眉。「長得不好嗎？」

「不是……」北寺擰著眉，似乎不知道該怎麼稟告，踟躕了一會兒。「王妃，之前您說，那些花草是想種成之後，請貴客觀賞。但……負責耕作的老農說，依照他的判斷，那些種子中約莫只有一半是能開花的。至於其他幾種……莊裡人也判斷不出，長出來的會是什麼。」

聽到這裡，曹覓暫時安下了心。「嗯，沒事。也不一定要開花，只要新奇便是好的。」

北寺愣了愣，隨即明白地頷首。「小人知道了。」

曹覓便點點頭，不動聲色道：「此間也沒什麼其他事務了，天色還早，你帶我去那幾片田裡看看吧。」

眾人隨著曹覓離開房間，一路來到山莊西面那塊土地上。

種子剛播下去不到一個月，如今就長出了些嫩苗，還看不出長成之後是個什麼樣子。

曹覓一塊田一塊田地看過去，路過玉米地的時候，欣慰地摸了摸葉子。

北寺在旁邊介紹道：「這是用那種金黃色的種子種出來的植物，施夠了水和肥，長得便精神。」

她點點頭。「嗯，對。再過一陣開始抽長時，注意肥料一定要給足了，這樣才能長得好。」

北寺愣了一瞬，隨即點點頭。聽著曹覓的話，恍惚中覺得曹覓像是十分了解這種植物一般。

曹覓在玉米地停留了片刻，繼續往前走。

很快，她看到了生在一片不知名植物中，長得欣欣向榮的紅薯藤。新生的紅薯藤正是幼嫩，立於田間地上，蜿蜒成一地嫩綠。

身後的北寺不好意思地解釋了一句。「王妃……這個，呃，種出來確實就是這副模樣……也許以後能開花，說不定就好看些了。」

那些紅薯藤在北寺和地裡的農民看來，就跟春天一到滿山亂長的野草沒有任何區別，也真的像野草一般好養活，每日裡澆澆水便能長得很好，不像其他田裡的不知名植物，需要小心侍弄。

曹覓徑直來到田壟間，小心地尋到一個落腳的地方，蹲下身查看起來。

確認這些紅薯苗大都十分健康，沒遭遇什麼病變蟲害，她吁了一口氣，轉頭對跟上來的北寺讚嘆道：「這世間居然有長得這般新奇的藤葉。你看這嫩綠的葉色，還有這彎曲的小藤，真教人愛不釋手！」

她眼睛發亮地看著北寺。「你們做得實在太好了！該賞！」

回過神來的北寺面上有些僵硬，硬著頭皮附和道：「王妃滿意便好。」

曹覓便趁著這個機會與他談起扡插的事情。「我記得，有些藤葉植物，是可以取藤條來栽種的，你知道嗎？」
北寺想了想，誠實回答道：「好像是聽一些農人提過。」
他這一年來管理山莊內大大小小的耕作事務，和農漢們打的交道多了，也接觸到一些農業知識。
曹覓點點頭，又道：「這種藤葉這樣好看，我準備擴大規模來種植。你安排一下，讓農人們先取一、兩株試試。若是扦插真能種活，那便等所有藤條長成，趕著夏耕時節栽種下去，明白嗎？」
儘管有些納悶，北寺還是點點頭，道：「是。那夏耕時節要擴種幾畝呢？」
曹覓見他一副不開竅的模樣，頗有些恨鐵不成鋼。她站了起來，鄭重其事道：「那自然是有多少，就給我種多少。」
她徑直往前走，嘴裡吩咐道：「你與那些老農說清楚，侍弄這些藤葉也要盡心，他們雖然不在大田那一邊，但是照顧的東西也是十分——等等！烈焰，別過來！」
她話還沒說完，突然發現一抹火紅色的身影往這邊奔過來，眼看就要踩上地裡的紅薯藤。
曹覓連忙出了紅薯田，見烈焰居然乖乖在田邊停下了，這才放心。
這匹剛過七歲的汗血馬即使這麼長時間沒有見到曹覓，依舊與她最親。也不知道是真的聰明認人，還是一直惦記著她手中不時會變出來的胡蘿蔔和小蘋果。
見曹覓過來，烈焰便小心地拱過來，往她手間尋吃的。

後面跟著太多人，曹覓實在沒辦法在這種時候做手腳，於是摸了摸牠的耳朵安撫著。

「烈焰，乖一點。」

北寺等人這時候趕了過來。他見曹覓擔心烈焰闖禍，尋了個空隙說道：「王妃，這匹汗血馬一向很有分寸，雖然在莊內肆意馳騁，但也就一開始踩踏過一些莊稼。後來被大夫唸叨了幾次，牠就記住了，再也沒闖過禍。」

曹覓聞言，踮著腳欣慰地摸了摸烈焰的鬃毛。「烈焰很聰明，你們與牠說，牠就能懂。」

大紅馬似乎知道曹覓是在誇讚自己，興奮地跺了跺前蹄，打了一個響鼻。

第四十四章

與烈焰嬉鬧了一會兒，曹覓見天色差不多要轉暗了，便像往常一般，與烈焰揮了揮手。

「好了，我要回去了，下次再過來看你。」

往日裡，烈焰聽到這句話便會乖乖離開，自己去找樂子。但這一次，牠居然直接擋在曹覓要離開的道路上。

曹覓愣了一瞬，又摸了摸牠，詢問道：「怎麼了？」

烈焰把頭轉向東邊，噴了幾口氣。曹覓大概能猜出來，牠想要自己跟牠去某個地方。她有些苦惱。「要帶我過去？遠嗎？」

她今天走了一路，剛才又在紅薯地裡蹲了好一陣，如今腳已經痠了。

烈焰拱了拱她的肚子，似乎想要載她。

曹覓連忙擺擺手。且不說她根本不會騎馬，烈焰養在山莊中，一直是自由慣了的，身上什麼馬鞍馬鐙都沒有，也就是戚游那樣的馴馬高手，才敢直接騎上去。

烈焰見她拒絕，不依不撓地繼續拱著。

曹覓於是妥協了，道：「好了好了，別撞了，我跟你去看看。」

一撥人又隨著她往東面走。

路上，她詢問北寺。「前面是哪裡？」

北寺想了想，道：「那裡有一個糧倉……對了，汗血馬和之前王爺的人送來的馬匹，也住在前面的馬廄中。」

曹覓點點頭。「看來是要去馬廄了。」

果然，又走了兩刻鐘，他們在馬廄前停了下來。

馬廄中，正在與三匹母馬對峙的大夫見到曹覓，連忙放下手中的事情，過來行禮。

曹覓讓他們起身，看著那三匹好好待在馬廄中的母馬，微蹙著眉。「我說今天總感覺缺了什麼，原來是這三匹馬沒有跟在烈焰身邊。是生病了嗎？」

大夫擦了擦頭上的汗，道：「啟稟王妃……這幾日汗血馬不然我們靠近馬廄，小人也是尋摸到牠今天暫時離開，才偷偷摸了進來。」他頓了頓，有些羞愧地繼續解釋。「但那三匹母馬也不讓人近身，小人還未檢查出結果。」

曹覓笑道：「嗯，烈焰這脾氣真大。」

她在門口站的這一小會兒，回到馬廄中的烈焰已經不耐煩了，回頭對著她叫了兩聲。

曹覓讓眾人待在原地，道了聲「無礙」，便隻身走了過去。

烈焰見她過來，興奮地將她推到那三匹母馬旁邊。

見三匹母馬對她這個陌生人有些戒備，曹覓便取過欄杆上的草料，裹住從空間中偷出來的小胡蘿蔔，挨個兒餵了過去。

有了美食賄賂，加上烈焰對她的維護，三匹母馬的情緒也放鬆了下來。

烈焰看著興致很高，吃完胡蘿蔔甚至在原地轉了個圈，母馬則沈穩多了，只是瞪著眼睛，期待著曹覓的再次投餵。

曹覓想了想，隱約有了些判斷。

她摸了摸最靠近自己的一匹白馬，感受著掌下豐滿的馬軀和光亮的皮毛。

她回頭詢問大夫道：「這幾匹馬，有多長時間沒有黏著烈焰了？」

大夫想了想，回答道：「這……應當是不到半個月。」

曹覓點點頭。她記得，母馬在懷孕二十天左右就不再發情了。按照之前牠們三匹黏著烈焰的那個勁兒，應該是在開春時揣上了小馬，這才不再亦步亦趨地跟在烈焰屁股後頭。

不過……這一下子，居然三匹都有了……

曹覓轉頭看了烈焰一眼。「嘖，之前小看你了啊！」

烈焰高高地昂著頭，小尾巴甩得十足起勁。

山莊中多出三匹懷孕的雌馬，這可不是什麼小事。

烈焰在曹覓的勸說下，終於讓幾個大夫進了馬廄。眾人出來之後，為首的那個大夫同曹覓稟告道：「稟王妃，初步檢查，幾匹母馬的身體都非常健康，胎兒發育也正常。」

曹覓點點頭。「如此，今後就辛苦幾位多照看了。」

馬的孕期比人要稍長，是名副其實的「懷胎十月」，這三匹母馬在初春懷孕，要到冬天才能產下小馬。

「都是下官分內的職責。」那大夫連忙表態。頓了頓，他又說道：「此事是不是該上稟到王爺那邊去？」

曹覓笑了笑，應道：「這是自然。待我回府之後，自會去信告知王爺。你們好好照顧烈焰一家，王爺若有什麼其他指示，我再派人過來吩咐。」

聽到她如此說，幾名大夫這才放下了心，紛紛告退離開。

因為烈焰這一齣，曹覓只得在山莊內多住了兩日，確認牠願意乖乖地配合大夫們的安排。

但她不知道的是，不在王府的這幾天，幾個孩子正在密謀一件大事。

「大哥、二哥……」戚然咬著手指甲，壓低聲音道：「我、我有點怕！」

「怕啥？」戚安瞪了他一眼。「我剛才讓你留在房間裡給我們打掩護，你又不樂意了。」

戚然嘴巴癟了癟，沈默了下來。

站在最前頭的戚瑞回頭警告道：「小聲點。」

他往前方望了望。「待會兒天樞回來之後，你們跟緊我，別跑散了。」

戚安雙眼發亮，道：「嗯，大哥你放心。」

戚然見狀，忙不迭也點了點頭。

過了小半刻，一個身著白衣的少年輕快地越過走廊，來到他們所在的這處拐角。

他行禮道：「主子，巡邏隊正在換班，我們可以過去了。」

戚瑞點點頭，沈穩道：「嗯。」頓了頓，又吩咐道：「天樞，你抱著三弟吧！他膽小，我怕他待會兒受到驚嚇，會壞事。」

天樞頷首，一把將縮在最後面的戚然揣在了懷裡。「三公子，得罪了。」

戚然迷茫地撲騰了幾下，識相地不動彈了。

說起來，一個剛過十二的少年郎揣起一個三歲半的胖娃娃，本該是有些吃力的，但天樞根本不費勁，像隨手抱過一個布娃娃。

接著，他小心地出了拐角，走在最前頭為戚瑞和戚安帶路。

不一會兒，幾人來到王府一處矮牆邊，見到了正在等待他們的天璇。

見他們到來，天璇點了點頭，當先翻過了牆去。

四下無人，兩個少年郎默契地一扔一接，將雙胞胎「偷渡」出了府。

隨後，六歲的戚瑞踩著天樞的肩膀，自己跨過了矮牆，輕輕一躍，穩穩地落到地上。

戚安見他出來，興奮得直發抖。「終於出來了！天樞、天璇，你們真的只聽命於大哥啊！」

兩人朝他行了個禮，天樞道：「回二公子，是的。」

偷溜出來這個主意，一開始是戚安提起來的。

他眼饞老大身邊多出了兩個隨身的僕役，趁著曹覓不在，便誘惑戚瑞試試他們的忠心——看看天樞和天璇是不是真的敢違抗北安王，只聽從他的命令。

戚瑞本來對這件事情嗤之以鼻，但是當戚安說到偷溜出府，便有些動搖了。

畢竟不久之前，兩個大人拒絕了他遠行的要求。剛過六歲的王府大公子此時還不是行事穩重的主角，一點叛逆的心思和對外界的好奇，最終促成了這次行動。

「等我過生辰，我也要父親送我兩個部下！」戚安湊到戚瑞旁邊。「就只聽我話的那種。」

戚瑞看了他一眼，拍拍他的肩膀道：「你今年八月也才四歲，要得到部下得等到後年。」

戚安嘟著嘴。「明年……這麼久的嗎？」

想明白這件事的王府二公子，臉色立馬垮了下來。

另一邊，天樞已經重新將戚然揣回懷裡，對著戚瑞道：「主子，我們先離開此處吧，再過一會兒，王府的巡邏隊伍該到這邊來了。」

戚瑞點點頭，抓住戚安的手。「嗯，走。」

五人邁開腳步，迅速地離開牆根。

他們走後不久，戚六出現在矮牆下，揉了揉額角。

副官在他身邊，請示道：「大人，我們直接出發，將幾位公子帶回來嗎？」

戚六吐出一口氣。「別驚動幾位少爺，偷偷跟著，保護好他們就行。」

副官聞言微愣。「可……幾位少爺這樣無故出府，是不是……」他斟酌了半天，不敢妄自議論幾位小主子，又沒想到什麼合適的形容詞，良久終於憋出來一句。「……是不是太危險了？」

「危險什麼？」戚六鄙視地看了他一眼。「唯一的危險，也就是那兩個奴才回來之後得受一頓皮肉之苦。」

副官訕訕笑道：「啊？是嗎？」

北安王戚游小時候也不是什麼安分性子，經常會帶著他們溜出家門，戚六對著這種事完全不陌生。

他不自在地扭了扭臀部，不可避免地回憶起當年回府後，自己和其他兄弟挨的那幾頓打。

但他轉念又想到，王妃仁慈，王爺又不在府中，那兩個少年的運氣該比當年他們幾個好些──至少不用每陪著主子偷溜出去一次，就得在床上躺個兩、三天。

收回思緒，戚六轉身吩咐道：「沒事，跟上去暗中保護就行。這種事……我有經驗。」

還不知道自己的行蹤已經暴露的公子們，正躲在一個隱蔽的院落更換衣服。

相比於一年前還需要嬤嬤追著餵飯才肯張嘴，如今的雙胞胎已經能熟練把衣服穿好了。戚瑞打理完自己的裝束，轉頭看到還在繫腰帶的戚然，自然地回頭幫他打理。

旁邊，戚安已經把最後的靴子穿上了。

「穿好了！」他站起來，在原地蹦了蹦，將自己的腳丫子完全踩進靴子中，突然大喊一聲。

「啊，自由的感覺真好！」

北安王府遷到康城已經將近一年。這段時日裡，幾個孩子也不是沒出過門，但都是被戚游或者曹覓帶著，往其他世家府上做客，或是到周邊一些景點觀景消遣。

戚然這樣單純的孩子沒什麼感覺，但戚安早憋得慌，方才他感慨的那一句，就是從曹覓偶爾講的小故事中學來的。

抒發完感慨，戚安回頭拉了拉戚瑞的手。「哥，我們接下來去哪裡？」

相比於只是一門心思只想出來玩的戚安，戚瑞顯然沈穩許多。決定要出門一趟之後，他便做了許多準備。

他們此時所在的院落和用以更換的普通衣物，就是他在幾天前讓天璇借著外出的機會置辦下的。

雖然沒單獨出過門，但戚瑞也知道，穿著一看就非富即貴的王府裝束出門，恐怕不會太順利。

天璇將三人換下來的衣物妥善收好。另一頭，在兩個哥哥的幫助下，戚然也穿好了衣服。

回憶著之前做好的規劃，戚瑞回答道：「先往北走，去一趟戎街，那裡聚集著康城最多的戎商。」他說著自己的打算。「我們之後要去封平，總該先了解一下戎人的習性。

「如果再有時間，那再拐去文澤街看一看，娘親的書坊就開在那裡。」

一個月前遠行的要求被拒絕之後，戚瑞把曹覓的話牢牢記在了心裡，在他的想法中，此次偷溜出府可不光為了玩鬧，還有些「正事」要辦。

雙胞胎自然沒有意見，戚然主動地挪到天璇腳邊讓他抱，戚安則牽上了戚瑞的手。

他回頭，鄙視地看了一眼自己唯一的弟弟。「你就不能自己走嗎？每天都要人抱！」

戚然摟著天璇的脖子，鼓著腮幫子不與他一般見識。

戚瑞轉過身，捏了捏戚安的臉頰，示意他不要招惹老三。

接著，幾人便離開了院落，按計劃往北行去。

他們前腳剛走，戚六後腳就翻牆進了院子。

他摸著下巴，對著身後的副官道：「小心點，別留下什麼痕跡。把這地方記下來，以後公子們再出門，盯著這裡就對了。」

副官點點頭。

「對了。」戚六又想起什麼。「公子們回府之後，你帶人過來排查一下附近的隱患，如果發現什麼奇怪的人物，直接處理掉。」

「屬下明白。」副官再次回應。

第四十五章

另一邊，花了大半個時辰，主僕五人終於來到了戎街。

戎街的景象並不像戚瑞想像的那般，到處都是戎人。街上來來往往的，大部分還是盛朝子民，街道兩邊支著各種各樣的攤位，只是攤主以戎人居多。

但這些擺攤的戎人似乎已經融入了這地方，他們全身的裝飾乃至髮型都與遼州本地人一模一樣，許多人不仔細看根本分辨不出來。

而這些戎族商販的攤位上，賣的就是極具塞外風情的東西了。

戚瑞一路看著琳琅滿目的商品，一邊用餘光觀察著正在做生意的戎人。

他在一家賣狼皮的攤子前停下，對著無聊得打著瞌睡的攤主詢問道：「塞外有很多狼嗎？」

那攤主聽到問話，將蓋在臉上的氈帽往後一掀，瞄了他一眼。戚瑞這才發現這人有一隻眼睛是瞎的，上邊有一道不算長但看著極深的傷疤。

攤主懶懶打了一個哈欠，順口道：「嗯，是啊，成群結隊的。」

他說著一口帶著遼州口音的盛朝話，看著已經在這地界生活了許久。

「你們經常去打狼嗎？」戚瑞皺著眉又問。

攤主整理了一下有些亂了的狼皮，輕笑了一聲。「不去。商隊經過草原時，牠們餓急了，自己就會湊上來。」

戚瑞點點頭。「你的眼睛是被狼抓的？牠們很厲害？」

那攤主不耐煩地招了招手。「小孩想聽說書別來找我，妨礙我做生意就算了，還打擾老子睡覺！總之，你們不買就不要留在這裡，快走開、快走開！」這才坐了回去，重又把氈帽蓋在自己臉上。

戚瑞看了戚安一眼，轉身打算先離開這裡。

但他剛邁出一步，卻被天璇叫住了，這才發現戚然被一個奶皮攤子勾得走不動道。天璇守在他身邊，似乎正在勸說他。

戚然嘴裡含著自己的指頭，一邊眼巴巴地盯著散發出濃郁奶香的攤子，一邊扭著小屁股與天璇對峙。

戚瑞走到他身邊，在他耳邊細聲道：「外面的東西也不知道是好是壞，你要是餓了，待會兒回府，我讓嬤嬤給你做奶糕吃。」

戚然難得地並沒有立刻同意，反而指著不遠處幾個正吃著奶皮的小孩說道：「大哥，他們在吃呢……」他咂咂嘴，委屈地道：「就我沒有……」

老二戚安湊過去，威脅道：「你再這樣，下次不帶你出來了！」

戚然嘴巴一癟。「我要嘛！我就要吃這個！就要！」

戚安氣得做了一個鬼臉，戚瑞則拍拍他的肩膀安撫他。「可以。但是接下來，一直到回到府……家裡，你都不能再要求其他任何東西了。如果你答應，我現在就讓天璇給你買。」

戚然聞言，仔細琢磨了一會兒，反問道：「只有一次買東西的機會嗎？」

「對。」戚瑞點點頭。「只有一次，你自己想好了。」

戚然扳著手指頭琢磨著，半晌抬頭，妥協道：「那、那我先不要了，等、等會兒再看看。」

戚瑞摸了摸他的髮頂，欣慰道：「好。」

經過了這番協商，幾人接下來的旅途總算順暢許多。

他們很快將戎街逛了個遍，大部分時候就是隨便看看，只有看到戚瑞感興趣的東西，幾人才會停一下，嘗試與攤主交談。

拐出戎街之前，戚安手裡多了一條狼牙項鍊。

他把狼牙抵在鼻頭，似乎想要嗅聞出上面曾經沾染的血腥氣，卻一無所獲。拉了拉戚瑞的手，他道：「哥，塞外真危險，隨時都會遇見想要吃人的野獸。而且，塞外的人也好凶！不知道戎族的騎兵是不是真的難以戰勝？」

戚瑞看著他，問道：「你怕了嗎？我們今後要去封平，遇到的戎族人可比那個攤主凶狠多了。」

戚安雙眼發亮地搖搖頭。「我才不怕！娘親說了，我還小，等我長大了，長得跟父親一樣高，我就能輕輕鬆鬆把他們都殺了。」

戚瑞拍了拍他的頭。「哪有這麼簡單？」他想了想，先把這話題擱置。「先不說這個，時間不早了，我們先到娘親的書坊裡看看，之後就得回去了，免得被管家或戚六發現。」

戚安乖巧地應了一聲「好」，回過頭喊了落在後頭的戚然。「老三，你快點！」

戚然聞言點點頭。這一路他都是自己乖乖走的，這時候腿痠了，便朝著一直守在身邊的天璇伸出手。「天璇，抱我。」

但天璇還沒抱過戚然，小胖墩便被人從身後提了起來。

戚六抓住了戚然，笑咪咪地看向戚瑞和戚安。「幾位公子，時候不早了，戎街已經走完，還是隨小人回去吧。」

戚瑞一震，迅速和身邊的戚安交換了一個眼神。

接著，兩人同時跑起來。

戚然此時回過神來，見兩個哥哥跑掉，猛然記起出府前戚瑞與他詳細說過的「應急方案」。

他直接一把抱住了戚六的頭，不管不顧地喊道：「戚六、戚六！我要吃奶皮，我要吃糖葫蘆，我要吃奶糕……別抓我，嗷嗚……」

但「阻止」住了戚六並不能挽回事態，隨著戚六一起出來的幾個侍衛，不需要吩咐，已經默契地追了上去。

天璇年紀小，勉強阻止了幾個人，但終究只能眼睜睜看著五、六個成年男子徑直越過他，朝著自家主子追去。

另一邊，戚瑞、戚安和天樞三人，已經被幾個王府的侍衛追上。

主僕三人都是沒有成年的孩子，論起速度，自然比不過王府人高腿長的精銳侍衛。好在街上行人多，身後的侍衛也不想引起太大動靜，這才讓他們有了些許喘息。

路過一條岔路時，眼見侍衛們逼近了，戚安主動放開了戚瑞的手，道：「哥，你們快跑，我幫你拖延一會兒！」

他說完，不等戚瑞回答，便直接拐進旁邊的小巷中。

戚瑞往前跑了兩步，反應過來後有些擔心地往回看了看，見侍衛分出了一半進了那條巷子，這才安心地繼續往前逃——

他不放心戚安一個人亂跑，而這些侍衛本意是將他們三人送回府中，戚安被抓住，也就意味著安全了。

戚安跑進巷子之後，明智地沒有繼續朝前，而是在一處拐角的雜貨堆後面藏了下來。他一邊平復心跳，一邊等待侍衛們過來「抓捕」。

他才三歲半，這一路跟著戚瑞跑了這麼久也是夠嗆。

眼見跑在最前面的兩個侍衛沒有發現拐角後的自己，反而一路往巷子深處追去，戚安露出了一個奸計得逞的笑容。

片刻後，他從藏身處出來。

他的本意自然是想回到大路上，看看能不能去書坊與戚瑞會合，卻察覺巷子口守了一個侍衛。

他躑躅片刻，知道自己是跑不了了，但又不甘願束手就擒，乾脆拐進右邊的巷子，準備在侍衛發現他之前，好好享受這最後一點自由。

明明是這樣你追我趕的時刻，他卻沒有害怕，反而激動得渾身微微發抖。

他甚至在心中刻意記下了此次追捕的幾處細節，嘗試描述起自己的「英勇引敵」和「藏身妙計」，準備回府之後在弟弟戚然甚至曹覓面前吹噓一番。

片刻後，往前追的侍衛察覺到不對勁，知道以戚安的腳力，不可能走出太遠，於是又返回這片區域，開始細細搜索起來。

然而戚安自己走著走著，拐入了一條死胡同。

他乾脆在胡同盡頭一塊石頭上坐下，施施然等待著侍衛找過來。

很快，他聽到胡同外傳來腳步聲，一個侍衛往他藏身的地方尋了過來。

這處小巷是平民聚集的地方，巷子中有許多雜物。侍衛既要檢查，也要保證在這個過程中不能碰倒什麼東西，免得砸到了可能藏在後頭的二公子，因此搜索的速度並不快。

儘管如此，他還是一步一步往戚安的方向逼近。

就在他即將拐進這個胡同時，戚安突然從背後被人捂住口鼻，拖進了一處不知名的地方。

很快，他感覺到自己被人抱住，急速跑了起來。

反應過來後，戚安奮力地踹著腳，反抗起來。

抱著他的人年紀也不大，身形十分瘦弱，在他這樣毫無預兆的瘋狂掙動下，一時脫了手，兩人狠狠摔到地上。

但戚安並沒有因此脫困，反而因為這一摔磕了額頭，頓時有些眼冒金星。抱走他的人比他更快清醒，回過神又繼續將半昏迷的他給揣上。

戚瑞屏住呼吸，小心地藏到一個書架後面。閱覽室中，文人們正埋著頭奮筆疾書，一個當值的夥計發現他，驚訝地走到他身邊，小聲驅趕道：「孩子，你怎麼會在這裡？你父母呢？」

戚瑞裝作閒適模樣，往架子上抽出一本書。「我自己過來的，我來看書。」夥計連忙將書從他手中搶過。「欸欸欸，你別亂動，這個可不能玩！你跟我出去，這裡是閱覽室，不允許喧譁，我帶你到外面去。」

戚瑞蹙著眉，不悅地看了他一眼。

他將手背過身後，再次強調了一下。「我是來看書的，看夠了我自然會離開。你們書坊開業迎賓，對待客人就是這種態度嗎？」

王府大公子天生帶著一股貴氣，板起小臉的模樣已經有三分北安王的氣勢。

夥計聞言一窒，半晌後，悻悻道：「你、你才多大，看什麼書？你進來，就是來搗亂的。」

「你從我手上搶走的這本書是《新秦書》。」戚瑞指著夥計拿在手上的書。「第一篇是〈鴻鵠〉，講的是一隻自大的雁鳥因為不識天高地厚，身殞懸崖的故事。」

夥計一時愣在原地。他只是書坊裡的普通夥計，根本不識字，自然也不知道戚瑞說的是不是對的。

就在他猶豫的關頭，一個身著青色儒衫的青年發現了此處情況，放下手頭的事情走過來。

他一直在附近，也聽到了戚瑞方才的話，此時一眼確認了夥計手上那本書的名字，便面帶微笑地告訴夥計。「他說得不錯，這本書就是《新秦書》。」將書從夥計手中抽出，青年道：「我看這位小友確實是為看書而來，小哥何必驅趕他？」

夥計見來人是位熟面孔，尊著對方是讀書人，行了個禮道：「可是先生，這個孩子這麼小……」

青年擺了擺手，想了一個兩全的主意。「這樣吧，你也不必為難。我來招待這位小友，若是待會兒他做出什麼不合時宜的事情，我便負責把他送出去，你看如何？」

夥計猶豫了一會兒，看了看旁邊看似十分知禮的戚瑞，終於還是點頭道：「那便煩勞先生了。」

青年俞亮笑了笑。「不必。」又將那本《新秦書》交還給戚瑞。「這是你方才要的書？」

戚瑞接過，禮貌地道了聲謝。「煩勞先生出手相助。」

他像模像樣地對著俞亮行了一個文人禮。「我姓戚，呃……是家中的長子，先生可以稱呼我戚一。還未請教先生姓名。」

「我姓俞，單名一個亮字。」俞亮自報家門。

他似乎對戚瑞有著極強的興趣，互換了姓名後，又詢問道：「小友……有六歲了？你這個年紀，開蒙也就一、兩年吧？不是應當以最簡單的《詩》作為啟蒙，居然還識得《新秦書》這種經史？」

他沒說的是即使學的是經史，《新秦書》一般也是放到最後。很多人選定了專治的經書，甚至懶得翻看這一本。這也是為什麼這本書會放在書架最下面，被身量不高的戚瑞一手抽中。

戚瑞想了想，含糊道：「夫子善治經，便也用經史為我啟蒙。」

俞亮點點頭，沒有再問下去，轉移了話題道：「那你是準備看書嗎？我帶你到旁邊的桌子上。」

戚瑞往文人聚集的地方看了一眼。

方才，天樞將最後的幾個侍衛引走，他如今暫時算是「安全」的。

兩個弟弟已經回到了戚六那邊，沒什麼好擔心的，戚瑞想趁著所剩不多的時間，了解一下曹覓開設的這家書坊。

他看著俞亮，詢問道：「我看俞先生方才與那夥計交談的模樣，您是此處的常客？」

俞亮撩了撩衣袍，展示了一下自己身上比戚瑞還差的衣服料子，無奈笑道：「阮囊羞澀，正是聽聞此地可以免費閱覽書籍，才特意趕過來的。」

他這番話本是自我調侃，但戚瑞完全沒有領會到其中的笑點，一本正經又問道：「俞先生在此處有一段時日了，應當對書坊甚為了解吧？」

俞亮聽出了他的意思，反問道：「你莫不是也想了解一下此處書坊？」

戚瑞點點頭。「我聽聞此處書坊十分新奇，一直很想知曉到底有何特殊之處。」

他對印刷術和紙箋很感興趣，閒暇時，倒是向曹覓打探過這裡的情況。但這書坊的新奇，曹覓三言兩語間也說不清，與他提起幾條獨特的規矩後，便提起往後有時間會帶他們兄弟過來看看。

但之後，曹覓就因為事務去了容廣山莊。今天還是戚瑞第一次到書坊中來。

俞亮從他一個小孩嘴中聽到這番話，並不驚訝，反而有種遇到了知音的感覺。

他側過身子，邀請道：「若小友願意，我便邊與你說，邊帶你遊覽一番。」

戚瑞聞言，自然是點頭答應。「好。」

第四十六章

過了不知多久，戚安被一陣令人作嘔的氣味熏得醒過來。

他克制不住地咳了幾聲，驚動了旁邊的人。

戚安感覺有人摸了摸自己身上的衣服，隨後說道：「他醒了吔……」

一陣嘈雜聲後，戚安睜開眼睛，坐了起來。

他發現自己身處一間堆滿柴火的土房子中，身邊擠著一群泥孩子。這些泥孩子極瘦，衣不蔽體，散發出陣陣難聞氣味，裸露的皮膚上沾滿了泥土。

與他緊挨著的兩個孩子年齡看著與他差不多，此時正好奇地看著他，似乎對他身上的衣物十分好奇。

「別碰我！」他推開一個伸出手的孩子，擰著眉問道：「這裡是什麼地方？你們……綁架我？」

屋內所有的孩子們整齊劃一地搖搖頭。

戚安晃了晃腦袋使自己保持清醒，正想再收集點訊息，門外突然進來一個和天璇差不多高的大孩子。

說他從「門」進來的，其實也不太對，這間屋子的窗戶和南邊唯一一扇門都被封住了，來人似乎是挪開了一塊木板，從北面牆壁的破洞處進來的。

他進來之後，毫不含糊地點起了數。「五，十……十二？」他皺著眉頭。「怎麼多了一個？」

「狗牙哥……」很快，戚安旁邊的孩子站起來，指著他道：「這、這個人，不是我們這裡的。」

狗牙一愣，往戚安所在的地方湊了湊。「不是我們的？」

孩子點點頭，直接指出物證。「他穿著衣服。」

狗牙直接大踏步上前，一把將戚安從孩子堆裡面撈了出來。

「衣服不錯，不像是奸細……」他沒有把三歲多的戚安放在眼裡，兀自觀察了一會兒，回頭對著旁邊兩個大孩子問道：「這小孩哪來的？」

將戚安帶回來的人名喚二狗，他應道：「狗牙，是、是我。他在戎街附近那條石頭胡同，差點被豹子的人抓走，我就、就把他救了回來。」

「你看看他這模樣。」狗牙費力地抖了抖手中的戚安，向二狗展示他敦實的體重。「像是需要你來救的樣子嗎？人家爹媽從牙縫裡扣一點下來，能救活我們都說不定。」

二狗一噎，隨即又反駁道：「可你不是說，豹子最喜歡這些乾乾淨淨的孩子嗎？他要是被抓去了，會很慘的！」

狗牙無語地「嘁」了一聲。

這麼一折騰，戚安總算明白了事情緣由。他掙了掙，逃出狗牙的手掌心，站定之後，怒瞪向把自己抓來的二狗。「亂說什麼！我當時是……是在跟自己的兄長玩捕快遊戲，我兄長快找到我之前，你這個傻子乞丐突然出現，捂住我的嘴巴將我帶走的！」

即使在這種處境下，他也牢記著戚瑞同他說過的，在普通人面前必須隱藏好自己的真實身分。

他這番解釋一出，屋內頓時沈默了。

二狗手足無措地縮了縮身體，張著嘴，卻不知道要說些什麼。

戚安嫌惡地拍了拍自己的衣角，轉向明顯是這群人首領的狗牙。「你們最好快些把我送回去，要是我家人找不到我……」他惡狠狠地掃過眾人。「你們都落不著好。」

「你這小孩……」狗牙瞇了瞇眼，朝著戚安走近兩步。「你到底有沒有搞清楚，現在是在誰的地盤？」

戚安絲毫不懼地同他對峙。「那你想如何？」

狗牙聞言，煩躁地抓了抓頭髮，似乎也陷入兩難。「嘖，石頭胡同那邊？那裡是豹子的地盤，我跟豹子不對付，沒辦法送你回去。」

「那你給我指明方向。」戚安昂著頭。「我自己回去。」

「呵，自己回去？」狗牙輕蔑地看了他一眼。「我告訴你，往外走一刻鐘，你就會遇到豹子的手下了。你剛才聽到二狗的話沒有？你這種貨色，碰上豹子，就只有被賣作玩物奴隸的下場。」

戚安用長袖捂了捂鼻子，擋住隨著狗牙一起傳過來的臭味。「你離我遠點！」他抿著唇，嗤笑道：「難道和你們這群乞丐待在一起，我就能安全了？」

狗牙怒極反笑。「我雖然是乞丐，但也不是沒見過比你更富貴的孩子，你知道像你這麼橫的，下場都很慘嗎？」

戚安後退一步。

柴房裡糟糕的環境和狗牙這些人令他怒火高張，但理智不斷提醒他雙方的實力差距，告誡他務必冷靜，爭取生路。

狗牙見他不說話，以為他服了軟，思考了片刻，說道：「如今看來，只能等你的家人找過來。不過石頭胡同離這裡有些遠，二狗抄的是鮮有人知的近道，才把你帶過來的。你家人要找過來，怕不容易。或者……」

「或者什麼？」戚安有些著急地追問。

「或者等到天黑，豹子的人都走了。」狗牙道：「我才能找機會把你送出去。」

「天黑？」戚安鼓了鼓腮幫子。

他年紀雖然小，卻知道狗牙口中的第二種辦法根本不會實現。

根本不用等到天黑，這個時候，戚六約莫已經發現自己失蹤了。他會出動整個王府的勢力搜尋失蹤的二公子。

儘管這令戚安有些丟臉，但目前來看，情況要朝著這方向發展了。

想明白這一點，也知道了狗牙這些人靠不住，戚安反倒放鬆下來了。

他在離著這些孩子最遠的另一頭，勉強找了個位置坐了下來，表態道：「既如此，便等著吧。」

但老天爺似乎沒打算就這樣輕輕放過偷溜離家的王府二公子，戚安坐下不到片刻，土屋外隱隱傳來一陣動靜。

有兩個男人走到這附近。

眾人在屋內，再加上屋子四周被封得嚴嚴實實，根本看不到外面情況，但能聽到兩人的談話。

其中，聲音尖利的一個抱怨道：「怎麼回事？狗牙那群人是鑽到地底下去了嗎？怎麼一點影子都找不著？」

「這也不是沒有可能。」一個粗獷點的男聲回應道：「你別看那小子年紀不大，手下也都是一群裹著尿布的崽子，他在這附近混很久了，想要躲過我們不算難事。」

「狗娘養的！」尖利的男聲忍不住說了句髒話。

這時，粗獷的男聲吩咐道：「癩子，你去前面那座土屋看看。」

戚安敏銳地發覺，聽到這句話後，站在他身前不遠的狗牙眉頭擰了起來。

看來兩人話中的「土屋」，就是他們所在的房子。

但狗牙的反應也很快，他給屋中兩個年齡相仿的孩子遞了個眼神，三人便拾起地上的木棍青磚，悄悄轉移到屋後的入口處。

屋內一群孩子的反應十分平靜，似乎見慣了這樣的場面。

戚安卻說不清是害怕還是興奮，偷偷嚥了口口水。

但是他想像中的衝突根本沒出現，隔了片刻，那尖利的男聲回答道：「我才不去，進去那邊還要跨過那條臭水溝……那土屋不是封了很久嗎？說是莫名其妙死過人……」
粗獷的男聲嘲笑了句。「怎麼，你怕啊？」
「我怕啥？」被嘲笑的男子並不服氣。「反正豹子哥準備把這破地方都燒了，咱們等豹子哥帶人過來就行了。狗牙要真藏在這裡，一個都跑不了，嘿嘿！」

「……你也發現了吧，這裡的書根本不是抄出來的。」俞亮引著戚瑞來到一處書架前。「它們就像是……就像是印章一樣，是一本本印出來的。」
戚瑞點點頭，贊同了他的猜測。
俞亮也不知道為什麼，明明對方只是個孩子，但是得到他的肯定，竟然也十分開心。於是又分享道：「我之前回家後思及此事，還用印章和墨水試了一下……」
戚瑞抬頭，饒有興致地接道：「如何？」
「只把宣紙弄得一團髒，清晰的字跡根本印不出來。」俞亮如實說道。
他說完這句，無奈地笑了笑，一直面無表情的戚瑞，也跟著勾了勾嘴角。
「好了，你也別笑我了。」俞亮轉移開話題。「帶你來看我昨日發現的好東西！」
「嗯？這是什麼？」戚瑞詢問。
他們目前所在的書架是三號閱覽室最靠東的一面書架，書架前的分類上寫的是「其他」兩字。
俞亮比戚瑞高許多，踮腳從上層的書架上取下來一本書。「這是我剛發現的，書坊中隱藏的秘密。」

他蹲下身，將手中的書展示給戚瑞看。「你看，這本書竟是數算內容，而且書頁下還有標注，如果解決了這幾道問題，可以憑藉答案去與掌櫃的討要相應的獎賞。」解釋完，他朝戚瑞眨眨眼睛。「獎勵十分豐厚！」

戚瑞看著他。「你領過？」

俞亮等的就是他這一問，暗自驕傲地點點頭回應道：「在下不才，確實解出了兩道題目。」

戚瑞又問：「獎賞是什麼？」

俞亮晃了晃頭，回答道：「第一份獎勵是一枝錦州灰毫筆，第二份麼……是百張紙箋。」

提起紙箋，他生怕戚瑞不清楚，又詳細解釋道：「這書坊的紙箋與別處的不一樣，那百張紙箋上印刻著花鳥的圖案，是我前所未見的。那圖案就像是這裡的書本一樣，規規整整，看著不像是人畫上去的！」

戚瑞身在王府，平日裡書坊有什麼新奇的玩意兒，曹覓都是緊著往他那裡送，他自然知道那些紙箋的奇妙之處。

「這裡的夥計同我說，我獲得的那些紙箋只能算是中等品質……」俞亮還在兀自感慨著。「也不知道那些上品的究竟是什麼模樣。我打聽了一下，坊內最好的特級紙箋，竟是以黃金作價，嘖嘖。」

這幾句話令戚瑞想起自己房中，那好幾盒光靠親吻就獲得的春箋。他不自在地別開臉，轉移話題詢問道：「若是許多人都能解出來，那書坊不是要虧損了？」

俞亮搖搖頭。「不是。這書坊的主人很有頭腦，他規定第一個解出題目的人，必定能獲得獎品；而後面解出同一道題的人，若想獲得獎品，需得使用另一種思路，否則就算是做出來，也是不作數的。」

戚瑞點點頭。「原來是這樣。」他想起什麼，對著俞亮說道：「你可以繼續解題，這樣，就可以獲得想要的上品紙箋了。」

俞亮頷首，絲毫不含糊道：「是。其實今日若不是遇到了你，我應該早在解題了。」

戚瑞知道是自己耽誤了他，道：「是我耽誤了先生的時間……嗯，要不，我幫你一起解題吧？」

俞亮挑了挑眉。「看來你不僅學了《新秦書》，連數算的內容都接觸過了？」他捲起手中的書，敲了敲自己的腦袋。「你的夫子難道沒有告訴你，數算這種雜學，啟蒙階段最好不要涉獵嗎？」

這話與當初林以的論點倒有異曲同工之妙。戚瑞搖搖頭。「我的母親很支持我學習數算，她與我說，對學問的好奇心是學海泅游途中最重要的浮木。」

俞亮微愣。他一開始就覺得戚瑞不凡，從衣著能判斷他出身小富之家，也許有個重金聘請的夫子教導。但此時聽到這番話，他又懷疑起自己先前的判斷。

一個閨閣女子能說出這樣的話，眼前這個孩子的出身或許遠遠超越了他猜測中的「小富之家」。

但是他沒有妄圖打探，而是順著威瑞的話點點頭。「令堂遠見卓識，遠超尋常女子。」

接著，他又邀請道：「如果小友不嫌棄，我們到那一處看看數算題？」

威瑞點頭，欣然應允。

第四十七章

等到徘徊在附近的腳步聲漸遠，屋內的孩子終於忍不住了。

二狗顫聲詢問狗牙。「狗、狗牙，他、他們說要燒了這裡……怎、怎麼辦？」

「結巴什麼？」狗牙不耐煩地瞪了他一眼。「我不是聾子，我也聽到了。」

「所、所以……怎、怎麼辦？」

狗牙煩躁地在原地踱了幾步。「還能怎麼辦？我們得在豹子過來之前撤出去。」

一個年紀不大的孩子問道：「狗牙哥，我們能去哪裡？」

狗牙搖搖頭，嘴唇翕動了片刻，終於下定決心道：「城西，去找耗子！」

戚安並不知道狗牙口中的「耗子」是誰，但心中有不太好的預感，因為孩子堆裡面有幾人一聽到這個名字，當即哭了出來。

他忍不住問了一句。「耗子是誰？」

狗牙瞥了他一眼，冷哼道：「一個比你還惹人厭惡的傢伙。」

戚安暗暗咬牙，開始思索著回府之後要如何報復這個低賤的乞丐。

狗牙根本沒有理會他，給旁邊一個孩子遞了個眼神。「五狗，你出去盯梢，我先把小孩們都送出去。」

五狗點點頭，仗著自己身量小，悄無聲息地鑽了出去。

狗牙朝著孩子堆招招手，很快，那些孩子都自發地排起隊，在狗牙的安排下，一個接著一個地鑽出了洞。

隊伍將盡時，狗牙終於看向角落裡的戚安，小聲提醒道：「你，快過來，這裡不安全了，你先跟著我們撤退，躲過豹子的人再說。」

戚安皺了皺眉，坐在原地沒有行動。

此時，他對狗牙的厭惡已經升到了頂點，並不想回應他的話。

當然，他也不是全在賭氣。儘管不知道自己現在的方位，卻知道北安王府在康城最繁華的城東，而狗牙他們要去的地方則是他從未踏足過的，以髒亂著稱的城西。

城西安不安全另說，只是去了那邊，離北安王府就更遠了，這很有可能耽誤自己被王府中的人找到。再加上狗牙方才惡劣的態度，戚安心中冒出一個念頭——他不打算跟著狗牙這一群人走了。

狗牙見他這副模樣，心中了然。

他冷笑一聲，不再多話，將最後一個小孩送出屋子之後，徑直轉回，在雜物堆中翻揀起來，準備拿走自己僅剩的「財物」。

誤將戚安抱來的二狗此時卻愧疚得很。

他蹲到戚安面前，勸道：「我……是我錯了，我不應該抱你過來。但是，小公子你不知道，豹子是個人販子，專門抓城中的孩子，送到塞外去給戎族那些野蠻人當奴隸！你落到他手裡，絕對沒有生路的。」

戚安轉過頭不看他，他又說道：「豹子的人都在這附近了，只有我們知道一些路線，可以避開他們的搜索。你生氣歸生氣，還是先跟我們離開吧。」

戚安終於施捨了一個眼神。

他也不是全然沒了理智，此時眼前這個低賤的乞丐給了他一個臺階，高傲的二公子也願意先妥協一二。

但狗牙此時正好扛著一個麻袋路過這邊，聞言嗤笑道：「二狗，咱們自己都快活不下去了，你還想當善人啊？」

二狗看著他，解釋道：「可、可他是我……」

狗牙拍拍他的肩膀。「你管他呢，這種欺軟怕硬的富家小公子，死了也能省點糧食。說不定他家哪天把葬禮辦起來，咱們還能去討兩個饅頭呢。」

戚安聞言，憤怒地站起來，狠狠地朝狗牙撞了過去。

狗牙靈敏避開，大概知道自己的話真的說重了，也沒有再與戚安一般見識。

他一扭身到了牆洞邊，將堵住洞的門板直接移開，又揹上那個破袋子。「二狗，跟上。」

二狗站在狗牙和戚安中間，一時左右為難，根本不知道要怎麼辦才好。

戚安越過他，準備自己出去，尋找生路。

但他一動，驚醒了還在猶豫的二狗。二狗不顧他的反抗，像之前一樣直接把他揣上。

「反正，我、我也錯了一次了，這一次，就、就當我還你了。」

戚安手腳撲騰著，怒道：「你放開我！」

二狗沒理會他，直接鑽了出去。

屋外，狗牙看到他拎著的戚安，不喜地皺著眉。「你做什麼？他動靜大，會害死我們的！」

二狗不管不顧地踏進臭水溝，徑直往前走。「我不這麼做，我就會害死他了！」

「你傻啊！」狗牙帶領其他人追了上去。「他被豹子抓住也不會死的，左右不過是被賣做小奴隸，這種熊孩子就該吃教訓。」

二狗搖搖頭，硬著頭皮往前走。

戚安鬧騰了會兒，也覺得自己的行為太蠢了，於是安靜了下來。狗牙擰眉看著他，見他不反抗了，終於不再多說。

眾人埋頭趕起路來。

戚安扒住二狗的肩背，觀察著四周的環境。

到了外面，他發現此處似乎是城中一處貧民窟，如今狗牙就領著人走在一條條窄巷道中。他們十分默契，前後都有人在探路，確保不會突然正面迎上什麼豹子的人。

眾人七彎八繞地拐了一陣，戚安突然找到一個機會。

就在他們拐出一條巷道之後，他發現胡同左面的盡頭赫然是一條大路，只要穿過這幾十尺的距離，跑到外面的大路上，他被王府的人找到的可能瞬間就大了許多。

於是他暗中積蓄力量，瞅準機會，在二狗抱著他跨過地上一處障礙時發難，狠狠一腳踹到二狗的胸口！

在二狗毫無防備地摔倒之後，戚安便又順勢拿他當了墊子，安穩落地。

狗牙等人還沒反應過來，他便撒開腳丫子就往外跑。

戚安知道如果追起來，自己肯定跑不過狗牙這些大孩子，於是邊跑邊拚盡全力喊道：

「救命啊！有人綁架了！救命啊！」

他沒跑出兩步，乍見胡同出口那邊出現兩個人。

戚安一喜，本以為引起了外面人的注意，定睛一看卻發現那兩人手中拿著長棍，看到他們一群人之後，竟一臉喜色地追了過來。

「是豹子的人！媽的！」狗牙喊了一聲。「快跑！」

戚安愣在原地，竟不知該如何反應。前有狼後有虎，他一時間愣住了。

但很快地，他感覺到身後傳來了一股拉力，回過神來，才見那名喚二狗的孩子還沒有放棄他。

他抓起戚安，重新奔跑起來。

「二狗！你瘋了！」護送著其他孩子的狗牙怒罵了一聲。

戚安被二狗護在懷中，能看到二狗身後的情景。

他眼睜睜看著追逐他們的小混混執起長棍，狠狠地朝著二狗的後腦勺敲下。

一直自詡天不怕地不怕的王府二公子，在這瞬間，第一次感受到心跳失衡的滋味。

那長棍如所有人預料中地狠狠砸到二狗頭上，二狗一個踉蹌，帶著戚安狠狠地摔到地上。

戚安心跳快得想要從胸口蹦出來，看著逼近的兩個混混，思索著自救之法，從暴露自己的身分到先佯裝被抓，通通想了一遍。

但這時，本來已經跑出一段距離的狗牙等人卻返身跑了回來。

「跟你們拚了！」狗牙拎著一塊青磚，惡狠狠說道。

兩個混混嗤笑一聲，其中一個道：「狗牙，你跟老鼠一樣躲了這麼久，這次終於被我們逮到了。」他攥了攥手中的長棍。「老子今天就要抓了你，去找豹子哥邀功。」

「呵，就憑你？」狗牙惡狠狠地道。

兩個混混與狗牙這邊的三人扭打到一起，一時間沒有顧得上戚安。

戚安恍然間發現，這是個逃脫的好時機。

他的雙眼死死盯著沒有混混把守的胡同出口。

今日種種於他而言就是遭罪，他是因為這群傻子一般的乞丐，才淪落到這個境地！

他甚至想著，回去之後，要鬧著讓府中出動所有的力量，將狗牙這群人直接殺了，為他解氣！

此時，機會似乎近在眼前，他沒有理由放棄——

可就在有所行動的時候，身下的二狗痛得「哼」了一聲。他以為戚安害怕，甚至抽出力氣摸了摸戚安的髮頂，道：「不要怕……」

那隻勉強抬起來的手，手背上是鮮血淋淋的傷口。

戚安突然反應過來，這是方才兩人摔倒時，他護在自己後腦的手。

明明該厭惡著躲開這隻髒手，但戚安此刻卻定住了一般，動彈不得。

「你是傻子，你知道嗎？」戚安瞪著他。「一條卑賤的蠕蟲，還妄想要我感謝你嗎？你就是為我死了，也是該的！」

二狗愣愣地看著他。

戚安咬了咬牙，深深吸了口氣。

接著，他目眥盡裂地把二狗扶起來。「別愣著了！快看看，要往哪裡走？」

「二進位……逢二進一……原來是這樣？」俞亮瞪大了眼睛。

戚瑞點點頭。「你看，換算成二進位之後，再找出第五位中『一』的位置，就可以找出答案了。」

他用炭筆在紙上算了起來，很快將題目解完。

就差最後一步運算結果時，兩人同時說道：「二十七！」

接著，一大一小相視而笑。

「沒想到，真沒想到……」俞亮站起來，鄭重朝戚瑞行了一禮。「我原本帶你過來是準備難為你一下，沒想到，小友知道的竟然比我這個將近而立的人還多。」他掩著面。「慚愧，慚愧！」

戚瑞也不好意思地搖搖頭。

事實上，同類型的題目，曹覓與他講解過不止一道，他並不比俞亮想像中的聰明多少，只不過占了便宜。

但他又不好解釋自己為什麼會知道這些，只能含糊道：「嗯……這個，巧合罷了。」

兩人正談到興頭，突然聽到外頭傳來一陣嘈雜。

戚瑞往外看去，只見十數個王府侍衛破門而入，把守住前後出口，隨即，戚六大跨步出現在門前。

戚瑞見狀，皺了皺眉。

他不知道戚六為什麼擺出這樣大的陣仗，卻覺得十分失禮。

但在他有所反應之前，有侍衛發現了他。幾個侍衛交換了下眼神，突然猛地朝他的方向撲了過來，將他身邊的俞亮死死押住。

俞亮一個弱不禁風的文人，哪裡受得住這種待遇？

他的臉狠狠地被按在桌上，疼得五官扭曲，卻連呻吟都發不出來。

戚瑞微愣，回過神來後呵斥道：「你們這是做什麼？快放開！」

侍衛有些為難地看著他，卻不鬆手。

戚六這時上前，朝他行了一禮。「公子。」

看清戚六面上嚴肅的表情，戚瑞眉頭皺得更緊。

他隱約意識到發生了什麼不在意料中的事，於是問道：「怎麼了？」

戚六不答反問。「二公子沒有與您在一起，所以，您也不知道二公子去了何處，是嗎？」

戚瑞微愣。「戚安？他不是被府裡的侍衛……」

戚六搖了搖頭。「二公子……失蹤了。」

一個時辰後，離康城最近的北安王親兵隊長孫淩接到密信。他直接喊停了原本的操練，帶著手下的部將急速往康城趕去。

兩個時辰後，由一匹盛朝罕見的汗血寶馬領頭，北安王妃的車隊從容廣山莊以最快的速度回城。

夜幕降下之前，康城全城封禁，確保連一隻蒼蠅都飛不出去。

相比於戚六的嚴陣以待，狗牙這些人剛能鬆上一口氣。

一個廢棄的院落內，二狗被扶著在一處門檻上坐下。

借著夕陽，狗牙扶著他的後腦勺確定了傷勢，隨後從自己的破麻袋裡面翻找一陣，摸出一個藥罐。

草草清理了二狗後腦勺上的髒東西和血跡，他從藥罐中挖出一團黑色藥渣，糊了上去。

戚安分明看到那藥渣中還混著一根茅草，看起來並不像什麼正經東西。他有心想說上兩句，但張了張嘴，想起自己如今的處境，還是把話嚥了下去。

很快，狗牙站起身。「好了，命大死不了！手臂上那些你自己上藥。」

二狗晃了晃腦袋。「狗牙，我頭有點暈……」

「只是暈嗎？」狗牙冷哼一聲。「你別晃了。還晃？不怕把裡面的水晃出來嗎？」

二狗悻悻地看了他一眼，委屈地閉了嘴。

處理完二狗的傷勢，狗牙終於有時間轉過頭教訓戚安。

戚安心中雖然擔心二狗的傷勢，但還是在院子中尋了個離他們最遠的角落待著，不想同那幫小乞丐混在一處。

狗牙一看他這模樣，頓時心頭火起。

他三步併作兩步來到戚安面前，揪著他的領子問：「你還跟過來做什麼？」

戚安惱怒地瞪了他一眼，掙扎道：「我又不是跟著你！你放開我！」

狗牙氣極冷笑。「我告訴你，之前我是想著確實是二狗犯糊塗，把你無辜牽連進來，所以才一直容忍你。」說著，他指向遍體鱗傷的二狗。「但是剛剛那傻蛋已經救了你一命，這一來一回，二狗欠的也算還上了。你該慶幸剛才我們已經走到了周邊，沒有引來更多豹子的人，否則這事就不是這麼容易能揭過去了。」

他直接一推，將戚安往院門的方向鬆了鬆。「現在，我數到三，你立刻給老子滾！要是再讓我看到你，管你是什麼人，老子一定弄死你！」

「狗牙！」戚安還沒說話，二狗已經出聲了。

狗牙冷冷地朝他看過去，二狗嚇得抖了抖。

於是他又看向戚安。「一……」

「狗牙，不要這樣！」二狗見他來真的，頓時又鼓起勇氣開了口。「我們好不容易才逃到這裡，現在你讓他出去，很有可能……」

「你閉嘴！」狗牙回頭低吼了一聲。「二！」

戚安按捺著心頭的火氣，冷冷與狗牙對峙。他並沒有表現出什麼害怕情緒，也沒有按照狗牙威脅，離開這個破院的打算。

狗牙的表情變得猙獰。

他活動了下手腳，似乎做好了將戚安弄死的準備。「三！」

「狗牙哥！」說話的是上前按住狗牙手臂的五狗。

五狗看著年紀比二狗還小兩歲，身量瘦小，卻非常機敏。剛才撤退路上，就是他充作前鋒，為所有人探路。

他在這個團隊中頗有分量，至少狗牙停了下來。「你也要為這個小鬼求情？」

五狗搖了搖頭。

「狗牙哥，你現在讓他出去，根本解決不了事情。」五狗冷靜分析道：「豹子不會善罷甘休，那兩人緩過來之後，絕對會回去報信，豹子這時候說不定已經摸到這附近了。你把他趕出去，附近莫名其妙出現一個孩子，豹子說不定就能順著他摸到我們這處了。」

狗牙聞言，抿了抿唇。

接著，他惡狠狠地瞪向戚安。

「好、好！」半晌，他咧嘴笑了笑，上前又揪住了戚安的領子。「既然你們都不同意我把他趕走，那我揍他一頓總行了吧。」

他呼出一口氣。「老子這一路真是憋死了，一想到他就心頭火直冒！」

五狗和遠處坐著的二狗一愣，但這次誰都沒有說話，顯然默認了他的話。

畢竟小乞丐們不乖的時候，狗牙也會毫不猶豫地給一頓懲戒。

狗牙見狀終於暢快了些，回頭對戚安說道：「小鬼，記著，這都是你自找的。」

第四十八章

「等等。」原本一直沈默著的戚安突然開口。

狗牙挑挑眉。「知道怕了？」他冷笑一聲。「我告訴你，求饒也沒用，我今天一定要出了這口氣！」

戚安不屑地看了他一眼。「這些人沒被你這個領頭的害死，真算他們命大。」

「你說什麼?!」狗牙狠狠一推，戚安向後踉蹌幾步，撞上了身後的矮牆。

但他依舊冷靜地站了起來，摸了摸腦袋後面鼓起的大包，不哭也不鬧。

他默默把這一切都記在心裡，權衡一番後，對著狗牙道：「我與你做一筆交易吧！」

狗牙愣了愣，顯然是沒想到他會說出這樣的話。「你說什麼？」

「你方才不是說了嗎？我們已經互不虧欠了。」戚安皺著眉頭。「我們可以做一筆交易。我願意付出一筆銀兩，只要你們從現在開始保護我，直到我安全被家人找回去。」

狗牙覺得喉間有些麻癢。

他很想把喉中那口痰狠狠往地上一啐，然後給面前這個不知天高地厚的孩子一個永生難忘的教訓，揪著戚安臉上的肥肉說一句。「你狗牙爺爺不稀罕你的臭錢！」

但事實是，聽到戚安這一句，院子裡所有孩子都抬頭看了過來。

五狗更是眼睛一亮，到狗牙身邊耳語道：「狗牙哥！銀兩！如果有錢的話，我們可以給耗子錢，讓他保我們一次，不用直接投在他手下當小偷了！」

狗牙鬱悶地把他往旁邊一推，盯著戚安身上的衣服，似乎在估摸他的身價。半晌後，他不甘不願問了一句。「你能給多少錢？」

戚安冷笑一聲。

他不像弟弟那般傻氣，但也學不來嫡長子那分氣度和自謙。他一直對自己的身分就有著強烈意識，自認此時報出多高的價格，都是對自己的侮辱。

他的父親是遼州的無冕之王，母親隨隨便便養活了數千流民，平日裡隨便一塊看不上眼的糕點，論價格也足夠讓這群人飽食三天。

但此時虎落平陽，他不得不閉了閉眼，勒令自己保持清醒。

估摸著狗牙這些人的見識，他試探性地報了一個數。「一百兩？」

說出這個數字，他有些面熱。

他做了打算，如果狗牙嘲笑他，那他就說一百兩是黃金而不是白銀。總歸，他的身價不能連自家書房裡一盒紙箋都比不上！

但令戚安感覺有些奇怪的是，「一百兩」一出，院子中陷入一片詭異的靜默。

原本怒火中燒的狗牙眨巴著疑惑的眼睛，跟身邊的五狗確認道：「一百兩……說的是銀錠子嗎？」

五狗也愣著。「銅錢，沒有按『兩』計算的吧？都是一貫一貫的。」

狗牙點點頭，眾人也扭頭看向戚安。

戚安皺了皺眉。「你們如果——」

「好！」沒等他說完，狗牙突然雙眼發亮地說道：「這筆生意我接了！」

接著，他兀自扳著手指算起來。「一百兩，我們有十二……不對，十三個人，給耗子十三兩銀子就行了，然後剩餘還有……還有整整八十多兩銀子！」

狗牙繼續算道：「我們一人一天花兩個銅板買豆餅吃，一天只要花……三十個銅板左右！」

「可以吃很久！」二狗驚呼道。

「這可不行。」狗牙頭都沒抬地潑冷水。「還要給大家都買一身衣服，去年冬天真是差點凍死我了，我們今年要買鞋和更多的布！」

院中的小乞丐們發出一陣喜悅的歡呼。

戚安默默把眾人的反應收入眼底，確認自己暫時安全了，暗暗鬆了一口氣。一放鬆，他陡然發現飢餓與昏沈一齊漫了上來。

狗牙高興了好一陣，終於記起還站在角落的戚安。

他揉了揉臉。「嗯，所以，就讓你安全回家就行了吧？你家在哪裡？」

戚安揉了揉後腦勺的包，努力回憶著該怎麼描述清楚王府的位置。

好半晌，他放棄了。「你們把我送回原先那個地方就行了……」

狗牙摸著下巴沈思著。「那裡都是豹子的人啊……別的地方不行嗎？」

戚安也有些頭暈。

他知道，戚六現在應該已經在到處找自己了，可偏偏他在這段時間轉移了好幾個位置，也不知道王府的搜尋範圍有沒有擴大到城西這邊。

也許再過一段時間，他只要出現在人多的地方，就能第一時間驚動王府的人了？

想到這裡，他原本想與狗牙說清楚，卻突然眼前一黑。

奔波了一整天，受盡了驚嚇與委屈的北安王二公子，直挺挺地暈了過去。

就在他暈過去時，秦備和周行被王府的侍衛半押著，送進了一處普通民宅的正廳中。

兩人面色都有些陰沈，不知道這莫名禍事從何而起，乍然在廳中見到對方，吃驚之餘，終於恐懼起來。

這兩人各自代表著康城不同的道上勢力，向來王不見王，能同時把他們都弄來的人，身分遠在他們一開始的猜測之上。

還沒等兩人交流一番，戚六大跨步進入了廳中。

他直接在主位上坐下，敷衍著朝兩人一拱手。「秦大人，周大人。」

秦、周兩人對視一眼，連忙整理儀態，恭敬地行禮。「戚大人。」

戚六在外奔波了幾個時辰，此時卻連手邊的茶都沒心情看一眼。

「鄙人身負要事，便不與二位客套了。」戚六凝著眉，直接道：「王府失竊，鄙人奉王妃之命，正在調查此事。」

周行聞言，左眼眼皮跳了跳。

秦備和周行兩人，真論起來身分其實上不了什麼檯面。兩人在康城扎根許久，與各家都有些說不明道不明的利益關係，是康城有名的地頭蛇。

秦備聽到戚六的話，幸災樂禍地看了自己的老對手一眼，又佯裝正經地道：「竟然有蟊賊敢偷到北安王府頭上，當真是罪大惡極。」

戚六瞥了他一眼。「秦大人可有線索？」

秦備連忙搖搖頭。「這……下官就不知道了。但是……」他往周行那邊看了一眼。「聽聞周行大人與城西某些偷竊頭子，咳咳，經常接觸，也許他能為戚六大人分憂也不一定呢！」

兩人的勢力以東西劃分，秦備在東，周行在西，雙方對彼此的區域都瞭若指掌。城西有一個極為猖狂的盜竊頭目叫耗子，在周行的地盤混，少不得得看著周行眼色行事。

秦備巴不得戚六口中王府失竊的事真與周行有關，這樣一來，他最大的一個對手就能直接出局了。

戚六於是又將目光轉到周行身上。

周行額冒冷汗。「這……這從何說起呢？」他想了想，道：「敢問大人，王府的財物，是在何處丟失的？下官雖然人微言輕，也、也許可以幫忙留意一下。」

戚六知道他的身分，也沒直接戳破他，只順著他的話道：「在戎街附近。」

周行眼睛一亮。「戎街？欸這……似乎是秦備大人的地盤呢。」

秦備一愣。「這……戎街是丹巴這些戎商的地方，戎街附近……下、下官也不甚清楚啊！」

戚六蹙眉看著他，又補了一句。「可能與一些年紀不大的孩子有關。」

二公子在石頭胡同失蹤之後，戚六已經帶人把那裡掀了一遍。他們發現幾處僅容孩子通過的狗洞與小道，初步判斷戚安的失蹤與半大孩子有關係。

但是當他們想順著那些密道搜查時，才發現那些密道四通八達，一時間沒辦法立刻排查乾淨。

秦備抖了抖。他根本不知道戚六這些話是不是衝著自己來的，瘋狂回想了片刻，試探性地說道：「據下官所知，那附近似乎確實盤踞過一群乞兒。難道是那些小乞丐膽大包天，衝撞了王府的貴人？」

戚六沈思著，既沒說是，也沒有說不是。

「我沒在戎街附近發現半大的乞丐。」

秦備點點頭。「那群人有礙瞻觀，許多人想把他們驅逐走，看來已經成功了……是下官記錯了。」

戚六聞言，嚴厲地朝他看去。

周行正慶幸著禍水東引，沒想到戚六又把眼神轉到自己身上。

戚六突然站了起來，冷面道：「我已經以『王府失竊』為由將全城封禁，這段時間，王府的侍衛會在城內搜查，希望兩位大人必要時，能夠配合一二。」

秦備和周行跟著站了起來，躬身行禮道：「是，下官明白。」

戚六停了停，又道：「王府辦事，不想被驚擾，還請兩位大人回去之後約束手下。封禁解除之前，若城中發生什麼『不合時宜』的事情，那二位……」

秦備和周行兩人背後皆已汗濕，聞言心頭一震，立時磕著頭顫聲承諾道：「大人放心，下、下官以性命擔保，王府辦案期間，康城上下絕無宵小犯禁。」

戚六點點頭。

但他並沒有因為得到兩人承諾而有絲毫喜悅，只抬了抬下巴，示意屬下將他們送走。

「那兩位大人可別耽誤了，儘快回去安排吧。」

秦備和周行在侍衛的押送下又離開廳中。

解決此間事，戚六出了正廳，來到位於正廳旁邊的小廂房。

他躬身求見，得到應允之後才進了門。

小廂房中，曹覓正在安撫哭紅了眼的戚然，見他過來，冷靜詢問道：「如何了？」

戚六行了禮，稟告道：「長孫將軍的軍隊半個時辰前趕到，城中如今有約莫兩百員的王爺親兵，正以石頭胡同為起始向周邊擴尋。三位公子今日出門是臨時起意，二公子會鑽進這種地方也是事前難以預料的，下官覺得，此事和世家關係不大。是以下官以『王府失竊』為由將康城封禁，暫時不想讓二公子失蹤的消息擴散出去，以免引得有心人出手。

「方才，下官已經警告了城中的地頭蛇，在這段時間，康城不會出現違法亂紀之事。二公子若是落在這些人手中……短時間內應當無虞。另外，戚三和戚九的人馬在留涇鎮，一天之後能趕到康城。若是一天之後，二公子還沒有消息，那麼屬下就會直接公布二公子失蹤的消息，進入世家宅邸搜尋。」

他一條一條，將自己的安排說出。

曹覓並不太清楚他的職務，但聽了這些安排也覺得妥當，於是邊聽邊點著頭。

戚六說完之後，又問：「不知王妃可有什麼別的需要吩咐？」

曹覓搖搖頭。「沒有了，你是王爺手下的老將，你做得很好。」

戚六聞言，暗自吁了口氣。

北安王妃回城之後，直接將兩個孩子接到身邊，給他解決了兩個大麻煩。

而且，身為一個剛丟了孩子的母親，她表現得非常鎮定，對戚六和長孫淩的安排也十分配合，這讓戚六有些納悶的同時，更多的是慶幸。畢竟他不需要在尋找二公子的同時，分神應付一個哭哭啼啼的主子。

「我派一小隊人，先送王妃和兩位公子回府。」他甚至安撫了一句。「這隊人會留守在王妃和兩位公子身旁，確保安全。」

曹覓聞言，卻搖了搖頭。「不，我暫時不想回去。烈焰跟著我回來了，牠十分聰明，你們不要小看牠，出去搜尋的時候可以帶上牠。至於我和兩個孩子，我想留在這裡，幫忙搜尋戚安。」

戚六聞言微愣。曹覓觀察他的神情，又問：「會給你們添麻煩嗎？」

戚六如實回道：「這……屬下這邊倒是沒有什麼麻煩。」他把目光轉向兩個孩子。「可是……天色將晚，兩位小公子今日在外，已經勞累了許久。王妃您也是舟車勞頓，忍著快馬的顛簸趕了幾個時辰的路，您和公子們的身體……受得住嗎？」

曹覓低頭去看戚瑞和戚然。

戚瑞微抿著唇，板著一張小臉，看著她，堅定道：「我與母親一起。」

曹覓欣慰地點點頭，又去看戚然。

在外逛了一天，方才又哭了好幾場的戚然神志有些不清醒了。

他察覺到母親的目光，委屈道：「娘親……我、我要父親，我要洗澡……」說完，又不舒服地扭了扭身子，看起來十分難受。

曹覓這一次卻沒有縱容他。她按住戚然折騰的手，溫聲與他說：「娘親近日不在府中，二哥今天是與你們一起偷偷跑出來的，他的失蹤是意外，與你們無關，但……總歸是我疏忽，讓你們三人闖了禍，才間接造成了此事。」

說到這裡，她攙著戚然的雙臂把他扶著站起來，冷了聲道：「我們都要為這件事負上各自的責任，好嗎？」

戚然有些疑惑，聽不太懂曹覓的話，但是眼圈又開始泛紅了。

曹覓能知曉他的委屈，卻無法在這時刻體諒。

她將戚然抱起來，喊上戚瑞，一起出了這座小院子。

邊走，她邊說道：「犯了錯不要緊，每個人都會犯錯，就算是你父親也是一樣的。重要的是要學著去面對，並且在第一時間思考處理的方法。我知道，戚六已經把事情安排得很好，我們三人去了，也不見得能做些什麼有用的事情，但是，我們依然要去。這是娘親和你們要承擔的錯誤，我們一起去把你二哥找回來。」

她說著，來到馬車邊，在東籬的幫助下將戚然送上車廂。

戚然也不知道聽懂沒有，他嘟著嘴，但是沒再哭泣。

於是，曹覓轉頭又去抱戚瑞。

王府大公子已經可以自己上馬了，他拒絕了曹覓的幫忙，扶著車轅自己跳了上去。

之後，他站在車上，牽住曹覓的手。

事情發生以來，他是最令曹覓安心的存在，一直安靜地陪在曹覓身邊，幫她安撫戚然，甚至安排一些內務。

但此時，被他牽著手，曹覓才發現，戚瑞也許並不像表面看起來那樣無畏。

他的小手有些發涼，用力地抓住曹覓，也不知道是想給她力量，還是想讓自己靠著母親安定下來。

接著，他傾身，直接摟住了曹覓的脖子。

未來的天命之子在她耳邊，用帶著細微哭腔的聲音說道：「娘，我們去把二弟找回來。」

曹覓笑了笑，直接回擁住他。「好。」

於是，在旁人都不知道的時候，一輛不起眼的馬車載著王府的三位主子，開始在康城的大街小巷搜尋。

康城中的百姓並不知曉發生了什麼事，只一晚上都聽到屋外有整齊劃一的腳步聲。王府的侍衛們舉著火把來來回回，沒有放過任何一個可能的角落。

但情況並不樂觀，直到月上中天，事情都沒有絲毫進展。

子時，東籬輕輕打開車廂門，原本想查看一下三個主子的情況。但她進了車廂，發現曹覓根本沒睡。

她倚著車窗，觀察著外面的情況，時不時轉過頭，給兩個孩子掖掖被角。

東籬忍住驚訝和擔憂，低聲道：「王妃，都已經子時，您快歇下吧。」

勸著勸著，她自己的鼻頭也開始發酸。「一旦有什麼消息，奴婢一定第一時間把您叫起來。」

曹覓搖搖頭。熬夜使得她頭有些疼痛，但她知道自己根本合不了眼。

在現代各處都有監控的情況下，找回孩子的黃金時間也就是二十四個小時。如今距離戚安失蹤已經過了六、七個時辰，她無法想像這可能代表的後果。

於是，她又輕輕摸了摸戚然的頭，問道：「妳說，戚安現在是不是也睡了？」

東籬嚥下喉間的酸楚，點點頭。「二公子一定沒有事的。」

曹覓笑了笑。「那就好。」

她收回手，繼續看著車窗外，幽幽說道：「我們不能睡。我們睜著眼，戚安才有機會安睡。」

東籬咬咬牙，知道再勸也沒用，便憂心地囑咐幾聲，退出了車廂。

第四十九章

昏睡了一夜的戚安睜開眼睛時，赫然已是晨光大亮。

伴隨著一股濃郁的尿騷味，他想起了昨日遭遇的一切。

從沒受過這種苦的他嫌惡地推開靠在他身邊取暖的小乞丐。「你尿床了，離我遠點。」

被他吵醒的小乞丐愣了愣神，徹底清醒過來，辯駁道：「我沒尿床，你才尿了！」他指著戚安的褲襠。「哪，你自己看。」

戚安僵著脖子，順著看過去，果然看到自己濕潤著的衣裳和褲子。

王府二公子的心間掀起滔天大浪，狠狠地拍碎了他的意志壁壘。

兩年沒尿過床，一年沒流過眼淚的他，差點在同一天把兩個紀錄一起掀翻。

但好在理智快一步回籠，憋住了差點溢出的淚花。

接著，他冷靜地站起來，把自己沾了尿濕的衣物全部褪下。

進門準備叫眾人起床的狗牙無奈地看了他一眼，從自己的破麻袋中翻出一條新褲子和一件衣服給他。

他那個破麻袋鼓鼓囊囊的，似乎什麼東西都能從裡面翻出來。

戚安嫌棄地看著他手上的東西，並不動作。

狗牙開口嘲諷道：「怎麼？還嫌棄呢？要麼你光著唄。」

戚安咬咬牙，閉著眼睛接過衣服，手腳麻利地換上了。

衣服就是稍微乾淨些的乞丐裝，十分清涼，好在此時已經是春末夏初，這麼穿著也不怕受寒。

狗牙見他那副不情不願的模樣，「嘁」了一聲。「這可是老子年節時才會拿出來給那群崽子們換的，你還敢嫌棄？」

他本來想再添一句「不想穿還我」，突然想到那一百兩銀子，發現戚安嫌棄才是對的，於是轉身來到那身散發著尿騷味的衣服前，對戚安問道：「這個你還要嗎？」

戚安瞥了他一眼，直接把頭轉了過去，眼不見心不煩。

狗牙知道他這意思就是不要了，美滋滋地將衣服抖了抖，直接藏進了自己的破麻袋中。在戚安的嫌惡眼神中，他補了一句。「嘿，等這風頭過去，拿去河裡洗乾淨，又能當幾個銅板！」

周圍幾個小乞丐聞言，跟著眉開眼笑地拍拍手。

戚安埋下頭，完全不想理會他們了。

所有人都醒來之後，狗牙拿來幾個不知道藏了多久的豆渣餅，分給眾人。

他先對著自家小乞丐們解釋了一句。「這是咱們最後的存糧了，不過我們馬上要有一大筆銀兩進帳，所以今天不用省了！」

孩子們都歡呼起來，只有戚安看著手中的豆渣餅，在保住肚子和保住嗓子之間猶豫。

片刻後，他發現自己實在下不了嘴，於是詢問狗牙。「外面怎麼樣了？豹子的人走了嗎？」

狗牙正吃到一半，聞言瞅了他一眼，如實地搖了搖頭。「沒有。」他抓了抓腦袋，苦惱道：「五狗出去看過了，好多他的人都過來了，也在附近找了個藏身的地方，根本沒放棄找我們。」

戚安咬了咬牙。「你跟他到底是什麼仇怨？他追得這麼緊。」

狗牙一口嚥下剩餘的豆渣餅，含糊不清道：「我覺得應該不是我的原因。從昨晚到現在，我居然看到了兩撥穿著鎧甲的官兵，他們在這附近徘徊了好久，好像在找什麼東西！」說到這個，狗牙咧著嘴。「我猜，豹子的窩可能被他們端了，所以他才帶著人逃到了這裡。嘿嘿！你們說，那些官兵會不會就是來抓豹子的？」

「也有可能是來抓我們的。」二狗開口，直接打破了他的幻想。

戚安卻捕捉到狗牙話中的關鍵字，急急問道：「有官兵在附近巡邏？他們難道沒有發現我們嗎？」

狗牙鄙夷地看了他一眼，隨即又洋洋得意起來。「放心吧，我找的地方怎麼可能輕易被人發現？不過……」他皺起眉。「我們得快點離開這裡，我發現那些官兵搜尋得越來越仔細了，不知道他們第三次過來會不會把牆給砸了。」

戚安這才反應過來，他們待的地方是一間破屋的矮牆後頭。

也不知道狗牙怎麼找的這地方，他們藏身在這裡，別人不仔細尋找，根本發現不了矮牆和真正的牆壁之間，有一道足夠容納這些孩子的縫隙。

想到就是因為這樣，自己錯過了被發現的機會，戚安氣得臉都紅了。

他丟了豆渣餅，一把揪起狗牙的領子。「官兵來了，你怎麼不跟我說！」

狗牙莫名其妙地看著他。「跟你說幹麼？再說了，你那時候睡得迷糊，外面響動那麼大，你自己都沒醒，怎麼還怪起我呢？」

戚安劇烈喘息著，此時頭腦還有些隱隱發痛，所以他知道狗牙沒說謊。

定了定神，他告訴自己不能失去理智，又對著狗牙囑咐。「你聽著，那些官兵下次再來的時候，你一定要跟我說。我、我要去報官！」他臨時想了個藉口。

「報官？」狗牙這才反應過來，若有所思地點點頭。

說起來，像他們這樣的人從來都是避開官差走的，從來還沒想過遇到了事情可以去報官。

雖然想明白了，但狗牙還是不肯認慫，堵了一句道：「報官有什麼用？那、那些官差才不會管你一個小屁孩呢！」

二狗突然在旁邊接了一句。「嗯，他們不會管我們的。」

戚安翻了個白眼。「那是你們，我跟你們不一樣！」

眾人聽了他這句話，都默默低下頭，吃起手中的豆渣餅，不再說話。

五狗躥出去，把他剛才丟掉的豆渣餅又撿了回來，拍了拍揣進懷裡。他突然意識到什麼，問道：「那些官兵……不會就是在找你吧？」

戚安神情鬱鬱地看了他一眼，只含糊道：「反正，我家跟那些官差有些關係，你們下次看到他們，一定要告知我。」頓了頓，他又道：「不來告訴我也行，直接把他們帶過來！」

狗牙和二狗幾個孩子面面相覷，神情間有些抗拒。

戚安聯想到之前二狗說的話。「你們不會……都犯過案子吧？」

「才沒有！」狗牙梗著脖子道。

五狗也連聲道：「我們就是正經的乞丐，不會偷東西的。」

戚安把目光轉向二狗，二狗縮了縮脖子，補充道：「但是……嗯……打過架。」

「殺了人？」戚安蹙眉。

「二狗！」狗牙推了二狗一把，又惡狠狠瞪向戚安。「關你什麼事？」

戚安突然就反應過來，這個乞丐堆似乎是以年齡大小來命名的，但是有「二狗」和「五狗」，卻沒「三狗」和「四狗」，似乎並不是故意跳過這些數字造成的缺失。

他輕蔑一笑，並不為他們可憐，只說道：「你們放心，那些官兵不會追究你們的。就算會……我付了銀兩之後，可以為你們求情。」

狗牙深深地看了他一眼，半晌道：「知道了。」

戚安跟著強調道：「總之就是不要怕什麼豹子耗子，我們也不要去找耗子了，看到官兵就去求助，接下來一切看我的就行了。」

「你家裡，一定是個很大的官吧？」二狗突然羨慕地說道。

戚安轉頭看了他一眼。

二狗原本以為他不會解釋，沒想到戚安卻低低說了一句。「嗯。」

想起之前那個被戚然施捨了一塊豆餅的流民孤兒，戚安勾了勾唇。這一次，輪到他頭上，他發現自己也願意捨出一塊豆餅。

「你救了我，我記著。」

二狗愣了愣。

五狗突然在旁邊說道：「不行，我們還是得去找耗子。」

見眾人看了過來，他道：「豹子的人就在附近，剛才我回來的時候，他們已經出動了。如果被他們先抓住，我們連去找官兵的機會都沒有了。我們還是得按照原計劃去找耗子，耗子跟我們沒仇，我們給錢，讓他們從豹子手中保住我們，然後再找機會去找官兵。」

戚安聞言一頓，片刻後，妥協道：「嗯。」

他心中隱隱有股不安，在這裡待得越久，不安就越強烈。可是一想到如今王府已經出動了侍衛，而且搜尋到了附近，他又安心了一些。

眾人很快吃完手中的豆渣餅，準備轉移陣地。

戚安忍著肚中的飢餓，跟在隊伍最後面。

撿了他豆餅的五狗突然湊過來，把豆餅塞到他手中。

他小聲說：「拿著，我去前面探路了。」便靈活地跑到最前面去了。

戚安愣了一陣，還是認命地啃起了豆餅。

他們在這處區域繞了好一陣，戚安卻沒有再見過狗牙口中的官兵。

二狗陪在他身邊，看出他的疑惑，解釋道：「你別急，凌晨時官兵剛來過，不會再這麼快回來的。」

戚安咬咬牙，知道是自己昏睡錯過了求援的時機，只能把苦果吞回肚子裡。

「沒事。」二狗繼續安慰。「反正到耗子那邊就安全了。豹子不敢跟耗子對著幹的，我們安全之後，就可以送你回家了。」

「嗯，我知道。」戚安低低應了一句。

二狗見他願意說話，憨憨地笑了笑。

他的目光還沒從戚安身上移開，突然聽到前面傳來一陣騷動。

在最前面探路的五狗被人狠狠地從一處拐角踹了出來，他倒在地上，還死命抱住了襲擊之人的腳。「是豹子！你們快跑！」

被他攔住的是個成年人，見一時半會兒掙不脫五狗，一邊惱火地喊著人，一邊一腳踹到五狗身上。

狗牙一愣，沒猶豫地帶著其他人拐進另一條巷道。

戚安腦子有些亂，手裡還殘留著一點豆餅渣，一邊跑，一邊腦中不斷回閃著五狗倒在地上，被踹得一震一震的模樣。

不斷有豹子的人被驚動，朝著這邊聚集過來，狗牙帶著他們來到一條窄窄的過道前面，看著小乞丐們一個一個地鑽了進去。

戚安在隊伍最後，他跑進過道時，身後已經有兩個成年男子追了過來。

他悶頭往前跑了一段，突然發現狗牙沒有跟上來。

回頭時，只見那個他恨了一路的半大少年，四肢撐在過道兩邊，用身體堵住了過道的入口。追上來的兩人狠狠踹著他的後背，他一聲都沒有吭。

見戚安停下來，他反而破口大罵道：「愣著幹什麼?!跑啊！穿過去就是耗子的地盤了！」

戚安下意識又往前跑了幾步，邊跑邊回頭看他。

狗牙咧著嘴，整個人如破布一般，承受著身後的拳頭。他看著戚安，無聲地張著嘴，拼出三個破碎的字——一、百、兩。

不知道跑了多久，眾人在一條積水的巷子中停下來。

這一群人中有好幾個都是不到十歲的孩子，無法扛住持續的奔跑。

戚安劇烈喘息著，甚至顧不得嫌棄此處的髒亂。他腦子十分混亂，一邊是由於快跑而隱隱發疼，一邊則是恐懼和不安在作祟。

心跳慢慢平復，眼淚卻抑制不住了。

年紀小的乞丐們毫無預兆地嗚嗚哭起來，啜泣聲隱忍而悲傷。

戚安似乎也被這種情緒感染了，他抬起頭，鼻頭發酸地詢問身邊的二狗。「接下來，怎麼辦？」

二狗攥了攥拳頭。他的年齡在這一群人中雖然排行第二，卻一直不是拿主意的那個人。但這時候，只有他能站出來。

「我們去找耗子！」他抓住最後一絲希望。「耗子能把狗牙和五狗救回來，他要多少錢我們都給他！」

戚安跟著點點頭。「對，去找人救他們！多、多少錢都可以！」

隊伍中重新有了主心骨，眾人重新振奮起來。

不一會兒，喘勻了氣的眾人再次手牽著手站好，跟在二狗後面出了巷道。

狗牙之前就跟戚安說過，過了這一段，就是耗子的地盤。

在二狗的帶領下，一眾小乞丐很快出了窄道，來到了石子路上。

耗子的地盤在石子路中段，一座平平無奇的民宅內，如果不是大門處守著四個模樣凶惡的大漢，任誰都看不出這裡的主人有什麼奇特。

他們出現在石子路上，還沒湊近，四個大漢就惡狠狠地盯住他們。

二狗壯著膽子靠近，小聲道：「我、我找耗子大哥。」

「說什麼？」打頭的那個大漢皺著眉，聲若洪鐘地反問。

發現二狗的聲音細若蚊蚋，短時間估計也很難調整得過來，戚安著急地在後頭幫著喊了一聲。「我們找耗子！」

那大漢勃然而怒。「那來的狗崽子，『耗子』也是你喊的?!」

他齜著牙，當即一副要找戚安算帳的模樣。

但很快，他被身邊其他兩人拉住。

「現在什麼關頭？還敢惹事？」其中一人擰著眉，壓低聲音警告。「老大回來之後說的話，你當屁放了嗎？」

「這他媽就是一群乞丐！」大漢不滿地嘟囔。

「行，你去！」那人推了大漢一把。「你最好小聲點，但凡老大在裡面聽到一點動靜，你就等著被派去礦場當差吧！」

大漢身形頓了頓，硬生生把火氣壓了回去。片刻後，他粗聲對著二狗問道：「找……你們找我們老大什麼事？」

「就是……狗牙……我們被抓了……」二狗口舌不清地描述起來。「我們要救人，你們可以幫忙救人，我們有錢……」

他支支吾吾著，半天都說不清楚。

在大漢不耐煩要將他們驅趕離開之前，戚安站了出來。

他扯了扯二狗的衣角，示意他退後，自己上前一步與大漢交涉。

記住了剛才的教訓，戚安道：「我們想與耗子老大談一筆生意。」

大漢連正眼都懶得施捨給他。「是過不下去要來投靠是吧？這個不用找我們老大。」他指了指西邊。「你們從那邊繞到偏門，自然有人招待你們。」

「不是！」戚安搖搖頭。「是談正經的生意。」他開門見山道：「我們有兩個人被豹子抓走了，希望耗子老大能幫我們把人救回來。」

「你們惹上了豹子？」大漢笑了一聲。「我們老大確實接這種生意，但是，錢要管夠，你們……」他上下打量著戚安等人，鄙夷的表情赤裸裸地將「就憑你們」四個大字掛在了臉上。

戚安正要回話，身後突然傳來一陣嘈雜。

四、五個混混模樣的青年從石子路東面衝了出來，這幾人正是豹子的手下，來到石子路後，幾乎立刻就發現了戚安等人的位置，毫不猶豫地追了過來。

但是他們並沒有直接上前，而是堪堪停留在距離戚安一行五、六步的地方，戒備地看著四個大漢。

二狗一眾乞丐嚇得發抖，戚安甚至聽到他們牙齒打顫的聲音。

整個隊伍中，只有戚安一個還能穩穩地站著。

見他們沒有立即發難，戚安知道二狗這次是賭對了——來找耗子是正確的。

於是他仰起頭，衝著大漢說道：「我們有錢，你只管報價，可以請耗子老大出來嗎？我想親口和他談。」

大漢不應反問道：「你們哪來的錢？」

「你管呢？」戚安毫不示弱地嗆了一句。「你放心，如果我們拿不出來，我們這群人也逃不走，到時候是殺是剮，反正你們虧不著。」

他這番話確實說服了大漢，大漢試探地報了一個數。「一個人，五十兩。」

「成交！」戚安昂著頭。「帶我們去見耗子老大。」

大漢有些發愣。

他與周圍其他三個同伴交換了一個眼神，得到其他人的肯定之後，對著戚安點點頭。

「行，小子，你牛逼，跟我來吧。」他獰笑著威脅道：「你最好不是說大話，不然老子當場把你的小舌頭拽下來。」
戚安鬆了一口氣。
對於王府二公子來說，任何能用錢解決的問題，都不是問題。
但這邊耗子府邸的大門還沒打開，又有一群人從東面跑了出來。

第五十章

「虎哥，慢著！」為首的人急急喊道。

準備帶著戚安等人進門的大漢身形一頓，回頭一看，撇撇嘴。「豹子。」

來人身量不高，一頭枯黃如雜草般的褐髮，正是追了狗牙等人兩天的豹子。

豹子身後跟著七、八個成年男子，其中兩人手中提著之前與戚安一行失散的五狗和狗牙。

兩人身上都有著瘀青和血跡，腦袋耷拉著，不知是死是活。

小乞丐們見狀，悲呼起來，戚安心頭也狠狠抽搐了一下。

二狗甚至直接往前跨了兩步，似乎想要去救人，被戚安及時拉住。

「虎哥！」豹子來到大門前，和之前的幾個手下會合後，對著大漢一抱拳。

隨即，他朝著大漢扔出一個小袋子。頗有幾分重量的小袋子落入大漢手中，發出銀兩磕碰的脆響。

大漢也不客氣，當即查看了一下袋子裡的金額，面容便染上了笑意。

他明知故問道：「豹子，這是啥意思啊？」

「一樁恩怨，沒想到鬧到耗子老大這邊來了。」豹子對大漢行了個不三不四的禮。「這點錢我請幾位大哥吃酒，這些乞丐我直接帶回去吧，就不給老大添亂了。」

大漢掂量著手中銀袋的重量，認真考慮了起來。

戚安咬咬牙，指了指豹子身後的五狗和狗牙，無聲地用口形提醒大漢。「一百兩。」

大漢踟躕了起來。

豹子大概猜到了什麼，高聲說道：「虎哥，你真以為這些人付得起耗子老大需要的價錢嗎？」他笑了笑。「我也不瞞你，那個銀袋子就是我從狗牙身上搜出來的。狗牙這賤骨頭您沒印象，但您應該聽過吳老狗吧？這些人就是之前他養的那些狗崽。你知道的，吳老狗死了，這一幫賤骨頭活不下去了，他們身上唯一一點錢現在就在您手中。我不知道那孩子如何與你說，但我用自己的名聲保證，他們，絕對沒有任何餘錢了。您也知道我是做什麼生意的，咱們井水不犯河水，人我帶走，下次再來請您吃酒，您看如何？」

「你還有名聲？」大漢啐了一句。

不過，他顯然聽進了豹子的話，低下頭對著戚安說了一句。「對不住了啊小孩，老大這幾天心情不好，這樁生意就不接了啊。」說完，他揮揮手。「走走走！」

一個同戚安一般大的小乞兒突然捏住戚安的手臂。

戚安木然看過去，發現他死死咬著唇，不甘心地盯著自己，眼中滿是驚恐和絕望。

戚安深吸一口氣，正待說些什麼，大漢身後的門突然從裡面被打開。

「吱呀」一聲，三個人出現在門口。一個鼠眼猴腮的男子踹了擋在門邊的大漢一下。「我進門前與你們說什麼來著？老子剛裝完孫子回來，你也要給老子臉色看嗎？」

大漢臉一下刷白，連聲道：「不敢不敢。」

耗子罵完了下屬，與對面的豹子客套地拱了拱手。

戚安知道這是最後機會，連忙說道：「耗子老大，請您幫我們從豹子那兒救兩個人，我願意一個人付五十兩白銀，說到做到。」

耗子的眼神移到戚安身上。

「狗牙什麼時候還撿到這麼一個機靈的小崽子？」他俯下身，掐了掐戚安的臉頰，手上沒有收斂力道，戚安臉上浮現出兩道紅痕。

「耗子老大……」另一邊，豹子賠著笑，抓緊時間把剛才勸服大漢的話又重複了一遍。

「你覺得我們沒錢嗎？」戚安皺著眉，詢問耗子。

耗子笑了笑，看著他的眼睛道：「你很不錯，我從來沒見過像你這樣的孩子，也許你真有一百兩。」

豹子聞言，面色驟然變得十分難看。但耗子的下一句，卻令他重展笑顏。

「但是小鬼，你來得不巧，這兩天，耗子我不想開門做生意，你們走吧！」

接著，他凌空點了點豹子。「豹子，你要做什麼我都不管，但你記著，馬上帶著你的人離開城西。昨晚你就該聽到點風聲了吧，這段時間，你要是敢在這裡鬧出什麼不好聽的事，我耗子一定親手送你去見閻羅。」

他意有所指地看了看豹子身後的狗牙和五狗。

「您放心，這都沒死，還活著呢！」豹子咧著嘴，恭敬地點了點頭。「我馬上走，馬上就走！」

耗子點點頭，喊回了原本守著門的四個大漢，儼然是準備閉門謝客了。

「是官兵搜城的事情，對嗎？」

就在眾人以為局勢已定的時候，突然冒出一聲高喊。

耗子關門的手停住了，看向發出聲音的戚安。

戚安挑唇一笑，他知道自己賭對了。定了定神，他繼續道：「城東那邊……一個權貴人家……是王府出事了？王府丟、丟了一件東西……很重要的東西……北安王的親兵封了城，正在城中四處搜查線索。」

戚安一邊觀察耗子的表情，一邊調整著自己的猜測——他知道府中絕對在四處找自己，但不確定戚六會放出什麼風聲。

將大概情況梳理出來之後，戚安冷笑一聲，發出驚天之語。「你知道那件東西，如今就落在豹子手上嗎？」

豹子原本閒適地站在一旁，根本沒想到事情最後竟是拐到了自己身上，瞪著眼睛喝道：「你胡說什麼?!」

戚安卻鎮定了下來。

「你知道為什麼豹子一定要追上我們嗎？」他繼續編造。「東西有兩件，本來都在我們手裡，豹子知道了，搶走了其中一件。他此時對我們窮追不放，一是為了得到全部的寶物，二來就是為了殺人滅口。」

耗子並不蠢，冷笑一聲問：「你為何現在才說？」

「這種事說出來，被官兵知道，我們不就是一個死嗎？」戚安反問。

他擰著眉，說話的語氣像極了走投無路，破罐子破摔的模樣。

耗子冷笑一聲，陡然半蹲下來。

他揪著戚安的衣領將他拉到自己跟前，用只有他們兩人才能聽到的聲音，道：「來，孩子，告訴我那兩件東西，你們是在哪裡得到的？」

戚安定定地看著他。

好半晌，他篤定道：「戎街，石頭胡同。」

耗子瞳孔一縮。

他凌晨才從周行府中出來，在此之前，他和其他幾個在城西混得風生水起的老大，被周行指著鼻子罵了整整兩個時辰，「王府失竊」、「戎街」、「石頭胡同」這樣的詳細訊息，不是真正了解內情的人，根本不會知道。

耗子站起身，直直地看著豹子。

豹子一頭霧水。「耗、耗子老大，你不會真的相信他一個小屁孩說的話吧？」

耗子扯了扯嘴角，往側面讓了讓。「豹子，你是自己進來，我們談一談，還是我讓人『請』你進來，我們再談一談？」

豹子驚訝得嘴巴都閉不上。「不是，這……」

他愣了好一陣，見耗子絲毫沒有退讓的模樣，終於接受現實。

狠狠踹了一腳人事不知的狗牙洩憤，他帶著人跟在戚安一行後面，在耗子的邀請下進入了這處院落。

原先守門的大漢走在最後，往四周張望了一下，發現沒有其他異常之後，便將門掩上。

「娘親不吃嗎？」戚然咬了一口包子，抬起頭看著曹覓。

曹覓摸了摸他的髮頂。「娘親不餓，你吃。」

戚然嘟了嘟嘴，僵著動作又咬了兩口，頓時也失了興致，放下食物。接著，他鑽進曹覓懷裡，悶著不說話了。

「怎麼了？」曹覓拍了拍他的背。

「難受。」戚然答道。

曹覓笑了笑。「胡說。早上才檢查過，你明明好得很。」

熬了一夜，她終究是不忍心了，帶著兩個孩子回府裡洗漱了一番。

府中的大夫也趁著這時給戚瑞和戚然檢查了一下身體，確保他們健康無虞。

「娘親……二哥什麼時候能回來？」戚然又問道。

距離戚安失蹤，已經過去了約莫十一個時辰，曹覓整顆心從早上便揪作一團。

「很快就會回來了。」但她只能對老三這麼說。「我們一直在找你二哥，都快把整個康城都找遍了，他一定就在我們馬上要去找的地方。」

「嗯……」戚然悶悶地應了一聲，從曹覓懷裡抬起頭。「娘親……那妳跟我一起吃飯好不好？吃飽了，才有力氣去找二哥啊！」

曹覓難得有了笑意，勾了勾嘴角。

她轉頭看見吃了兩口也停下來的戚瑞，點點頭，打起精神道：「好，我們一起吃。戚瑞也陪我吃，好不好？」

對面的戚瑞眼神一亮，矜持地點點頭。「嗯。」

母子三人吃完，僕役將膳桌撤下，照顧兩個孩子在車廂午睡之後，曹覓下了馬車。

馬車旁邊，一匹血紅色的神駿正跺著腳等著她。

「烈焰。」曹覓上前，摸了摸牠的鬃毛。

趁著沒人看到，她將額頭抵在烈焰的脖子上，暗暗地吁了口氣。

戚游不在，她身為北安王妃，是此處權力最大的人。然而出事以來，她沒理由，也沒對象可以傾吐發洩。

見到離開了一夜的烈焰，曹覓總算找到了一個宣洩口。她就這樣摟著汗血馬的脖子，埋著頭，無聲地釋放自己的情緒。

烈焰難得沒有只顧著往她手心去搜尋甜甜的蔬果，就那樣靜靜地站著，還用嘴巴碰了碰她的後背，狀若安慰。

曹覓整理好心情之後，又抬起頭來，欲蓋彌彰地將烈焰脖子上被沾濕的那一小塊毛髮揉亂，拍了拍牠的頭。

烈焰長嘶一聲，直接跑了出去，追上前頭一隊巡邏的親兵。

這支隊伍本來走得好好的，烈焰到了之後，看不上他們的速度，便跟在最末尾，時不時拱一拱跑在最後的那個兵卒。

曹覓把一切盡收眼底，叫過旁邊一個護在馬車旁邊的將領。「烈焰這樣會不會妨礙那些人？」

將領搖了搖頭。「回稟王妃，不會的。汗血馬很聰明，沒給軍中添過亂。」

曹覓便安了心。「那就好。」

回完話的將領看著烈焰昂揚的姿態，忍不住又說了一句。「聽說這樣的寶馬都會認人，而且有奇特的記路尋物技巧，也許汗血馬真能將二公子找回來呢！王妃切勿憂思過重，保重身體。」

曹覓點點頭，淡淡嘆了一聲。「但願如此吧。」

汗血馬跟著隊伍拐進了一條巷道，兢兢業業地奔跑在城西的巷弄中。

很快，隊伍抵達分配好的區域，開始四散搜索起來。

這一次，他們搜尋得極為仔細，不僅挨家挨戶查過去，連旮旯角落裡明明看著就藏不了人的地方，都要過去確認一下。

烈焰有些不耐煩這種速度，在領頭的兵卒旁邊不斷地揚著蹄子催促。

牠等了等，見眾人真的不打算加快速度，乾脆甩了甩尾巴，自己朝前小跑著走了。

有人發現牠離開，跟領頭兵反應。「隊長，汗血馬朝前面去了！」

領頭兵無奈道：「沒事，牠就是這樣。」他抹了把頭上的汗。「汗血馬很聰明，有事的話會自己回來或者求救的。我們還是按任務搜索，當然，注意一下前面汗血馬的動靜。」

那員兵卒點點頭。「是！」

「我跟吳老狗的恩怨，您又不是不知道！」豹子滿面通紅，激烈地辯解道：「我為什麼會對他趕盡殺絕，難道還需要理由嗎？」

戚安冷冷一笑。「所以你為什麼要燒了那座破屋？你敢把你在破屋裡面搜到的東西拿出來看看嗎？」

「我搜出什麼玩意兒來了我！」豹子怒極，就想朝戚安撲過去，被耗子一瞪，只能停在原地。

戚安絲毫不退讓地看著他。「那為什麼燒完破屋之後，你沒有第一時間帶人追上來？如果不是忙著先清理掉附近的痕跡，會讓我們直接逃到城西這邊才被抓住？」

他的話中永遠是七分真三分假，特別是難以對峙清楚的時間和地點，通通與現實符合。豹子分明知道自己沒有拿走任何東西，此時都被他問得啞了一瞬。

戚安乘勝追擊。「你找不到狗牙把另一件東西藏在哪裡，這才意識到要追上來，對不對？找到我們之後，也是只盯著狗牙和五狗，這才讓我們逃脫，跑到耗子這裡的，是不是？」

在他連番詢問之下，豹子面色越來越僵硬。

這些問題看似是問題，但真實情況只能用「巧合」和「本來就是這樣」來解釋。但話到了嘴邊，豹子也意識到這種解釋有多麼無力，於是自己先噎住了。

場面一時沈寂下來，宅邸外突然傳來一陣踢踢躂躂的聲音，引得秏子猛地往外一看。

「那些官兵又來了？」

戚安渾身一震，隨即咬著牙忍住激動的心情。

守在院門處的一個大漢凝神聽了一陣，笑著回答道：「不是，應該是騾子走路的聲音？嗯……還是馬？」

他說著，自己也有些迷惑了。「這地方怎麼會有馬呢？」

秏子很快也察覺到那聲音的單調，鬆了口氣，把心神又放到了戚安上。

即使豹子已經被問得啞口無言，但秏子其實沒有直接相信戚安。

在他眼中，這個孩子太聰明了，聰明到讓人不寒而慄。他能安穩混到現在，知道面對這樣的大事，多謹慎都不為過。

於是秏子朝著戚安問道：「小孩，我很想知道，能讓北安王府傾全府之力尋找的，到底是兩個什麼樣的寶物？」

其實這也是秏子一直掛心的問題。

他方才會讓戚安和豹子進來，其實就是意識到了——這是一個機會。王府失竊寶物的價值將決定他是把寶物交到周行手中邀功，或者自己去呈交給北安王府，甚至於……尋找其他更高等的門路，一舉躍過龍門，成為比周行還厲害的人物。

「對！」豹子被這句話點醒，突然反應了過來。「你這種沒見過世面的乞丐，知道什麼是寶物嗎？你倒說說，那東西是什麼？」

「我當然知道。」戚安勾了勾嘴角。

他年齡小身量低，說出這句話之後，似乎覺得這樣說話沒有底氣。於是他幾步跑到院中的黃梨木椅上，順著椅子又爬到桌子上。

院外的馬蹄聲越發近了。

「那是一藍一紅兩塊玉珮，藍的蔚藍如海，內裡有波浪狀白點，名曰洪流。」戚安看著場中眾人，一字一頓地說道：「紅的明豔似火，像是能焚燒世間萬物，叫……」

第五十一章

「等等！」耗子皺著眉，陡然意識到一個致命問題。「不對！失竊的寶物是玉珮也就罷了，你怎麼會知道玉珮真正的名稱？」

戚安不再看他，昂頭對著天空喊道：「烈焰！」

院中有反應快的僕役，直接上來想要抓住他，戚安靈活地跳下矮桌，鑽進黃梨椅子下面，口中不住喊道：「烈焰！烈焰！烈焰……」

「抓住他！捂住他的嘴！」耗子尖聲吩咐。

混亂似乎在一瞬間爆發，院中大部分人還沒反應過來時，一眾乞丐不管三七二十一，直接上前給戚安幫忙。

被攔下之後，二狗突然意識到什麼，瞪大了眼睛，難得聰明一回，張著嘴學起戚安，一起高喊道：「烈焰！烈焰！」

越來越多的小乞兒迷迷糊糊地加入吶喊的行列，一時間，院中響起孩子們此起彼伏的呼喚聲——

「烈焰！烈焰！」

耗子忍著額頭上的青筋，親自出手，直接將離他最近的二狗押住。

作亂的畢竟是一群孩子，耗子的手下回過神後，很快就將場面控制住。片刻後，院子內重歸寂靜。

沒有人注意到原本一直徘徊在宅邸外的馬蹄聲，不知什麼時候也跟著消失了。

戚安被一個大漢掐著脖子，死死捂住了口鼻，只有一雙眼睛還醞釀著不屈的情緒。

耗子朝他走了過來。「你在耍我？」他咬牙切齒道：「你要知道，這樣只會使你死得更快！」

捂著戚安的大漢將手放下，讓戚安能夠回話。

戚安「呵」了一聲，反問道：「我騙你什麼了？有機會你該打聽打聽，北安王府有一件至寶，確實就叫『烈焰』。」

耗子眯著眼。「『烈焰』？真在你們手上？」

戚安費力地點點頭。「是啊。」

「你把它藏到哪裡去了？」耗子陰惻惻地又靠近一步。

戚安喘著氣，下巴突然朝他背後一揚。「哪，就在那裡！」

耗子的耐心耗盡，他連頭也不回，直接揪住戚安的領子。「你真當我是傻子？」

戚安有氣無力地撲騰了兩下，喊道：「你回頭看看！」

「我可不會被這種幼稚的玩笑騙住。」雖然嘴上這麼說，耗子還是拎著戚安轉過頭。

戚安看著大門。「看，就在那裡。」

安靜的院落內，不少人被他篤定的語氣感染，一起盯著大門。

三息後，一聲劃破天際的馬鳴在大門處響起，伴隨著砰然碎裂的聲音，一匹全身如火焰般猩紅的汗血寶馬，揚著前蹄出現在門前。

所有人還沈浸在這變故中時，汗血馬在大門處一騰一躍，直接將守在門內的兩、三個大漢逼退了好幾步，甚至跌坐在地上。

耗子在空白的腦海裡抓住了一點點警示，渾身不可控制地發起抖來，愣愣地看著汗血馬，一動也不動。

他的手不自覺地放鬆，戚安也找到機會從他手上掙脫，屁股著地掉到地上。

恢復自由之後，他迅速跑到二狗身邊，將一眾小乞兒護在自己身後。

「烈焰，快來！」

烈焰順應著他的呼喚，左衝右突地跑到了他面前。牠橫著身子擋在一眾孩子面前，驀地又高高揚起前蹄，厲聲嘶鳴起來。

這嘶鳴比前一聲還要響亮，甚至傳到了還在大路上的曹覓耳中。

她拉住東籬的手臂。「快，讓車夫快點！烈焰一定是發現了什麼！」

比她更快的，是之前還在附近搜索的幾隊親兵。

耗子直接放棄抵抗，遙遙與被汗血馬護在身後的戚安對視了一眼。

二狗等人也趁著這個時機，將還在豹子屬下手中的五狗和狗牙拖了回來。那些人看著烈焰，似乎都被定住了，一有動作就會被汗血馬揚著蹄子警告。

在幾個混混被踹得人事不知之後，根本沒有人敢繼續妄動。

二狗張著嘴，仰頭看著面前耀眼似火的神駿，突然知道了「烈焰」的真正含義。

他驚嘆著問道：「原來你剛才不是在說謊啊？那、那個什麼王府真丟了一件絕世寶物，就是這匹馬是嗎？牠太厲害了！」

他兀自說完，又實在想不明白，轉頭看著戚安。

「可是我們根本沒撿到牠啊，牠怎麼會出現在這裡，還聽你的話？」

戚安抬頭看他。

附近的王府親兵已經趕到，他們順著被烈焰踏破的門檻，井然有序地闖入耗子的宅邸，又以迅雷不及掩耳的速度將院中的人制住。

一切塵埃落定後，幾個職位較高的領頭兵朝著汗血馬的方向，直直屈膝跪下。

戚安輕呼了一口氣，忍著身體重重的疲憊與不適，走到烈焰前頭。

越過身邊的二狗時，他輕聲解釋道：「烈焰從來沒有丟失過。北安王府遺失的那件寶物……是我啊。」

二狗還未能消化這句話，一輛外表看著平凡無奇的馬車在門口處停下。

曹覓衝出車廂，看也不看身邊等著攙扶她的婢女，一躍到地面上。

站定的瞬間，她還有些迷惘，直到順著破碎的木門，看到裡面那個穿著乞丐裝的矮小身影，她才驀然一震。

愣了片刻，她咬著牙，按捺住內心複雜的情緒，朝院內走去。

越靠近，戚安那張沾滿了污泥的小臉，就越清晰地映入她的眼眸。

明明只是失蹤了一天，平日養尊處優、不把一切放在眼裡的王府二公子，就消瘦了些許，變成一個又髒又不體面的小乞丐。

曹覓再也止不住了，腳步越來越快，到最後，甚至直接跑了起來。

須臾，北安王妃狠狠地跌跪在地上，淚流滿面地將戚安擁入懷中。

戚安忍了一天一夜的眼淚也在同時間決堤，他回抱著曹覓，把臉埋進母親的脖頸間，輕輕地喊了一聲。「娘親……」

落在後頭的戚六和長孫淩很快也趕了過來，兩人對視一眼，彼此都鬆了一口氣。

戚六閉了閉眼睛，緩了緩隱隱的頭痛。「王府至寶……終於找回來了……」

善後工作有條不紊地展開。

戚安狠狠哭了一場之後，昏沈著睡了過去。曹覓帶著他和另外兩個孩子，在親兵的護衛下趕回王府。

戚六帶著人留在現場。

耗子和豹子等人已經被羈押起來，戚六冷冷地掃過去一眼，還未說任何話，這些人已經跪下求饒。

耗子還能大致拼湊出前因後果，一時暗恨自己被前程迷了心，竟在最後關頭沒有守住，讓戚安那群乞兒進了門。一時又後悔沒有把握住機會，讓好好一樁「救下王府公子」的機遇化成了危機。

豹子這樣頭腦不靈光的，直接就是懵的。

他甚至想不明白，自己前一刻還在抓那些乞丐，怎麼轉眼就被官兵當成階下囚般抓了起來。

但戚六並不打算在這個時候處理他們。他徑直跨步，來到縮在院中角落，無所適從的一眾乞兒旁邊。

戚安臨走前揪著他的衣領吩咐，要他妥善安置好這群乞丐。

二狗眼睜睜看著戚六靠近，害怕地嚥了一口口水。

「你們都受傷了？」戚六淡淡道：「能走嗎？跟我來。」

二狗顫聲問道：「去、去哪兒……我、我們沒犯事的，不、不坐牢……」

戚六笑了一聲，解釋道：「二公子臨走前吩咐了，我帶你們去醫館。」

「醫……醫館？」二狗微愣，但片刻後，他清醒了過來。「不、不用了。」

記起之前與戚安的約定，他試探著朝戚六討要。「那、那個人曾跟我們說，只要他被家裡人接走，就會、付我們一百兩！」他強調道：「是銀兩喔！你……他好像走了，你能幫他先給我們嗎？」

戚六擰著眉，一時不知該做何反應。

二狗見事情有阻礙，便用起以前討錢的架勢，跪下道：「老、大老爺，求您行行好吧，狗牙和五狗都昏迷著呢……我們很需要錢去買藥。」

「我知道，他們需要及時治療。」戚六疑惑地反問道：「所以……跟我們去醫館不行嗎？」

「醫館不會讓我們進去的！我們很髒，他們根本不會理會我們！」二狗癟嘴。「而、而且，進醫館也很貴，我們的錢不夠……你把錢給我，我自己去跟郎中買點藥就行了！求求你了，發發善心吧老爺！」

戚六揉了揉額角。

若是救了北安王府二公子這件事只值一百兩銀子，那王府恐怕要成為全天下的笑話了。但面前的小乞丐明顯無法理解北安王府的地位，他也不知道如何同這群人解釋。

於是他不再回話，轉身看到同樣閒著的長孫淩，喊道：「長孫淩，過來幫忙！」

長孫淩正搓磨著豹子那一群人，聞言抬頭問道：「幹麼？」

戚六抱起昏迷倒地的狗牙，用下巴指了指還躺在地上的五狗。「還有一個，你來。」

長孫淩瞪了他一眼，老老實實過來接了人。「咱倆是同級你曉得嗎？就會使喚我。」

二狗等人見狀，在地上又喊又求，見戚六完全不搭理，只能不甘不願地跟在他們屁股後頭，一起離開這裡。

直到被送上馬車，又因為北安王妃臨時送來的一道命令被轉頭送入王府，在幾個婢女努力下洗掉厚厚一層污垢，二狗仍是沒有回過神來。

安置他們一群人的院落就在雙胞胎院子的西面，不算大，但十足精緻。

一夜安睡後，幾個同戚安一般大的小乞丐穿著煥然一新的衣裳，盯著裊裊泛起細煙的熏香爐發愣。

二狗坐在裡屋床沿，磕磕絆絆地跟狗牙、五狗講起他們被抓之後，自己一行的遭遇。

狗牙擰著眉，忍不住後怕道：「所、所以那個討厭的小鬼，是王府的……是大王爺的親生兒子？」

二狗點點頭。「好像是的。」他頓了頓，小小聲坦承道：「那時候，好像真是我搞錯了，才害得他……他會不會恨死我了？」

狗牙拍了拍身子下軟軟的床鋪。「你說呢？他恨死你了，還給我們穿這樣的衣服，睡這樣的床？」說著，他閒適地呼出一口氣。「那我真巴不得所有人都恨死我。」

二狗不自在地扯了扯領子。

五狗睡在狗牙旁邊，突然心有餘悸地道：「說起來，如果不是二狗哥搞錯，我們現在會怎麼樣？最好的應該也就是投到了耗子手下，要去當小扒手了？」

狗牙和二狗聞言，贊同地點點頭。

幾人交談間，門被敲了敲。片刻後，天樞和天璇彎著腰，引著一個中年男子進了屋子。

中年男子瞎了一隻眼睛，走起路來一點聲響都沒有。

打過照面後，天璇指著床邊的二狗等人，對戚二介紹道：「二叔，就是他們救了二公子。」

幾天後的清晨，戚安醒來時，迷迷糊糊地睜開眼睛，發現戚然正坐在旁邊盯著自己。

他揉了揉眼睛，不悅地問道：「你這樣看著我幹麼？」

戚然伸手捏了捏他的臉，被他拍開之後也不惱火，認真地回答道：「我怕你又不見了。」

戚安越過他，下了床。

他心中有些熱燙，卻不表現出來，只道：「傻！我又不會莫名其妙消失！」

兩兄弟各自穿好了衣裳，又在婢女的服侍下洗漱好，來到膳廳。

曹覓與戚瑞到得早，正在一處小聲說話。

雙胞胎行了禮，各自落坐。

曹覓詢問戚安道：「今日感覺怎麼樣？」

戚安下意識地伸手摸了摸腦後那個大包。

他受傷不算重，主要是一些磕碰的瘀青和小傷口。前幾日平安回來後，府中大夫檢查過，開了一些藥，他老老實實在床上待了幾天，已經好了七七八八。

「娘親，我好多了。」

曹覓便不再多話，專心用起膳食。

戚安見狀，偷偷鬆了一口氣。

他這幾日頗有些提心吊膽，畢竟脫離危險之後，便開始意識到之前偷溜出府的事情有多麼危險。

但曹覓似乎完全沒有想為此事責罰他們，三兄弟安安穩穩過了好幾日，其間幾次商討，都沒討論出個所以然。

戚瑞和戚安自然覺得事情沒那麼簡單，只有沒心沒肺的老三覺得他們娘親才不會為難他們。

今日見曹覓依舊只是關心他的傷勢，不說其他，戚安便覺逃過一劫。

戚然在旁邊噓下一口粥，用腿碰了碰他，露出一個「果然如此」的笑容。

但幾人顯然高興得太早了。

飯後，曹覓將準備回去的三人攔下。

她回到廳中，並不理會張手要抱的戚然，只淡淡道：「既然安兒已經調養得差不多了，那麼我們今日就來說說你們之前偷溜出府的事情吧。」

三個孩子背後一涼。

還是老大最先反應過來，有模有樣地朝著曹覓行了一禮。「應該的。娘親有什麼責罰，我們都受著。」

雙胞胎見狀，立馬也跟著賣乖。「娘親請責罰！」

曹覓好氣又好笑。

說實在的，雖然她已經憋了好幾天的氣，但是此時見到三人這般懂事乖巧的模樣，心下也有些不忍了。

但是責罰的事情也不能輕放。

她喝了口茶，掩飾住面上的情緒，道：「且不說責罰。當日之事累得康城封禁，王爺麾下四支親兵出動，如此勞師動眾，必然得有個說法。」

除了真正參與進來的戚六和長孫淩這兩支親軍，還有戚三和戚九兩人帶領的隊伍，只不過他們還沒趕到康城，就收到孩子找到的消息，所以打道回去了。

戚瑞聞言，點了點頭。「娘親說得對。」他頓了頓。「不知……娘親覺得，我們該如何做？」

第五十二章

曹覓將茶盞放回案上，說出自己原本的打算。「罰例銀。」

見三個孩子還沒反應過來，她便詳細解釋道：「此次煩勞親軍出動，將士們一天一夜都沒合眼，全城搜尋，耗神甚大。雖然他們都是王爺的人，但畢竟此次是為了你們才累這一遭。我會削減我自己，以及你們接下來三個月院中的各項分例，將省出的銀兩以慰問的名義送到這四支親軍中犒勞。」

說完，她看了三個孩子一眼。「你們可有什麼異議？」

戚瑞和戚安當即拱手道：「沒有，全憑娘親安排。」

曹覓點了點頭，看了沒有動彈的戚然一眼。

戚然後知後覺地反應過來。「削、削減了……是不是，以後就沒有水晶糕吃了？」

「饅頭、包子、餃子，所有的細麵食物暫時都不會有了。」曹覓扳著手指頭幫他數著。「另外，往常所有的糕點例如米糕、奶糕、水晶糕之類的，通通換成最簡單的甜豆糕，限量供應。」

在戚然陡然瞪大的眼神下，她看向兩個並不把此事放在心上的孩子。

「瑞兒院中的筆墨紙硯等用具，不再供應最上等的品質，換成尋常的宣紙兔毫。安兒房中，接下來三個月，不再添置奇珍異玩。另外，原本每月發放的例銀，也全部停了。」

結。

隨著她一項項數過去，連原本覺得無關緊要的戚瑞和戚安也不禁難受地張著嘴，面露糾結。

看到三個孩子意識到此項懲罰的力道，曹覓終於滿意地勾了勾嘴角。

說起來，以北安王府的財力，即使真要犒勞軍中，也遠遠不到要縮減府中各項開支的程度。但是曹覓如此做，就是要幾個孩子記住教訓。

「我知道你們或許委屈，或許不服氣，覺得娘親這番是有意在苛待你們。但娘親早與你們說過，自己做下的事情，便要有承擔後果的準備。此番全因你們三人擅自離府所致，城中的百姓和出動的親軍何辜？我這樣安排，你們能接受嗎？」

戚然眼眶中已經盛滿淚水，聞言，不甘不願地點了點頭。

戚瑞則上前一步表態道：「我們都明白的，但憑娘親安排。」說完，他又想起另外一件事，主動道：「娘親方才還說，城中因為封禁了一天，不少百姓也受到影響……不知這件事，我們該如何補償？」

曹覓想了想，回答道：「我原本打算在城中施粥，再徹查全城，將所有流浪乞兒都收歸容廣山莊。你這番主動提起，可有什麼想法？」

戚瑞點點頭。「往常的例銀，孩兒還攢下許多。若是娘親不嫌棄，我願意拿出一部分錢，緩解容廣山莊那邊的壓力。」

曹覓欣慰地笑了笑，還沒來得及回應，戚安咬咬牙，也跟著說道：「大哥說得對，娘親，把我的例銀再削減半年吧……省出來的銀兩都給出去。」他抿了抿唇。「二狗那些人很好養活的，我之前說要給他們一百兩銀子，他們就高興得找不著北了。有了這些錢，城中那些乞丐小偷，都能好好過日子了吧？」

聽到戚安能有這樣的覺悟，曹覓愣住了。

老大戚瑞自小端方自持，跟著林以學習之後，天生貴氣之外又漸漸養出了一點君子氣質，他能說出這種話，她毫不驚訝。

但是戚安竟然願意自請削減例銀，幫助那些流浪乞兒，真真是讓她意料不到。要知道，就在去年，她打算收養所有流民孤兒的事情說出來時，老二還一副嗤之以鼻的模樣，不能理解她為何要自找麻煩。

看來經過這麼一遭，無法無天如戚安也學到了一些東西。

曹覓抿了抿唇，忍著心中的激動，點頭道：「你們都是好孩子，如此——」

「哇！」她話還沒說完，突然被一聲震天的哭喊聲打斷。

戚然再也忍不住了，大哭著撲了過來，死死抱住曹覓的大腿。

曹覓一頭霧水時，他用一副壯士斷腕的口吻說：「也、也把我的……嗚哇，拿、拿走吧！哇嗚……」

「好了好了，哪裡就需要哭成這樣？」曹覓無奈地將他抱到懷裡，確認道：「我們然兒也要跟哥哥一樣，再削減一點例銀嗎？」

王府三公子淚水如注，哭得真情實意，完全不是裝的。

曹覓知道他是真的心疼自己的水晶糕發糕甜奶糕，但即使如此，他還是知道要跟著兩個哥哥一致，邊哭邊點著頭道：「嗯……嗚嗚，我要的。」

曹覓心疼地將他攬進懷裡。「好，娘親知道了。」

接著，她看向戚瑞和戚安，道：「那便如此說定了。」

兩個大孩子對視一眼，點了點頭。

安撫住哭泣的戚然，曹覓又認真與三人說道：「娘親希望你們一定記著，你們是王府的嫡子，做事得考慮清楚後果，想明白什麼該做、什麼不該做。再者，君子不立危牆之下，有什麼事一定要通過以身涉險來達成呢？你們想出府，可以等我回來，或者去找管家和戚六安排。只要說清楚了，沒有人敢怠慢你們這些主子，何必一定要背著人出去？下次做事前，且再三思量吧，既要思量有沒有更好的方式，也要思量自己能不能承擔後果。」

她說完，三個孩子都點點頭，受教道：「孩兒明白。」

曹覓見狀，終於滿意地輕吁一口氣。

戚安見只是損失了一些銀兩，這件事就能揭過去了，暗喜地攥了攥拳頭。

但臨走前，曹覓又單單點了他的名。

她把戚安單獨帶了出來，領著他來到了一處偏院。

戚安不明所以地牽著曹覓，邊跨過門檻邊仰頭看她。「娘親……這是……」

曹覓指了指前頭。「你看。」

「烈焰！」戚安驚詫。

此處偏院，正是烈焰新馬廄的所在。

那天之後，曹覓沒有讓人將牠送回容廣，反而給牠找了個新院落，好吃好喝地供了起來。每日裡還有兵卒們帶著牠到郊外跑一圈，發洩精力。

母子兩人來到烈焰面前，曹覓摸了摸烈焰的脖子。

「那一日就是烈焰救了你，你還記得吧？」曹覓詢問。

戚安點了點頭。

烈焰顯然也記得戚安這個落難的熊孩子，見他靠近，便用長長的馬嘴去碰他。

曹覓攔著烈焰，解釋道：「他好得很呢，沒受什麼傷。」

烈焰這才收回了馬嘴。

與烈焰親近了好一會兒，曹覓才回頭對著戚安，說道：「烈焰救了你，你也該好好回報。我想著反正你平日沒有什麼事，這段時間便由你來照顧牠吧。」

「啊？」戚安張大了嘴。「照顧烈焰？」

烈焰高興地揚了揚前蹄。

曹覓點點頭，指著馬廄中的大夫，與戚安道：「刷馬、餵食、趕蝨子……具體要做什麼，幾位大夫到時候會教導你。接下來一個月，你每日清晨都到這裡『當差』，明白了嗎？」

戚安反應過來，這才是對自己真正的懲罰。

他抿抿嘴，有些委屈，但終究還是說道：「嗯，孩兒明白了。孩兒一定會盡心，好好照顧烈焰。」

又過了兩日，事情的經過原原本本傳到封平。

戚游看完手上七、八頁的家書，未置一言，又將信裝了回去。

旁邊伸著脖子的雷厲著急得不行。「欸欸，王爺，信上說什麼了？二公子沒事吧？」

戚游看了他一眼。「嗯，安兒沒事，只有一些小傷，如今估計已經都好了。」

雷厲吁了一口氣，又坐了回去。「那就好，二公子吉人自有天相。」

「哼。」戚游突然冷冷哼了一聲。

雷厲縮著脖子看過去，卻見他又恢復了原本面無表情的模樣。

北安王將家書往旁邊一放，突然道：「康城中有人販，喜歡抓些年紀不大的孩子送往塞外，這事你們知道嗎？」

屋中，雷厲和陳賀面面相覷。

之前因為距離遙遠，他們在封平，大概只知道戚安失蹤了，又被找回來的事情，對於其中的細節是全然不了解。如今戚游這麼一說，兩人才意識到王府二公子失蹤的事，竟然與塞外的人口交易有關係。

雷厲反應過來，氣得將面前的桌子捶得「砰砰」響。「奶奶的！居然還有這種事？」

戚游冷眼朝他看過去。「按照戚六的調查，康城中的人販絕非個例。這些人的勢力應該遍布遼州，但我們此前卻從未察覺。」

「能直接將人送到塞外去，恐怕這夥人與戎族那邊早有勾結。」陳賀皺著眉猜測。「與那些屢禁不絕的戎商有關。」

「絕對有關係！」雷厲生氣喊道：「這些吃裡扒外的東西，我以為他們平時販些普通玩意兒也就罷了，原來居然敢和戎族的狗東西勾結，將孩子跟豬羊一樣賣到塞外去！」雷厲越說，越是怒不可遏。「王爺，此次絕對不能姑息！」

戚游嚴肅地點點頭。「你們覺得，事情應該怎麼解決？」

雷厲瞪大了眼，怒喝道：「殺雞儆猴！直接把丹巴那條老狗抓來，殺了了事！」

雷厲仇恨丹巴已久，一說到戎商，立刻會想起這個死敵。

陳賀聞言，閒閒地提醒了一句。「這事情恐怕跟丹巴那邊沒什麼關係。」

「我知道。」雷厲沒有退縮，對著戚游建議道：「王爺，此事雖然跟丹巴沒有關係，但他是最大的戎商，我們把他抓來直接殺了，那些背地裡搞事的狗東西不就消停了嗎？」

陳賀聞言想了想，微微點頭，同意他的想法。「確實，丹巴勢力太大了，只要掐斷了丹巴這一條線，其他戎商在遼州便也跟著寸步難行。反之，只要丹巴還在，那麼就會有源源不絕的戎商進入遼州，禁之不絕。」

兩位副將一時間看似直接統一了意見。

雷厲看向戚游，躍躍欲試道：「王爺，怎麼樣？就這麼辦吧！」

戚游看了兩人一眼，搖搖頭。

「除非我們與戎族全面開戰，否則，戎商是絕對不會消失的。且不說切斷所有戎商需要多大的功夫，就是我們遼州本地的商人，都不會同意。」

遼州這邊很多富賈，就是靠著與塞外的戎人做生意才發了家的。首屈一指如彭壺這樣的人，即使發現與戎通商的弊端，開始積極尋求另外的發展，仍舊無法直接割捨塞外這邊的利潤。

「商人、商人！那些商人的話哪裡需要在意?!」雷厲咬牙切齒道。他毫不留情，直接點明其中的錯雜關係。「還不是那些收受了厚禮的貪官在維護他們！」說著，又有些惱怒，他抬頭看著戚游。「難道王爺您來了，都沒有辦法將他們連根拔起嗎？」

雷家三代鎮守於封平，雷厲和丹巴打過太多次交道了，多少次找到了機會，想將丹巴直接除掉，卻都功虧一簣。

後來，他慢慢想明白了，不是自己失了時機，而是遼州有太多地位比他高的人，明裡暗裡出手保住了丹巴。

陳賀聽到這句話，狠狠咳了一聲，朝著雷厲使了個眼色。

就在大約一年前，丹巴可還明晃晃地往北安王府上牽過一匹世間難尋的汗血寶馬呢！雷厲這番話，等於是將戚游一起罵了進去。

「將丹巴連根拔起或許不難。」戚游展開案上的地圖。「但是沒有了丹巴，也會有別人，只要此處還有利益存在，就會有人願意以身犯險。」

雷厲想再說話，陳賀暗暗制止了他，恭聲問道：「王爺可是有了其他想法？」

戚游頷首，抬起頭，對著雷厲和陳賀說道：「我想聯合丹巴，禁絕遼州與塞外所有商道口，只留下兩處。」

雷厲不解其意，驚得下巴都合不攏。「聯合丹巴？」

戚游點頭。「對，留下的兩處分別是丹巴在巴棲郡的商道，以及昌嶺那邊。」

「巴棲郡我知道……」雷厲抓了抓頭髮。「昌嶺那邊有商道嗎？哦，您說的是阿勒族，張氏他們送羊毛走的那條路？」

戚游點頭。「制不住，那就想辦法管轄它。」他說出自己的見解。「丹巴背後站著的是戎族的貴族，但是他這些年來在兩地行商，從未有過犯禁的舉動，販賣的也都是普通的商物。只要他願意配合，我們不僅剷除其他違法商道容易得多，還能對所有出入的東西進行限制和管轄。而昌嶺背後，是我們。我打算在昌嶺開一個交易點，允許任何友好的戎族和盛朝人到昌嶺買賣貨物。當然也跟丹巴一樣，收取一定比例的利潤。」

雷厲有些迷糊，他不知道這個決定背後的意義。

但是陳賀卻不一樣。他想了想，道：「王爺……本朝……不允許與塞外通商。」

陳賀道出了最關鍵的一點。

丹巴那些人做的生意，在盛朝這邊，都是違法的。只是這些年來與戎人通商屢禁不止，許多人要麼藏得好，要麼洗得白，才令事態發展到了如今的地步。

「我知道。」戚游回答。

陳賀便放心許多。「所以，王爺的意思是？」

「朝廷那邊拖欠了這麼多的軍餉，難道還不允許本王自己想想辦法嗎？」戚游勾了勾唇角。「我自開春時就已派人回京運作，以五成軍餉軍資為憑藉，換來了遼州與塞外三處通商的許可。期間所獲，盡數充作封平軍資。」他估算了一下。「算算日子，相關文書應該已經離了京，再有兩月便能送來了。」

雷厲和陳賀倒吸一口冷氣。

雷厲口無遮攔，直接問道：「這、這……在昌嶺開一個通商點，難道能賺得回大軍一半的軍餉？」

戚游似笑非笑地看了他一眼。

「本朝禁止與戎通商，你知道塞外的犛牛皮、良馬、藥草，在京城那邊能賣出多少價錢嗎？而我們這邊的鹽、茶、糖、鐵……種種又在戎族人中有多大的吸引力？」

雷厲並不知曉通商的事情，聞言，頭大地抓了抓頭髮。「這……嗯……我反正知道那良馬確實挺貴的，嘿嘿！」

陳賀腦子轉得快，馬上反應了過來，一邊在內心算著帳，一邊點頭說道：「對啊，鹽、茶、糖……我們不僅可以向在此處交易的商人們收取稅款，還可以自己組建一支商隊暢行於兩地之間，這其中的利潤……」

他光是想一想，就覺得頭皮發麻。

戚游對他很滿意，點了點頭。「是，不僅是錢的問題，只要時機成熟……」

他低頭看著地圖，手指在封平北部一帶徘徊。那裡有五座城池，是當年本朝太祖帶著人將土地打下後建造起來的。

五十年前，它們被戎人搶了過去。

原本戚游的駐地在北安，手伸不了這麼長，但現在，機緣巧合之下，他來到了遼州，那麼這個虧，他就不準備嚥下了。

雷厲對著錢財金銀發懵，卻對戰事有著敏銳的嗅覺。

他看著戚游的眼神和動作，立刻察覺到了北安王未出口的雄心。

霎時，一直窩囊地守在封平的雷大將軍瞪大了眼，興奮道：「王爺您是想……」話說到一半，又在戚游冷冽的目光下，硬生生止住。

但戚游沒有反駁他。

他將地圖合上，吩咐道：「我要回康城辦點事情，順帶親自見一下丹巴。這段時間，你們著手調查一下，看看邊境哪些地方，有我們還沒掌握的秘密商道。一旦發現，先不要打草驚蛇，讓人記錄下來便是。這一次，本王要將所有不法之人，連根拔起。」

雷厲和陳賀對視一眼，激動地拱手道：「屬下遵命！」

兩人離開之後，戚游取過一張乾淨信紙，提筆書寫。

他回康城的事情，需要先通知一下王府那邊。另外，見丹巴真的只是順帶，他心中另有要事，需要借著信函提前給曹覓一個準備。

第五十三章

幾日後，收到回信的北安王妃瞪大了雙眼，激動得差點從椅子上跳起來。

「他想把瑞兒和安兒接到封平住三個月？」

戚游的隊伍比信件慢了幾日，等他回到王府時，曹覓已經無奈地接受了這個消息。

她憂心著兩個孩子到封平後的日子，愁得兩天沒吃好飯，反倒是戚瑞和戚安沒有半分危機意識。

戚游回來那天，兩個孩子還衝到了人群最前面，雙眼發光地喊著爹爹。

戚游淡淡看了他們一眼，抱起安靜的老三，對著曹覓溫聲詢問道：「這幾日府中可好？」

曹覓走在他身邊。「怎麼可能不好？瑞兒和安兒可歡喜了。」

戚游挑挑眉。「哦？」

「正月時，你沒答應他們去封平的要求……」她解釋道：「他們偷溜出去一次，你反倒鬆了口，可不是『天降喜事』嘛！」

聽了她的話，臉皮厚的戚安還能撐得住，戚瑞卻是面紅了。

他拉了拉曹覓的衣角，小聲辯解道：「娘親……我和二弟都知道過去是為了受罰，並未得意。」

曹覓笑了笑，不再為難他們。「嗯，娘親知道的。總之……府中行裝都收拾得差不多了，你們過兩日隨王爺離開，須記得萬事小心。」

兩個孩子齊齊拱手，應了聲好。

一家人熱鬧用過晚膳，趁著戚游去沐浴的時候，曹覓找來隨行的戚三，細細問起封平那邊的生活。

憶起之前王爺對王妃的評價，戚三半點不敢怠慢，知無不言。

曹覓一邊點頭，一邊與東籬商量著，往兩個孩子的行裝中添置東西。等到戚游收拾好回到房中，她才滿意地放戚三離開。

戚游剛洗過頭，鬢角還微濕。

他匆匆一眼瞥見了東籬手上的單子，無奈地詢問道：「妳當本王接他們過去，是讓他們去享福呢。」

曹覓嘟了嘟嘴。「瑞兒、安兒還小，我還從未與他們分離過。此番他們離家肯定有諸多不習慣，多帶些東西有備無患。」

雖說之前還敲打過兩個孩子，但總歸還是心疼多一些。

戚游搖頭道：「妳給他們多拿幾件衣服也就罷了，那些點心玉飾之類的消遣玩意兒，通通收起來。」

曹覓聞言，心頭火頓起，恨不得豎著眉跟他「講道理」，但想起戚游的能耐，又悻悻地將火氣都憋了下去。

理智上，她當然知道戚游的做法是正確的，也相信即使到了封平，戚游也能好好照顧兩個孩子，但如今她為人母，心腸總是要軟一些。

她不想觸怒戚游，想了想，便軟了聲調道了句。「也不光是為瑞兒他們準備的，點心飾物這些，我也為王爺整理了一份。」

戚游下意識道：「我要那些東西做什麼？」

「……因為我關心王爺，想要王爺在邊境也過得舒服些啊。」曹覓抿了抿唇，胡謅了個理由。

明明是一個普通的藉口，但話出口之後，她卻突然感覺面上有些燒。

白天裡盡在思慮著兩個孩子要離開的事情，此時心思轉移，曹覓才發現夜露已深，站在自己面前的，是一個剛出浴的俊俏男子。

戚游已經被她的話引了過來。

他湊近曹覓，輕聲反問道：「妳……關心我？」

曹覓硬著頭皮，想點頭承認了這說辭，卻發現戚游實在靠得太近，她如果貿然點頭的話，指不定就要與戚游碰上。

於是她只能梗著脖子，輕輕發出一個「嗯」。

戚游笑了笑，又問：「本王離開府中這麼久……妳可曾思念我？」

分別的這段時間，他頭一次嘗到相思的滋味，迫切地想知道夜夜出現在自己夢中的人，是不是也懷揣著同樣的情思。

曹覓又輕輕「嗯」了一句。

她這一聲倒不是敷衍了。

戚游於她的意義本就不同，即使曹覓再怎麼忽視，他名義上就是她的丈夫。

而在情感上，在戚游專門為她送來生辰賀禮，或者再早一點，當戚游毫無芥蒂地表示隨她取用府中銀兩，相信她、支持她的時候，他在曹覓心中的位置已經超乎旁人了。

這段時間，她夜裡睡在空空蕩蕩的床上時會想到戚游，看著幾個孩子的面容時會想起戚游，織著毛衣吃著新點心的時候，也會想著戚游在封平是否也能享用這些。

兩人分隔兩地，曹覓儘量不去思考內心對戚游的情感變化，但當戚游的呼吸噴在她耳旁，細聲問她是否思念時，她無法違心給出否定的答案。

戚游得到她的回應，笑得更愜意了。

曹覓卻聽不得這笑聲。

情愛最是催心，她第一時間覺得戚游是在嘲笑自己，羞赧便轉化為羞惱，有些憤憤地推了推身邊人的肩膀，想要與他拉開距離。

戚游卻不給她機會，直接伸手將人攬進懷裡。

「本王也很思念妳。」

曹覓的手便頓在半空。

像所有備受寵愛的女子一般，她輕輕將頭靠上戚游的肩膀，貼著他涼涼的髮絲。

兩人都很清楚，某些從許久前春日裡開始孕育的種子，在這個時刻，等來了攜手賞花的璧人。

可惜的是，戚游這次回來只能待上兩天，王妃還沒習慣被他圈在懷中入眠，他接見完丹巴，便帶著戚瑞、戚安兩兄弟準備離開了。

唯一值得慶幸的是，王妃為兩位小公子準備的幾大箱行李，都完完整整上了車架，半點沒撤下來。

曹覓將戚瑞和戚安送上馬車時，嘴裡還在提醒他們記得添衣加食。戚瑞聽罷，突然轉移開話題，道：「娘親，我之前……呃，就是之前出府那一次，在您的書坊中遇上了一位先生。」

「嗯？」曹覓一愣。

明明該是母子含淚分別的場面，戚瑞冷不防提起旁事，倒讓她醞釀出的淚意生生憋了回去。

「怎麼了嗎？」她調整好表情後，詢問道。

戚瑞點點頭。「那位先生名叫俞亮，學富五車，很有才華。當時我正與他在一處討教學問，戚六進來了，大約以為他是別有用心的人，所以直接將他扣押了。之後經過我的解釋，那位先生被放了。

「我這幾日留在家中思過，差點將他給忘記了。我此次去封平，要三個月後才能回來，希望您派個人去找他，告知他我的消息，也替我向他賠禮。」

曹覓點了點頭。

「你別說，娘親還知道他。我開那家書坊，其實也想尋覓一些有才有志之士，看看是不是能資助他們，或者直接招攬。」

人才投資永遠不會過時，這就是曹覓開放免費閱覽室的重要原因。

「這位俞亮先生，因為解出許多我放在書坊中的數算題，被掌櫃記下了，我曾在書坊交上來的文書上看過這個名字。」

戚瑞有些驚訝，又似一切盡在預料中。

「俞先生有真才學又喜歡數算，他能入得了娘親的眼，倒是情理之中。」

曹覓聞言，便笑了笑。

「難得聽你主動與我提起一個外人。你對他讚譽這樣高，看來有機會，我確實可以見見他。」

戚瑞點頭，道：「俞先生家境普通，身無長物，母親若招攬他，正是時候。」

「知道了。好了，你不用憂心這個，去車廂中陪著安兒吧。」

戚瑞拱手，有模有樣朝她行了個禮，這才掀開車簾進去。

他進去後，戚游牽著烈焰走了過來。

是的，這一次要離開的除了曹覓心尖上的兩個兒子，還有烈焰這匹汗血寶馬。

早先戚游將牠留在山莊，是不清楚牠的傷勢，如今因牠受孕的雌馬都有三匹了，戚游便準備將牠接去封平訓練。

「外面風大，回府裡吧。」他對曹覓說道。

曹覓抬頭看他，難得反駁了句。「我再站一會兒。」

戚游摸了摸她的頭。「怎麼，這麼捨不得本王嗎？」

曹覓也不迴避，直接道：「是啊，所以得趁著你們還沒走，再多看兩眼。」

戚游一愣，隨意放開手中的韁繩，頭靠著頭再次與她話別。

曹覓說話大膽，但真要她在人前與戚游親暱，她是萬分害羞的。兩人還沒說上兩句，她便紅著臉回府中去了。

戚游站在原地，直到她背影消失在府門後，才開口吩咐眾人啟程。

也就在他們離開的同一天，戚二帶走了狗牙、五狗和乞丐堆中一個不足五歲的孩子。

而二狗等人，則被曹覓送到了容廣山莊。

接著，她又找了個時間，將戚瑞臨走前提過的俞亮和書坊選出的另外三個文人一起，接進了王府。

這些人都是因為才思敏捷被選中，曹覓便直接把他們扔給周雪，壯大了她手下的隊伍。

而她自己，此時正熱淚盈眶地捧著一把乾辣椒。

早春時，曹覓曾隨紅薯種子一起往山莊送去了一大包「紅籠果種子」。

「紅籠果」最初是秦夫人送給她，作為觀賞用，去年秋天，曹覓自己在府中試著種了一些，因為養在燒著地暖的屋子裡，大部分倒都是種成了。

那之後，她將冬季裡弄出來的種子與空間中的辣椒籽掉了包，送到了北寺手中，叮囑他培育一片「紅籠果田」。

相比於那些根本不知道是什麼的奇怪種子，這一包「有名有姓」的辣椒籽，得到了周全適宜的打理。

辣椒成熟期比糧食短，種了幾個月，已經收上來了一批。山莊中的老農們都很驚喜，他們沒想到田裡種出來的紅籠果居然能長得這樣大，掛果這樣多。畢竟他們看過府中帶過去的成品，知道成熟的紅籠果是個什麼模樣。

不過曹覓自然不會多說，在「偶然」發現這些「紅籠果」的香辣滋味之後，她便將「紅籠果」改名為辣椒，一邊命令山莊眾人採收，一邊讓他們擴大種植規模。

如今送到王府的這些，就是第一批收穫上來的辣椒成品。

戚然在曹覓背後探頭探腦，好奇地看著這些紅豔豔的果子。

原本敦實的小胖子由於之前偷溜出門被罰了例銀，經過這一遭，居然神奇地縮水了一圈。

曹覓一開始還有些著急，找來府中大夫看了幾次，發現戚然就是正常的發育和消瘦，身子反而更健康了，這才放下了心。

「娘親，這是什麼？」由於瘦下來，顯出了一些面部輪廓的戚然出聲詢問。

曹覓回過頭，本想捏捏戚然的臉，但轉頭後想起自己的手剛碰過辣椒，乾脆直接把臉湊過去，蹭了蹭戚然嬌嫩的小臉蛋。

感受著面上滑嫩的觸感，曹覓心滿意足地說道：「是好吃的。」

戚然乖乖站在原地，任她吃夠了豆腐，才嚥著口水道：「好吃的！」

由奢入儉難，被罰了例銀的王府三公子，現在聽到「吃」這個字都受不了。

曹覓點點頭，轉過身在東籬端來的水盆中清洗雙手。

戚然趁著這會兒功夫，眼疾手快地抓著一根辣椒，想也不想地放進嘴裡。

「咳咳咳！呸，咳咳！嗚……娘親騙人！」一片刻後，戚然發出驚天哀號。

曹覓嚇了一跳，轉身見到他吐著乾辣椒的模樣，好氣又好笑。

機靈的婢子已經取來清茶，曹覓將茶盞接過，親自幫著戚然漱口。

見到三兒子雙眼紅紅的模樣，曹覓沒心沒肺地笑道：「傻！這雖然是好吃的，但也不能這樣吃啊，都沒做熟呢！等晚膳，娘親讓廚房給你做幾道好吃的。」

戚然嘟著嘴，明顯不接受她這個解釋。「我……我不要了。」

曹覓便收了笑，安慰道：「這可是娘親為新酒樓準備的，不會騙你的。」

戚然聞言瞪大了眼睛。「真、真的嗎？」

到了晚膳，廚房果然按照她的吩咐端上來幾道紅豔豔的菜色。

曹覓舀了一勺辣椒豆腐嚐了嚐，覺得還差了點意思。

廚娘們今日才見到辣椒，即使知道是能吃的也不敢多放，只作為配料下了一點。不過這麼一來，味道還算適中，也適合小朋友嚐嚐鮮了。曹覓便直接給戚然舀了一勺。「你嚐嚐。」

鮮嫩的豆腐中夾著一點點紅色的辣椒皮，像是摻雜進美味中的釘子，讓戚然覺得十分刺眼。

他有心拒絕，卻不忍拒絕曹覓的好意，踟躕了好一會兒，還是避開了那點紅辣椒皮，舀起一點點豆腐送進口中。

初入口還是豆腐特有的豆腥味，和油鹽這些普通調味品的鮮香，緩了一小會兒，一陣不同的鮮辣味才姍姍來遲，在口中爆開。

熱辣的感覺很快攻占口舌，又沿著食道一直劃過胸口，抵達胃部。

戚然張著嘴小聲地哈著氣，眼角又盈起淚花。

曹覓一直注意著他，這時候便送上一杯清水，讓他緩解。

之後，她端走了戚然面前的小碗，給他布了一些尋常菜色。

戚然卻還記著仇，委屈地控訴道：「娘親騙人。」

曹覓啊一口，當著他的面直接吃掉一整勺辣豆腐。

嚥下之後，她才解釋道：「看，沒騙你，很好吃的！只是你還小，可能吃不慣。不喜歡就不吃了。辣椒也不多，娘親要囤起來，也就今日試試菜色，做幾道來試試味道罷了。」

戚然這才被安撫了，點了點頭，乖乖吃起碗中鹹淡適中，沒有辣味的青菜。曹覓則胃口大開地從豆腐一直吃到了鋪滿鮮椒的魚頭。

戚然吃著吃著，等嘴裡那陣火辣消失下去後，嚼著嘴裡的青菜，陡然又感覺少了些什麼。

見曹覓吃得起勁，戚然有些糾結地碰了碰她的手臂。

「嗯？」曹覓轉過頭看他。

「一點點。」戚然拇指和食指輕撚，做出了一個「一點點」的手勢。「娘親，那個紅紅的，我再嚐一點點。」

曹覓狡黠地朝他眨眨眼。「好。」

第五十四章

容廣山莊這陣子也忙得不可開交。

夏季來臨，擴種的辣椒田和準備扡插的紅薯苗，都需要安排人手處理。

也是在這個時候，張氏帶著阿勒族的人，送來了今年第二批羊毛。

因為周邊部族的羊毛存量已經被她收得差不多了，她不得不花更多的時間往草原深處走，尋找那些更加富裕的部落交易。

不過好消息是自從他們走了昌嶺那條商道，便不再需要丹巴的庇護，如今每一趟跑下來，利潤倒比之前還要多一些。阿勒族的人雖然辛苦，但越來越好的生活也激勵著他們更有幹勁。

但每次經過昌嶺，張氏都有些提心吊膽。

蓋因昌嶺駐守著為數眾多的盛朝士兵，這裡是他們運送羊毛的途中，唯一一處需要檢查的關卡。不管是出塞還是入遼州，也不管車馬上裝的是什麼，守著昌嶺的士兵總是會盡責盡職地將他們一行從頭到腳搜查一遍，確保他們沒有觸犯什麼禁令。

但這一天，抵達昌嶺的張氏發現，情況似乎有些不同——

城中的兵馬比往常多了一倍，而她走著走著，竟聽到一道有些熟悉的孩子聲音。

拐過街角後，她才發現一個穿著普通衣衫的四歲孩子正在與一個將領交涉。「這裡不能修成圓的，要改成方形的，你明白嗎？」

張氏總覺得這道聲音十分耳熟，走近了一看，才發現說話的人似乎就是曹覓的二兒子！她又驚又奇，先是不相信尊貴的王府二公子會灰頭土臉地出現在這個地方。另一方面因為看清了孩子的長相，她又肯定了自己的猜測。

戚安面前的幾個大兵似乎看他好玩，逗道：「小孩，你知道方形和圓形是什麼樣的？」

戚安鼓了鼓腮幫子，一派鎮定地回答。「我當然知道，你們現在修的就是圓形的，是錯的。」

幾個大兵對視一眼，紛紛笑開。

其中一個道：「欸，真聰明，我家那個長你這樣大的時候，就知道跟他娘討糖吃呢。你到底是哪兒來的？有人說你是長官的兒子，可是……長官的孩子怎麼可能一會兒被派去刷馬，一會兒又被派來傳令，做些新兵蛋子都不幹的活計呢？」

戚安後退一步，避開他準備摸自己臉蛋的手。

他昂著頭，冷冷道：「我才不是什麼長官的兒子。」他沈默片刻，又提醒道：「總之，趁著現在才修到一半，你們快點改過來！」

大兵們笑完，不再逗弄他，點了點頭重新幹起活來。

傳了令，戚安吁了一口氣。

這時候，他也發現了旁邊的張氏一行。

戚安之前在王府中見過張氏幾次，對她也有印象。兩人打了一個照面，戚安不自在地別開臉。

張氏見狀，雖然一頭霧水，但也識趣地移開了目光。

但她還沒走出多遠，卻被另一個人攔下。

攔下他們隊伍的人也是個孩子，張氏定睛一看，差點嚇得當場失了態。

那孩子身量不高，氣質卻十分沈穩，正是王府的嫡長子戚瑞。

戚瑞看了張氏一眼，拱手道：「大人有請，還請夫人隨我過去一趟。」

張氏一愣，而隨行護衛在車隊周圍的人，則擔憂地嘰嘰喳喳討論起來。

張氏還未開口，她的小叔古斯便蹙著眉上前詢問道：「哪位大人？怎麼派了你一個小孩過來傳令？」

戚瑞抿了抿唇，並不答話。

旁邊的戚安見狀，連忙跑過來為他哥撐場子。

換作以前，王府二公子肯定會用下巴先給他們一個下馬威，但此時，戚安卻能冷靜地抓著戚瑞的手，回答道：「大人有命，哪裡是你能過問的？」

張氏連忙制止住還想爭辯的古斯，上前一步，溫和道：「嗯，我跟你們過去，還請……還請兩位小公子幫我帶路。」

戚瑞點點頭，牽著戚安便往戚游的營帳走去。

這段時間中，朝廷的文書已經送到。正如戚游之前所料，為了糊弄掉之前拖欠封平的軍餉，上面俐落地批了他的請求。

如今，他帶著人從封平趕到昌嶺，就是準備親自主持此次通商事宜。

張氏跟著戚瑞和戚安，很快來到主帳前。

三人一同入內，兩兄弟還有模有樣地朝著戚游行禮道：「王爺，人已帶到。」

戚游挑挑眉，嘴角微勾著說道：「嗯，你們下去吧。」

「是！」戚瑞和戚安回了話，又一同離開。

「張氏？」戚游確認了一下。

當時雖是他將張氏母女接進王府，但其實只跟張氏打過幾次照面，其他事情都是下面人安排的。

張氏點點頭，躬身行了跪禮。「參見王爺，參見兩位將軍，民婦正是張氏。」

雷厲和陳賀此時也在帳中。

張氏不認識陳賀，卻還記得年前將他們抓來的雷厲。見兩人平坐在戚游左右兩邊，便直接稱呼為「將軍」。

戚游點點頭。「起來吧。」他等張氏站定，便解釋道：「叫妳過來，是有件事想與阿勒族合作。」

張氏心頭一震，隨即平靜道：「王爺請說，只要民婦能辦到的，絕不推辭。」

她用的自稱是「民婦」，顯然沒有替阿勒族應下的打算。

戚游聽出了她的心思，卻不在意，繼續說道：「我知道，阿勒那一帶的羊毛之前已經消耗得差不多，你們如今在塞外收購羊毛，會走到佘高，乃至平晉山那一帶，是嗎？」

張氏點點頭。「是。」

戚游滿意地頷首，開門見山道：「本王欲在昌嶺開放一處通商口，令所有友好的戎人和盛朝人能在此處進行交易。另外，只要通過檢查，獲得許可的商隊，可以進入遼州指定的幾座城池行商，妳覺得如何？」

張氏聽完，震驚得直接抬起了頭。她確認道：「在昌嶺？開放戎人與盛朝人的集市？」

「對。」戚游點點頭。「如今正在試驗階段，集市會在每月初一和十五開放。第一場集市便在下個月，六月十五開放。」

張氏低著頭，很快想明白了戚游口中的關竅。

「王爺是想，讓民女去通知那些戎人部落？」

「不錯。」戚游很滿意她的機敏。「據本王所知，戎人一般與進入草原的漢人商隊，或者丹巴那些人把持的戎商交易。這些商隊將東西送到他們部落門口，賣得極為昂貴，往往一袋鹽巴就能換回兩、三隻成年山羊。」

張氏回憶起自己在阿勒族的所見所聞，肯定道：「是。」

「倘若他們願意到昌嶺進行交易，便可以自行比較所有的商隊，講得一個比較合理的價格。」戚游開始說起昌嶺這處的新規定。「當然，也可以為自己手中待賣的牛羊博得公道的價值。軍隊會抽取一定比例的交易稅。相應地，軍隊會維護城內的治安，保證他們在城中不會受到傷害。妳覺得，如果這樣的話，有沒有人願意到昌嶺來？」

張氏剛想點頭，突然想到什麼，又踟躕了。她思考了一會兒，說出自己的顧慮。「如果真有這種事，民婦覺得，那些戎人是願意過來的。他們受到商隊剝削已久，很多人對深入草原的商隊都有些敵視，只是因為不得不仰賴他們帶去商品，這才默默忍受。如果王爺能開一處交易場所，自然是再好不過。但民婦怕……」

戚游挑挑眉。

雷厲在旁邊等不了了，插嘴道：「妳有什麼顧慮，直說就是。」

張氏被他的大嗓門嚇了一跳，穩住心神後，直接道：「民婦曾聽說，丹巴這些大戎商為了利益，並不贊同內部的部落前往盛朝。」她指了指自己。「阿勒族以及周邊的小部落因為太窮了，他們並不管，但如果是平晉山那邊的中等部落，可能就會受到阻撓。特別是他們還與戎族貴族有牽連，完全有能力調動戎族的騎兵，攔住前往遼州的戎人。所以，即使那些人願意來，可能也來不了。」

雷厲聽完，卻笑了笑，擺了擺手，道：「這個妳放心吧，王爺早考慮過了。我們已經與丹巴達成互利的協定。從今往後，經過昌嶺或者丹巴那邊的人和商隊，會受到兩邊的保護。只要來的人老老實實，別存什麼骯髒心思，就不會有事。」

張氏恍然大悟地點點頭。「看來王爺與兩位將軍都已經安排妥當，是民婦愚昧了。既然如此，民婦一定會盡力通知附近的部落，勸說他們自己到昌嶺交易。」

戚游聞言，滿意地點點頭，道：「我今日與妳說的這些，妳盡可以告知那些戎人。另外，除了丹巴和昌嶺，其他旁的商道大部分已經被切斷了。如果你們發現其他還有人使用的隱密商道，可報到昌嶺的軍營，軍中會有賞賜。事情就是這樣，事成之後，你們阿勒族在昌嶺買賣需要繳納的稅額，我會免去三成。」

張氏喜不自禁地跪下拜謝道：「多謝王爺，多謝兩位將軍。民婦一定不負所託，將消息帶到。」

「嗯。」戚游收回目光。「若是沒有旁的疑問，妳便可以自行離開了。」

張氏點點頭，行完禮便退出了營帳。

張氏走後，帳中三人又交流了一會兒，這才結束了會議。

時已過午，往外走時，雷厲還捂著肚子叫。「欸，王爺，我覺得下次咱們就該早三刻鐘結束。我一個大老爺們這時候都餓得受不了了，兩個公子可怎麼挨得過去？」

戚游走在前頭，不置可否。出了門後，便朝著等到門邊的兩個孩子遞去一個眼神。

戚安收回打了一半的哈欠，連忙和戚瑞一起到了戚游後面。

北安王與兩位將軍在門外道了別，帶著兩個兒子回到暫居的院落。

吃飯前，戚游詢問道：「很餓嗎？」

戚瑞坐得直挺挺的，聞言回答道：「我們要等父親一起吃。」

戚游勾了勾唇角，動起筷來。

吃過飯後，戚安睏倦得眼睛都睜不開。

他這幾天被戚游有意使喚，每天的工作十分充實。好在原本身體素質好，這番折騰之下，他食量大增，睡眠也沈，看著竟是壯實了些許。

戚游把他抱到裡間的床上，戚安昏昏沈沈間，伸手摟住了他的脖子，嘟囔了一句。「娘親……」

戚游回過神來時，戚安又已經放開了手，直接睡了過去。

回頭看了看跟在自己身後，面上也隱有倦色的長子，戚游壓低聲音詢問道：「想你們娘親了？」

戚瑞聞言一震，隨即誠實地點了點頭。

戚游勾唇一笑。「你們這才離開王府多久，就這樣沒出息？」

自認已經長大了的王府嫡長子面色一紅，梗著脖子反駁道：「才不是……」

戚游便不再逗他，輕聲囑咐道：「睡吧，照顧好你弟弟。」

說完，他也不等戚瑞回應，轉身直接出了屋子。

將門輕輕合上，又在門外站了一小會兒，憑藉聲音判斷戚瑞也上了床，戚游才輕輕吁了一口氣。

臨走前，他突然喃喃一聲。「嗯，看來本王也沒什麼出息……」

六月的康城，在這個驕陽似火的季節裡，發生了一件大事。

六月初六，諸事皆宜。

隨著牌匾上的紅幕布被揭下，眾人終於知曉了這座五層酒樓的名字。

「『豐登樓』？取的是五穀豐登的寓意，倒是與其『五層』相得益彰。」豐登樓對面，彭壺和幾位商賈友人坐在臨街一處茶樓二樓，將豐登樓開張的盛況收入眼底。

酒樓開張的大好日子裡，永樂街上擠滿了湊熱鬧的人群。門前有駐守的夥計，大把大把地朝空中拋撒著糖豆，人們不斷地湧進酒樓中，很快，豐登樓二層的地方，站滿了驚呼的人群。

再往上，三層也陸陸續續冒出十幾個人頭，而最高的四層和五層，卻是沒有人能夠踏足了。

曹覓在最後內部裝修時，參考了現代大型購物廣場的設計，將一、二層隔成商鋪租了出去，上面三層才是真正的酒樓。所以一、二層可以隨意踏足，而三層及往上，只對酒樓的顧客開放。

彭壺這一夥人今日也是專門為了豐登樓而來，他們都是有名有錢的商賈，早已經在酒樓四層訂了昂貴的廂房。

等到他們擠開擁擠的人群來到第四層，果然發現四層安靜了許多。

入眼的桌椅並不算多，彼此留出了一大段距離，中間以精緻的繡花屏風為阻隔。四面的牆壁上掛著靈氣十足的字畫，字畫下，擺著掛了果的辣椒盆栽。

如果以一個現代人的眼光來看，在酒樓裡擺辣椒盆栽作為裝飾，肯定是要讓人笑掉大牙的。

但如今這個時代，別名「紅籠果」的辣椒確實是一種罕見的觀賞性植物。幾個商賈看到了那些紅籠果，甚至點了點頭，暗中驚嘆此間主人的財力。

小二很快注意到他們，過來問清身分後，便把他們帶到了一處廂房。

此次彭壺邀請的友人中有一個商賈叫金貴，對吃食最是熱衷。他坐下後，舒坦地嘆了一口氣，又招呼著問道：「小二，你們這裡都有些什麼吃食？」

尋常的酒樓中，到了這個時候，就是小二大顯身手報菜名的時候了。

豐登樓卻不一樣，小二轉身，從包廂的櫃子裡取出幾本鑲邊的菜單，遞到眾人手中。「這是本店的菜單，各位客官們可以瞧一瞧。」

那菜單入手很有分量，封面上「五穀豐登」四字耀著金光。

一打開，裡面便分類介紹酒樓的各樣吃食。一些招牌菜，甚至請畫師專門畫出了畫作，展示在最顯眼的位置。

饒是金貴、彭壺這樣見過了大場面的人，都被這種操作唬得一愣。

彭壺與四方書坊打的交道多，看了兩眼，肯定道：「這是四方書坊才能做出來的吧？」

小二點點頭，回應道：「確實是委託四方書坊那邊訂製的。」

「四方書坊還接這種生意？」彭壺瞪大了眼睛。

這些生意人聽他這一問，參透了他沒說出口的意思，連忙伸長脖子湊過去傾聽。

小二抓了抓腦袋。「應該吧……這……小人也不太清楚。」他笑了笑，將眾人引回正題。「本店的菜色都是獨家研製的，包管幾位客官在別處沒嚐過，客官們來點嚐一嚐？」

彭壺點點頭，暫時將四方書坊拋到了腦後，招呼道：「來來來，吃飯最大，先點菜！先點菜！」

金貴是遠近聞名的老饕，彭壺這麼一招呼，他的心神立刻回到了菜單上。

「這『麻婆豆腐』……豆腐是個什麼東西？」金貴捧著菜單，朝著小二詢問道。

小二解釋道：「豆腐是用豆子做出來的一種吃食，鮮嫩軟滑，入口即化，幾位貴客嚐嚐？」

「豆子？」金貴皺了皺眉。「這種廉價的東西，我都好久沒吃過了。」

坐在金貴旁邊的一個商賈發現了不對勁的地方。他是做糧食起家的，對各類農作物的價格了然於心，看見了麻婆豆腐的價格，有些困惑地詢問道：「這用豆子做的，居然賣到二十兩？你說的豆子莫不是金豆？」

夥計訕訕地賠著笑，回答道：「客官您不知道，豆子確實便宜，但這道菜中另有昂貴的食材啊。」

「什麼昂貴食材？」金貴抬頭詢問。「還真能有龍肝鳳膽不成？」

小二指了指角落的紅籠果。「豆腐裡面還放了些紅籠果，滋味很是不同，客官您待會兒嚐過便知了。」

如今，秋收未至，容廣山莊中收上來的第一批辣椒畢竟有限，曹覓為了控制酒樓內每日辣椒的消耗，便提高了相應菜色的售價。

她這種做法其實十分合理，物以稀為貴，辣椒在當今的盛朝確實就是個稀少的東西，更不用說她酒樓中的辣椒菜色，如今可是處於「壟斷」的地位。

第五十五章

「紅籠果竟能入菜？」彭壺驚得張大了嘴巴。

小二點了點頭。

金貴聞言，不高興地將菜單蓋上了。「就會耍這些奇怪的花樣！」

彭壺見他不悅，連忙打圓場問道：「金大哥，這是怎麼個說法啊？」

金貴扭了扭屁股，讓自己坐得更舒服些。「我前幾年到了南邊的泉州，聽到一家酒樓，跟豐登樓的花樣一模一樣，是以一種名貴牡丹——四季春入菜。我一時好奇，就過去嚐了嚐。哎喲，不嚐不知道，一嚐真是白瞎了我的一百多兩銀子。」

眾人聞言，哄堂大笑。

「都說牛嚼牡丹、牛嚼牡丹！」金貴敲了敲桌子，示意眾人不要笑得太過分。「到底是因為我不是牛，品不出牡丹的滋味，還是這些酒樓太可惡，拿只有牛才願意吃的東西做噱頭，來糊弄我們呢？」

他這一齣成語歪解，讓友人們忍不住又笑了起來，站在旁邊的小二顯然也聽出了他的意思，尷尬得不知道如何是好。

等到笑聲暫歇，小二連忙補救道：「眾位老爺有所不知，這紅籠果又名辣椒，是真能入菜。它入口鮮辣，既沒有花椒的麻，也沒有香辛草的辛，與鮮嫩的豆腐或魚肉搭配，都能烹調出驚人的美味。」

見眾人明顯不以為意，他清了清嗓子，又介紹道：「客官們若不喜歡，那就再往後翻翻，本店還有其他的菜色，絕對不會讓人失望。」

「知道了，你不用說了。」金貴擺了擺手。「來都來了，即使明知道要被宰一頓，咱們也無法回頭了。」

他聽從著小二的意見往後翻了翻。

後面的菜色大都比較平凡，雖然打了一個「極鮮」的名號，但都是康城中頂級酒樓常見的菜色，價格也比其他地方稍貴一些，但總算在可以接受的溢價範圍內。

經過了上面那一遭，金貴有些興致缺缺，隨口點了幾個自己這群人平常愛吃的菜色。

他們經常在一起吃酒談生意，金貴對眾人的口味都了解，這麼一安排，廂房中的人都沒有意見。

很快，他將菜單還了回去，客套地朝著彭壺等人問了一句。「如何，哥兒幾個還有什麼想吃的沒有？」

眾人搖搖頭，只有彭壺問了一句。「欸，等等。」他建議道：「我曾聽說這豐登樓內的菜色是天下『獨一家』，想來這紅籠果就是他們的招牌菜了。咱們好不容易盼來了開張，不嚐嚐特色菜也說不過去啊。」

見眾人沒有出言反對，彭壺便添了兩個菜。「這樣吧，小二，你再上一道這個、這個什麼『麻婆豆腐』，還有一條紅籠魚吧！」

小二聞言，歡喜地應下，便下去安排了。

金貴看了彭壺一眼，道：「還是彭老弟闊氣，那兩道菜的價格可不菲。」

「難得來一趟，總得吃個盡興。」彭壺不在意地擺擺手。「再說了，人家當成招牌的菜色，也許並不差呢？金大哥您這舌頭和肚量可是有名的，我只加了兩道菜，還怕您待會兒不夠吃呢！」

這一句是個玩笑話，眾人聞言都捧場地調侃起來。

金貴「哼」了一聲，拍了拍自己的肚皮。「我是胖，但我也不是什麼都吃啊！」

眾人閒聊了會兒，廂房的門又被打開。

最先送上來的是酒。布菜的僕役連忙將酒瓶打開，給屋內的老爺們都斟了一杯。

金貴嚐了嚐，立刻品了出來。「嗯，不錯，臨州那邊的『清霜酒』，上品的！」

彭壺點了點頭，剛想誇豐登樓一句，就聽金貴又說道：「對面的迎客樓掌櫃路子廣，這種酒，整個遼州就他能拿到特級品質的。咱們下次聚，還得去迎客樓那邊，我作東，請大家過去嚐嚐最頂級的『清霜』。」

「還是金老大懂得多啊！」金貴右手邊的人恭維了一句。「這酒確實不錯，要是沒有您在，咱們少不得就以為這是最好的了呢。」

「哈哈哈！」金貴被恭維得開懷。「我也就是愛吃，這些年在吃這個字上，受的冤枉罪多，慢慢地想不懂都難嘍！」他看了一眼面容有些僵硬的彭壺。「不過這次是彭老弟請客，犯點錯誤也是人之常情，畢竟也是新酒樓，酒也過得去，大家盡興就是了。」

彭壺呵呵兩聲，朝著自家的僕役問了一聲。「怎麼還不上菜啊？你去催催。」

他不甚巧妙地轉移了話題，將廂房中的氣氛重新又炒起來。

過了兩刻鐘，廂房的門終於又被打開，小二站在最前頭，領著上菜的夥計進門，指揮著他們放好了菜餚，接著躬身行了一禮，道了句「客官請慢用」，便又退了出去。

留下彭壺一群人，看著桌上琳琅滿目的菜餚，愣了好一會兒。

「這……這味道也太香了吧？」一個有些偏瘦的商賈感嘆道：「之前在迎客樓，有這種味道嗎？」

彭壺回過神來，作為主人連忙先舉了筷。「別等啊，都嚐嚐、嚐嚐！」

有他帶頭，眾人都拿起碗筷開始品嚐起來。

金貴於點菜一道極有心得，他點的在這一桌葷素搭配周全，甜鹹酸香都不缺。眾人按著各自的喜好品嚐，一時間竟是讚嘆連連。

「不是吧！這不就是普通的豬肉嗎？怎麼一點腥味都沒有？」

「這豆莢蝦仁……太鮮美了，我竟是頭一回品嚐到這種滋味！」

「這是那盤『釀豆腐』？這豆腐真是豆子做的？跟裡面的醬肉搭配起來真是絕了！」

「魚肉還能這麼做？」

彭壺吃了兩口，也覺十分奇特。

明明見慣了山珍海味，原以為豐登樓就是照本宣科，沒想到就是這些有限的東西，都被玩出了花樣。

他們哪裡知道，曹覓為了抓住食客的口味，這段時間費了許多心思，將很多只有在現代才能見到的調味品和菜式都琢磨了出來。

就好比他們嚐到的幾道以鮮美為賣點的美食，除了上等食材，鮮味還有一部分來自於添加的「蝦皮味精」。

將蝦皮和乾蘑菇磨成粉末狀，可以在一定程度上代替現代的味精。酒樓中所有的菜式都是這樣，這些看似尋常的菜餚要麼使用了獨特的烹飪手法，要麼就是加了些這個時代難見的調味。

彭壺在往嘴裡塞東西的間隙，抽空往金貴那邊看了一眼。

開始動筷後，從頭到尾沒說一句話的金貴，此時已經吃得停不下來了。

他左手持杓舀了碗中的湯，右手的筷子還不停地往那盤肉羹裡伸，儼然是吃得忘了形。

「哎喲！好燙，好辣！」眾人正吃得歡快，一道不和諧的聲音陡然插了進來。

彭壺連忙看了過去。原來是一個好友吃得太急，一時沒注意，竟把杓子伸向了那盤彭壺後來加的麻婆豆腐。

本來眾人吃菜時，都默契地吃著自己認識的東西，只有他一個不注意伸錯了杓子，這才「中了招」。

身邊的僕役連忙給他端上了漱口的冷水，彭壺關切地詢問道：「怎麼樣？沒事吧？」他看了看那盤紅紅白白摻雜在一塊兒的麻婆豆腐。「哎喲，這都什麼事啊！來個人，把這道什麼豆腐還有那盆魚都撤下了吧！」

「等等、等等！」那個被燙到的人終於緩解了口中的熱，驚詫反問道：「撤下做什麼？」

他重新拿起杓子，在眾人的目光中舀起一口麻婆豆腐。這一次學乖了，乖乖地吹了吹後，才送入口中。

隨即，他雙眼一亮。「這、這真是太好吃了！這紅籠果的滋味，當真……當真是妙不可言！」

彭壺還在發愣，回過神來的金貴已經一口喝光了碗中的湯，伸向了那盤還沒人動過的「水煮魚」。

將一片白嫩的魚肉送入口中，金貴驀地瞪大了眼睛。

「這……金老哥，味道如何？」彭壺詢問道。

金貴已經顧不得回答，撈起自己面前的空碗舀上滿滿一堆魚肉，邊舀邊道：「辣啊、香啊，別愣著，吃啊！」

有了他們帶頭，眾人終於把心思分給兩盤加了辣椒的菜。

彭壺本身是不喜歡吃辣的，這個時代原有的辣味菜餚中，他總能敏銳地品出其中暗含的苦味。

但這一次，白白的麻婆豆腐入了嘴，他卻只感受到嫩滑的口感及香辣無匹的滋味。那辣味甚是霸道，一下子就沖淡了方才口中殘餘的鮮味，卻又極盡纏綿，混在豆腐裡，一路從口中燒到了胃部。

彭壺咂了咂嘴，忍不住感嘆了一句。「好吃！」

他正疑惑為何沒有附和時，才發現眾人嘴巴都在動著，儼然已經無暇開口說話了，而那兩盤以辣椒為調味的菜在這短短時間內，已經被直接清空了！

彭壺愣了愣，隨即好笑地喚過身後的僕役。「你去加兩道菜，要——」

他話還沒說完，原本吃得認真的人似乎同時找回了聲音，七嘴八舌說起要求。

「豆腐，這個嫩嫩的再要一盤。」

「魚也要啊，我剛只吃了一片，你們就不能給我留點嗎？」

「我記得菜單上還有紅籠果雞肉吧？我喜歡吃雞肉，來一盤！」

「豐登樓的豬肉沒腥味啊，得要一盤紅籠果豬肉。」

僕役擦了擦頭上的汗，很快出去加菜了。

片刻後，他回到了屋子內。

「老爺……紅籠果的菜賣完了……」他回稟道。

眾人都愣住了。金貴在吃肉的間隙抬起頭，怒視他問道：「什麼意思？賣完了？」

僕役點點頭，解釋道：「外面的人都在加菜，聽說下面三樓也在加……我去得晚，掌櫃的說都賣完了。」

金貴聽完，大張著嘴，根本不相信。

但那僕役沒等他緩過神，又朝著彭壺請示道：「對了老爺，您要不要再預定之後的位子啊？掌櫃的那邊擠滿了人，他們聽說今天的紅籠果賣完了，已經開始在預定接下來幾天的位子了……我剛回來時，明天和後天的位子都已經訂完了。」

彭壺他們是踩著飯點上來的，所在的廂房位置又好，壓根兒沒聽到外面的動靜。

僕役這麼一提醒，房中眾人才回過神來，不等彭壺反應，眾人便回頭叫過了自家的下人。

金貴瞪著眼睛囑咐。「金財，你過去，報我的名字問問能不能多訂幾個位子，就訂最近的，越近越好，明白嗎？」

金財剛點了點頭，金貴就不耐煩地拍了他一下。「快去，別等著了！」

一眾僕役很快出了廂房，加入到搶訂的行列中。

金貴摸了摸肚子，突然問道：「對了，我記得豐登樓不是還有第五層嗎？第五層能預定到嗎？」

彭壺搖了搖頭。「我之前找關係的時候，那個人告訴我說，第五層一般情況下是不開放的。」

「不開放？」金貴氣得拍了拍桌子。「這背後的主人是哪一家啊？架子擺這麼大？」

他的手邊，那個一開始嚐到麻婆豆腐的商賈喃喃回道：「用紅籠果做食材……這家主人架子能不大嗎？」

被眾人議論著，架子極大的北安王妃此時正揣著自家兒子，窩在五樓聽著掌櫃彙報酒樓的營業情況。

聽到辣椒菜色銷售一空的消息，曹覓滿意地點點頭。

「你們做得很好。」她道：「且先下去忙碌吧，過後我自有獎勵。」

報信的掌櫃歡歡喜喜地離開了，曹覓便專心帶著戚然吃飯。

本該是開心的時候，戚然吃了一會兒卻停下了。

「怎麼了？」她有些詫異地詢問。

「就是……」戚然癟著嘴，有些傷心。「娘親，我突然想起哥哥和爹爹……我們在這裡吃好吃的，他們卻都吃不到。」

曹覓哪裡不想念他們父子呢？此時，戚然一提起，她也不由得傷感起來。

但很快，她腦中靈光一閃，有了個主意。

「你既然如此想念他們……不如，我們去接他們回來，如何？」

戚然聞言一愣。「可、可以嗎？」

「當然可以！」曹覓點了一下戚然的鼻尖，高興道：「酒樓這邊生意如此紅火，暫時不需要我操心了，咱們準備一下，去找你兩個哥哥吧！」

戚然嚥下口中的魚肉，高興地喊了一聲。「好！」

第五十六章

兩個孩子仍不知道曹覓和弟弟即將到來的消息，此刻正是午時，戚安縮在一處牆角的陰影裡，打了個哈欠。

過了一小會兒，戚瑞騎著一匹跟自己身量匹配的小馬駒趕了過來。

「戚安，吃飯了。」他下了馬，招呼戚安道。

戚安腦袋一歪，隨即清醒了過來。

周圍的大兵們已經輪崗過一次，值守了一整個早上的兵卒都換下去休息了。

戚瑞牽著戚安，到一旁一起用膳。

戚安嘟了嘟嘴。「父親呢？」

「父親很忙，今天只能我們兩個自己吃了。」戚瑞一邊回答，一邊把食物從籃子裡取出來，把一雙乾淨的筷子送到戚安手上，又問道：「早上如何？忙嗎？」

戚安喪氣地搖了搖頭。

「一點都不忙，你看市集裡這麼冷清就知道了，根本沒有戎人過來的。」

今天是六月十五，昌嶺市集第一次開啟的日子，但是不知為何，市集中冷冷清清，似乎根本沒有戎人準備過來。

聞風聚集而來的盛朝商賈清晨時還興致昂揚，以為能賺上一筆，經過一早上冷清的場面，也有了偃旗息鼓的跡象。

戚瑞聽完，一言不發地點點頭。

菜都擺好了，兩兄弟默契地用膳。

吃完之後，戚瑞又將東西收好，準備送回去。

戚安把頭抵在他肩上，小聲地抱怨道：「這些東西一點都不好吃……戚然寫來的信裡說娘親又給他做好吃的了，我好想回家……我好想娘親……」

戚瑞聞言，摸了摸他的頭髮。

他想起最近收到的一封家書，安慰道：「我們下個月便能啟程回去了，娘親還說，會給我們送好吃的東西來，月末就能到了，你再忍忍。」

戚安搖了搖頭，委屈地「哼哼」了幾聲。

就當戚瑞正準備同戚安告別的關頭，北面突然有一隊戎人通過檢查，走了進來。

他們身上的服飾高度相似，看著應當是出自同一個部落，身後牽著牛馬還有一小群白羊，應當是為著交易而來。

戚瑞皺了皺眉，放棄了立刻離開的想法，回到戚安身邊。

索達走在隊伍最前面，他挺著腰桿子，希望儘量讓自己看起來無畏一點。無奈附近都是握著長槍的盛朝軍隊，無論他怎麼做表面樣子，內心還是免不了犯怵。

終於，他在一眾裝備精良的兵卒中，發現了兩個孩子。

徵求過首領的意見之後，索達單獨離隊，走到戚瑞和戚安面前。

他咳了咳，清清嗓子，隨後用有點蹩腳的盛朝話詢問道：「孩子，你們知道，市集、在、哪裡嗎？」

戚安勉強打起了精神，詢問道：「你們是過來交易的戎族嗎？」

索達點了點頭。

戚安回身，指了指前面的市集道：「在那邊。」

正當午時，盛朝商賈們都散開去吃飯了，專門為了交易而修建出來的市集中一片冷清，看著根本就不像是可以做生意的模樣。

索達愣了愣，有些遲疑。

戚安也頭疼地抓了抓頭，看了看索達身後的其他人，乾脆拍拍衣角站了起來，道：「我帶你們過去吧。」

索達點點頭，隨即回到族人身邊。

他低聲用戎族語詢問首領。「首領，那兩個孩子說可以帶我們過去……我們，真的要過去嗎？」

阿索族的首領梗著脖子，暗暗嚥了口口水，強作鎮定回道：「嗯，跟著他們。我早就說過了，不會有事的。要是有危險的話，剛才城門口的士兵就會對我們動手了！」

索達皺了皺眉。「可是……」

「沒什麼可是的！」首領一跺腳。「桑八那些膽小鬼部落，還躲在後面的山丘裡，等著我們確認了市集的事情後派人去給他們報信才敢過來。要是再耽擱下去，那些個老東西沒準兒以為我們死這裡邊了。」

這些戎族都是經過張氏宣傳，特意過來交易的，但是很多人並不完全相信張氏的話，於是只有索達所在的部族勇敢地入城，其餘人還躲在附近觀望。

索達為難得整張臉都皺到了一起，但他調整了過來，點了點頭。「是，首領。」

聽到兩個戎人在身後嘀嘀咕咕，戚安轉頭問哥哥。「哥，他們在說什麼？」

「……嗯，好像是說我們要殺死他們。」戚瑞壓低聲音回答。

戚游的軍隊中就有一支是由戎人組成的，來到封平這期間，戚瑞已經能大概分辨出一些戎族語言。

「殺死他們？」戚安眨巴了一下眼睛。「殺他們做什麼？」

「噓！」戚瑞示意他小聲點。「他們聽得懂我們說話。」

戚安點點頭，往身後看了一眼。

見索達似乎沒有注意到他們的談話，戚安回過頭道：「他們一看就很窮，殺了也沒用……不過那兩匹馬看著還不錯。」

戚瑞捏了捏他的手。「好了，看路。」

四人一前一後地走著，很快就來到了集市上。

戚安轉身詢問道：「你們要買什麼？」

「糖。」索達回答道。

「糖……我知道了！」戚安聽完就想左轉，把他們往一家賣糖糕的地方帶。

好在戚瑞及時拉住了他，帶著隊伍繼續往前走，隨後在一家賣雜貨的攤位前停了下來。

攤主正在吃飯，見來了生意，放下碗筷招呼道：「哎喲，終於來人了。」他似乎早跟戎人打過交道，揮著手換成戎族語，招呼道：「看看、看看，要買些什麼？」

索達欣喜地看著攤位中一整個麻袋的淡黃色糖塊。「這個糖，怎麼賣？」

索達身後，年長的首領踢了他一腳，示意他走開，別表現得這麼沒見過世面。接著，他走上前，儘量讓自己看起來毫不在意這樁生意，面無表情道：「我們需要一些糖，什麼價錢？」

攤販看了看他們身後的牲畜，緩緩比劃出三個手指。

「三隻羊？」首領按捺著心中的激動。

攤販點點頭。「對。」

索達激動地對著首領耳語道：「阿勒族的人沒騙我們，一斤糖果然只需要三頭羊！」

「你去趕三頭出來，去。」首領對著索達吩咐，隨後轉過頭，對著攤販道：「嗯……你、你秤吧！」

攤販抓了抓腦袋。「秤啥啊？三隻羊，那一袋子你都拿走，袋子算我送你們的。」

袋子中糖塊的品質不高，重量約莫在兩到三斤之間，在遼州境內連一頭成年羊的價格都賣不上。而阿索族帶來的羊群肥碩精神，即使要給昌嶺的守官交五成的利潤，攤販也覺得自己這次賺大了。

阿索族的首領愣在了當場，回過神來之後，將那袋糖塊緊緊地攥到了手裡。

戚安見他們順利地完成了交易，點了點頭，同索達告了別，徑直離開。

阿索族的人則開始在市集中肆意採購起來。

半個時辰後，見怪不怪的索達已經能獨自一人，面不改色，口沫橫飛地跟對面的盛朝攤販講價。「五頭羊！五頭！不能更多了，你要是不賣，我就去對面那家了。」

攤主氣得直跳腳。「我都跟你說了，我的茶比對面那家好，比他好，你聽懂沒有？比他貴是應該的！六頭！」

索達裝作完全聽不懂的模樣，雙手比劃著。「五頭！五！」

僵持了一會兒，攤主終於放棄了。「好好好，你拿走、你拿走！真是受不了，一點茶跟你在這兒講這麼久！」

兩人一手交羊一手交茶，等看到活生生的幾頭肥羊，賣茶的攤主終於還是喜笑顏開。

索達扛著茶回到首領面前。把茶放到車上，他抱怨道：「我感覺五頭羊還是貴了……首領你沒看到，那個攤主最後看到羊，開心得要死。」

首領激動地看著滿車的東西，根本沒聽清他說的話。「好了好了，就這樣吧，快去前面看看，那個什麼香料，咱們再買一點！」

索達點點頭，正要舉步往回走，突然轉過頭詢問道：「首領……我總感覺自己忘記了什麼，我們進城是還有什麼重要的事情要做嗎？」

阿索族的首領將手中的麻袋紮緊，瞪了他一眼。「天色都快晚了，你不快點去買東西，擱這裡想什麼呢？」他指著部落帶來的牛羊，道：「這裡所有的東西，今天都得換出去，你別偷懶，快去！」

索達連忙點了點頭，小跑著離開了。

昌嶺北面，一群戎人躲在一處小山丘後面，百無聊賴地啃著草根。

「首領，怎麼阿索族還沒派人回來給我們報信？」其中一個戎人男子回頭詢問道：「不會是真的被殺了吧？」

桑八搖了搖頭。「阿索首領那個老不死的身體壯著呢，不太可能全軍覆沒。」

「可是，他們是直接進了昌嶺啊！」開口的男子咬著牙。「要不我再帶幾個人，過去探探情況，把他們救出來？」

桑八皺眉，阻止道：「我們才多少人，真出事了我們也救不了。」他冷哼一聲。「也是阿索那個自大的傢伙信誓旦旦說沒事，要進去的，怨不得我們。」

男子愣住。「那怎麼辦？我們就乾等著嗎？」

桑八凝神思考了片刻，輕呼出一口氣。「等到天黑吧！如果天黑了，阿索族的人還不出來，那就是真的遇害了，那時候，我們再走。」

男子聞言，點了點頭。

周圍又安靜了下來，桑八閉了閉眼，在心中為阿索族的漢子們默唸了一句祈禱詞。

這時候，他是怎麼都沒想到，兩個時辰後，他會看到滿載而歸，還興奮地朝著他們炫耀「戰果」的阿索族人。

那個時候，桑八真是恨不得他們直接死在城裡。

昌嶺第一次的集市很快地落幕。

這一次的集市效果並不好，主要是戎族那邊來的人實在太少，除了張氏所在的阿勒族，就只有阿索族和其他零星幾個部落壯著膽子進了城。

但是每一個進了城的部落，都是滿載而歸。

來時的牛羊、帶的醃肉，以戎族人難以想像的「低廉」價格換成了一袋袋草原上難以獲取的鹽巴和糖塊。這些一開始只是抱著試探態度過來的戎族人，只恨帶過來交易的東西實在太少。

當然，交易並非一帆風順，這其中也發生了一段不怎麼和諧的插曲。

幾天之後，張氏在阿勒族中聽說，進昌嶺換回大量物資的阿索族，在距離昌嶺不到三里地的一處丘陵上遭了搶劫。

以桑族為首的幾個部落瘋了一樣地攻擊阿索族，搶走了他們將近六成的戰利品。

「如果是搶劫的話，為什麼只搶了六成東西呢？」聽首領說完，張氏有些奇怪地反問。

阿勒族的首領搖搖頭。「我也不知道，大概是阿索族的漢子們拚死，才將最後一點東西留住了吧？」

張氏若有所思地點點頭，有些憂慮。「願意到昌嶺的人本就不多，如今又出了劫道的事情，看來下次市集恐怕更沒人敢去了。」

阿勒族首領聞言，搖搖頭道：「也不是。我昨天遇到返程的桑族人，本以為他們剛搶完阿索族，也不會放過我們，但是他們看著挺和善，根本沒有任何發動攻擊的意圖。桑族的首領桑八還說他們下個月初一會再過來，問我能不能讓他們的人在部落裡住一個晚上。」

說完遇到桑族的事情，阿勒族首領有些小心翼翼地笑了笑，詢問張氏道：「我當時有些害怕，畢竟也不知道拒絕了，他們會不會生氣，跟我們動手，所以就……就答應下來了。這……這樣不會有什麼問題吧？」

明明他才是阿勒族的一族之長，如今面臨要不要給其他戎族借宿的事情，卻要問到張氏這邊來。

張氏竟也沒對他這番請示表現出什麼不適應。

她想了想，只答道：「您都已經答應了，我們也沒有將人拒之門外的道理。」

阿勒族首領鬆了口氣。「嗯，我也是這樣想的。」

張氏笑了笑。她如今也算一個正經的生意人了，想法不像以前那樣局限，直接提議道：「我們這裡是離昌嶺最近的一個戎族部落，桑族、阿索族那些人如果不想在野外待著，總得找個地方住宿。首領，您覺得這樣如何？我們乾脆在部落中開闢一個地方，作為類似『客棧』的存在，租借給其他部落落腳吧。」她越想越覺得有道理，又補充道：「而且有人住宿之後，我們還可以賣給他們吃食點心，這樣又是一筆收入！」

阿勒族首領愣愣地張了張嘴。

如今，整個阿勒族在張氏的努力之下，早已經脫離一年前那副貧困潦倒的模樣。有了羊毛這一條生財之道，他們不僅解決了溫飽，各家的生活水準，也因為有了從盛朝交易過來的種種物資而大幅提高。

張氏如今在阿勒族中，已經隱隱成為了超越首領的存在。

她這一提議，阿勒族首領想了想，也沒想到什麼反駁的理由，於是頷首回應。「這倒是可以……不過，也不知道今後是不是真的有部落過來。」

張氏笑了笑。「會的。我原本因為劫道的事情有些擔心，但聽了昨日遇見桑族的事情，我就想，這其中可能有什麼誤會。如果連固執的桑八首領都願意入城，那其他部落應當也就不用擔心了。」

阿勒族首領聞言，點了點頭。「嗯，那這件事就這麼定下了。妳看看開個什麼客棧有什麼需要安排的，儘管讓族裡的年輕人去辦。」

張氏點了點頭。「好。」

明明六月十五的市集才剛過不久，張氏已經開始期待起七月初一的那一場了。

第五十七章

昌嶺城中，戚安也在掐著手指等待七月來臨，卻不是為了那勞什子集市。

「二十九、三十……」金尊玉貴的二公子不顧形象地跳了起來，比劃著兩根手指朝大哥宣告。「兩天，哥，還有兩天就是七月了，我們可以回家了！」

戚瑞拍了拍他的肩膀。「嗯，對，還有兩天。」

戚安兀自笑了一會兒，隨即又想到什麼。「可是大哥，父親離開昌嶺已經三天了，他怎麼還不回來啊？」他托著自己的臉蛋。「要離開這裡了，我想多跟父親在一塊兒……」

戚瑞安慰道：「父親向來很忙，此次突然離開昌嶺，似乎是去懷通那邊接幾個重要的人過來。不過我猜，七月初一的市集近在眼前，他肯定會趕在這個時間前回來的。」

戚安聽了他的解釋，乖巧地點點頭。「這樣啊？那要不我們在昌嶺多留幾天吧，回到娘親那邊的話，又要好長一段時間見不到父親了。」

戚瑞點點頭。「嗯，我也是這麼想的。」

兄弟倆達成共識，相視一笑。

隔天，離開了昌嶺將近五天的北安王終於回城。

他騎著一匹罕見的火紅色汗血寶馬，行在隊伍的最前頭。那汗血馬高高昂著頭，神氣地領著身後一眾北安王府的精銳親兵。

隊伍中段，是一輛由親兵護衛著的華麗馬車。
戚瑞和戚安早早等在營帳前，想要第一時間迎接自己的父親。
戚游遠遠看見了他們，嚴肅的面容上浮現出一絲微不可察的笑意。
來到營帳前，他勒了勒韁繩，烈焰便識趣地停了步。
等到戚游下來，牠便朝著兩個孩子打了一個響鼻，權作招呼。
戚安直接衝了上去，抱住了烈焰的一條腿。他來到這裡之後，最常做的事情就是照顧烈焰，現在與烈焰十分親近。
事實上，他原本最想做的是直接撲進戚游懷裡，但是冷面的北安王一下馬，就往後頭的那輛馬車走了過去，絲毫沒有與他交流一下父子親情的打算。
戚安拍了拍烈焰健壯的馬腿，忿忿地嚥下心頭的委屈。
但很快，他被一聲不應該出現在此處的呼喚驚醒。
「二哥！」
戚安抬起眼，就看到明明該待在康城的弟弟，風一樣地朝自己撲了過來。
他還未回過神來，就被戚然一把抱住。
「二哥、二哥！」戚然開心得語無倫次，抱住戚安之後，就用自己的小胖臉不住地蹭著哥哥。
戚安這個時候才終於回過神來。他終於意識到什麼，朝那輛馬車看去。
他原本以為馬車中的人是什麼顯赫高官，才要煩勞父親親自過去迎接。但此時，跟著北安王一道站在馬車旁邊的，分明是自己日思夜想的娘親！

曹覓見他看過來，還溫柔地朝他一笑。

不知為何，戚安驀地鼻頭發酸。

他也顧不得自己懷中的弟弟了，直接將戚然推開，朝曹覓那邊跑了過去。

曹覓蹲下，母子倆結結實實地擁抱在了一起。

戚然被他推出懷中也不在意，馬上又纏著大哥戚瑞去了。

戚安在曹覓懷裡賴了好一會兒，擦掉自己不慎流出的兩顆金豆子，隨後便用帶著哭腔的嗓音悶悶地問道：「娘親，你們怎麼來了？」

曹覓拍了拍他的後背。「來看你們啊，開心嗎？有沒有想娘親？」

戚安扭了扭，半晌後有些不好意思地點了點頭。「嗯，有。」

向來殺伐果決，從不為兒女情長分神的北安王在旁邊看不過去了。

他將二兒子從曹覓懷中提了出來，抱在自己懷裡，訓斥道：「男子漢大丈夫，不過一點小事，有什麼好哭的？」

戚安面色紅了紅，爭辯道：「我才沒有哭呢！」

曹覓這時也站起來，刮了刮他挺直的小鼻梁。「嗯，我們安兒才不會哭呢，我們安兒是堅強的好孩子。」

戚安點了點頭。

他在戚游的懷中傾著身子，雙手環住曹覓的脖子，然後「吧唧」一下，一口親在曹覓的臉上。

曹覓在府中經常與他們這樣互動，表現彼此間的親暱。老三戚然最喜歡這一套，不需要曹覓討要，就會主動親吻過來。

戚安一直沒放在心上，但也不抗拒，主動的情況卻是極少的。

而老大戚瑞，如果沒有什麼「正當理由」，是絕不會做這種事情的。

此時，分別了好幾個月，曹覓得到了二兒子一個頰吻，心中突然感慨萬千。她湊上前，也在戚安面上輕點了一下，笑道：「娘親也非常想念安兒。」

另一邊，戚瑞終於牽著戚然走了過來。

老大雙眼發亮，朝著曹覓喊了一聲。「娘親。」

曹覓半蹲下來，摸了摸他的頭。「瑞兒長高了。」

戚瑞點點頭，有些不好意思地別開了頭，雙手不自然地扭著，似乎在醞釀著什麼，罕見地表現出有些激動的神色。

曹覓以為他是看到自己太過高興，笑著問了句。「怎麼了？」

出乎她意料的是，戚瑞見她低下頭，突然也學著戚安用手環住她的脖子，隨即在她臉頰落下輕輕一吻。

曹覓愣住，隨即在老三嚷嚷著「我也要我也要」的聲音中，輕輕回吻了老大一下。

接著，她將老三抱起，顛了顛，任由老三糊了她一臉口水。

「娘親，妳也要親我！」戚然點著自己的右臉頰道。

曹覓從善如流地湊過去，輕輕點了一下。「好。」

她剛站直，輕呼出一口氣，卻突然感覺旁邊又有人靠近。

還沒來得及躲避，一雙不屬於孩子們的唇瓣，輕輕落在她的左頰。

曹覓微愣，轉頭看去，察覺到北安王直直盯著她的目光，這才反應過來。

那目光中掠奪的鋒芒多於溫情，甚至隱含了些不服輸的意味。

恍然間，曹覓發懵的腦子裡亂糟糟地想：戚家的男人都是這樣嗎？看著別人有，自己也得有，半點也吃不了虧？

可是這種事情，也需要爭個大家都有嗎？

她還沒理出個所以然，北安王居然又朝她傾過身，將那張俊美無儔的臉蛋朝她湊了過來。

看這模樣，似乎是在朝她討要回吻。

「咳咳！」曹覓漲紅了臉，抱著戚然猛地往前竄了兩步。

她清了清嗓子，詢問道：「呃……我們今夜住在哪裡？坐了好幾天馬車，整個人都倦了！」

等了片刻，沒得到「回報」的戚游才在她身後邁開腳步。

他有些冷冷地道：「走吧，本王帶你們過去。」

曹覓低下頭，努力平復異常的呼吸和心跳，跟在戚游後頭走去。

北安王妃和王府三公子經過舟車勞頓，好好睡了一夜，才養回了精神。

曹覓起得有些晚，到膳廳時，見到戚游和三個孩子已經打理好，靜靜坐在桌邊等她，甚至感覺到一絲不真實。

直到三個孩子齊聲喚她，她思緒才重新回到現實。

一家五口難得團聚，一起用了早膳。

明天就是七月初一了，城中開始為即將到來的第二場市集忙碌起來。戚游吃完早膳便直接離開，曹覓留在院子中陪伴幾個孩子，聽老大和老二講述這段時間發生的事情。

「十五那一天，沒有什麼人。整個市集內冷冷清清的，我都快睡著了。」戚安說道。

曹覓點點頭，道：「那得看看接下來會不會有改善，如果情況還是這樣，就要想個辦法補救。」

老大戚瑞聞言看了過來，有些疑惑。「娘親，我不懂，我們與戎族是世仇，為什麼父親要開市集，與他們做生意呢？」

早在幾百年前，中原人與戎族就結下了不解之仇。年歲更替，兩邊連政權都換了好幾個，但一直沒有停止衝突和戰爭。

戚瑞目前讀過的經史、吸收的知識都告訴他，盛朝兒郎的使命就是將這些茹毛飲血的野蠻戎人，徹徹底底地趕出盛朝的土地。

而戚游這一番不驅反迎的做法，令他無法理解。

曹覓想了想，回答道：「你父親是北安王，他的每一個做法都關乎著遼州的生息，娘親也不能全部猜測出來。但是娘親有一點自己的小見解，你願意聽一聽嗎？」

戚瑞點點頭。

曹覓突然想起，在原書中，這個後來成為天下共主的大兒子，似乎也為戎族的事情頭疼了很長一段時間。

當然，依照主角定律，他後來直接打到了戎族王室，將戎族人嚇得心膽俱裂。

「有時候武力、戰爭，可能並不是解決問題的唯一途徑。」曹覓道：「你覺得，戎族為什麼要南下，侵犯我們的土地百姓呢？」

戚瑞想了想，回答道：「戎族居於塞北，不事農桑，需要依靠劫掠來維持族群生計。」

曹覓頷首。「說到底，一切都是因為生存罷了。」她又問：「那你覺得，怎麼才能解決這些事情呢？」

「當然是像本朝太祖一樣，將他們狠狠打回去，打到他們再也不敢冒頭為止！」戚瑞握著拳頭道。

戚安在旁邊，聽到他此番說辭，重重地跟著點了一下頭，附和著大哥。「對！打他們！」

曹覓笑了笑，回憶著之前看過的這個世界的史書。「奇怪的是，幾乎每一個朝代，都會出現一個英明善戰的領導者，將戎族打退。可是不過幾百年，戎族人又會捲土重來，繼續肆虐。如果按照你們的說法，是不是要一舉將戎族人趕盡殺絕，才能永久消滅這個隱患？」

戚瑞抿了抿唇，似乎也想到了什麼不對勁的地方。

「可是，古往今來，這麼多善戰的強者為什麼都沒做到這一點呢？」曹覓問：「娘親覺得，不是他們不想，而是根本不能。塞北地域遼闊，戎族大多逐水草而遷，居無定所，趕盡殺絕，談何容易？」

戚安愣愣地眨了一下眼睛，開口問道：「那娘親說，該怎麼辦呢？」

曹覓摸了摸他的頭，勾著嘴角笑道：「如果武力不能解決問題，也許該考慮一下事情的本質了。戎人是因為貧困，貪戀我們土地上的糧食物資才南侵的。那有沒有辦法，和平地實現他們的訴求？」

「就是開辦集市供他們交易嗎？」戚瑞突然回過神來。

曹覓沒有直接回答，反而道：「戰爭中，有人贏，就會有人輸，總有一方要吃虧，事情永遠得不到解決。而平等的交易，是可以實現雙贏的『正和博奕』。戎族想要我們的鹽巴糧食，我們想要戎族的馬匹牛羊，只要交易得當，大家便都能得利。當所有人都能感受到平等交易帶來的好處時，戰爭這種方式就會被拋棄了。」

戚瑞點了點頭。「所以只要開放了市集，就能阻止戰爭發生，對嗎？」他總結道。

曹覓摸了摸他的小腦袋，突然又說道：「並不只是這樣。」

「嗯？」戚瑞抬起頭。

「如果我們能乘機對這些戎族人進行教化，讓他們在此間居住，教導他們盛朝的語言，允許他們與本朝人婚配。如此一來，幾代之後，戎族安存？」

戚瑞愣住了。

曹覓見他若有所悟，連忙又提醒道：「咳咳，當然這只是娘親一介婦人的看法，你們父親並不一定就是如此想的。他站在高位，需要考慮更多的東西。比如市集帶來的利益啊，戎族那邊的反應等等，我方才說的這些，並不一定能奏效。你聽聽便是了。」

戚瑞回過神來，點了點頭。

半晌，他說道：「其實，有時候我總覺得，娘親說的東西才是對的。」他回頭看著曹覓。「娘親才不是什麼尋常婦人！」

曹覓一愣，對上戚瑞狡黠的目光。

兩人默契地相視一笑。

到了第二日，市集如期舉行。

曹覓此次過來昌嶺，給兩個孩子和戚游帶了許多東西，跟那些進城看望兒子的鄉下姑婆也差不離了。

想到之前戚安說的市集冷清情況，她乾脆叫來了東籬，讓她從帶來的東西裡面勻一些出來，到市集中支個小攤位，多少也能幫著增添幾分聲勢。

接著，她換上了不惹眼的衣物，帶著三個孩子過去市集那邊湊熱鬧。

這一次，一起跟過來的戚六打起了十二分的注意，派出近五十名精銳保護在他們周圍。

曹覓原本以為可以輕鬆地逛一逛，來到集市，卻發現情況根本不像戚安所說。

明明還是清晨，寬闊的市集廣場上，已經擠滿了做生意的人。

六月十五那一次市集雖然冷清，但能做成生意的人都賺了個瓢滿缽滿，此次聽聞了風聲趕來的盛朝攤販，比上次多了將近一倍，戎族這邊則更不用說了。

戚安疑惑地瞪大了眼睛，對著曹覓解釋道：「上一次……真的不是這樣……」
曹覓笑著點點頭。「嗯，戎族人發現此處安全了，自然會趕來，會有此盛況也不算奇怪。」
說完，她便領著三人，在人流中穿梭起來。
市集中，大部分交易都是戎族人主動發起，但也有一些盛朝人對戎族帶來的良種牛羊感興趣，主動湊過去詢價。
相比於遊刃有餘的盛朝商販，那些戎人就顯得有些局促了，但由於此間物價遠比他們之前遇到的商隊便宜，許多交易都能順利談成。
逛過了一會兒，曹覓便把三個孩子帶到自己的攤子處。
由於是臨時起意，北安王妃的攤位顯得十分簡陋，攤子上擺出的東西也不是常見的必需品，是以此處竟成了罕見的無人問津之所。
曹覓也不在意，帶著三個孩子到攤販後面的桌椅處休息。
過了片刻，他們竟看到張氏帶著一個小女孩往這邊走來。
張氏半蹲在攤位前，抓起一把乾辣椒，詢問道：「店家，這個是什麼？」
她還沒等到答覆，突然發現身邊的小女兒歡喜地掙脫了，朝著攤販裡面跑去。
張氏嚇了一跳，定下神來，才發現了攤位中的曹覓等人。這會兒功夫，張子規已經投進曹覓的懷抱裡了。
「好久不見，我們子規怎麼還是這麼懂事？」曹覓稀罕地在她臉上連親了幾口。「跟著妳娘親過來買東西嗎？」

三歲的小女孩乖巧地點了點頭，回答道：「嗯，王妃，我跟著娘親一起來的！」說著，還回頭招呼張氏道：「娘親，來呀！」

曹覓在心中暗暗驚嘆。

在她的記憶中，這個小女孩一直被她母親關在院中，是有些靦覥的，她每一次探索外面的舉動都小心翼翼，生怕受了驚嚇。

但是將近一年未見，子規已經長成一個活潑大方的小女孩了，她在曹覓懷裡笑得開懷，回話的聲音也響亮，與原本那個逗一逗就要面紅，然後回頭找親娘的孩子判若兩人。

看來環境對孩子的性格養成當真十分重要。

張氏趕忙過來，朝著曹覓行禮。「王妃，三位公子。」

曹覓拉住她。「今日就是出來閒逛的，妳可別暴露了我們的身分。」

張氏點點頭，笑了笑，轉頭教訓起子規。「妳呀，怎麼就這樣衝過來了，要是不小心撞到王妃怎麼辦？」她伸出手。「來，娘親抱。」

大概是太久沒見到曹覓了，張子規摟著她的脖子不肯撒手。「不嘛，我要王妃抱我。」說著，她還蹭了蹭曹覓的臉頰。

曹覓也縱容著這個小可愛的行為，反勸著張氏道：「好了，就當借我抱一抱嘛，我也好久沒見到子規了，想得很。」

兩個大人沒注意到的角落，戚然挪了挪屁股。「哥，那個人是誰？」

他皺著一張小臉，看的儼然是張子規的方向。

不只是他，戚家三個男子漢此時都盯著曹覓懷中那個小女孩。

戚安撇撇嘴。「一個小屁孩，還是個戎族女孩。」

戚瑞微蹙著眉。「她有自己的娘親，應該讓她娘親抱，怎麼隨意朝旁人示好？」

很快，三人虎視眈眈的視線，引起了小女孩的注意。

張子規一轉頭，就見到三個面色嚴肅的大哥哥，嚇得在曹覓懷裡一縮。

曹覓感受到懷中女孩的不自在，跟著轉過頭去時，就看到老大和老二冷著一張臉，而老三戚然則對著小女孩做了一個鬼臉。

——未完，待續，請看文創風898《懦弱繼母養兒記》3（完）

2020年10月出版

歪打正緣

文創風 893～895

她家相公看起來肩不能挑、手不能提的，還三天兩頭就生病臥床，
可抵不過他有張俊美好看的臉，而且又博學多聞、親切有禮，
就算擺著當飾品，她天天看著也覺得賞心悅目、開心舒坦啊，
但不知是不是她多心了，總覺得他彷彿瞞著她不少事，
而且，他似乎沒她想像中的文弱呢，這男人，該不會是扮豬吃老虎吧?!

良緣天賜　歪打正著／畫淺眉

因為皇帝表舅的一道口諭，馮纓千里迢迢地從戰事不斷的邊陲小鎮河西返京，
不就是嫁人嘛，沒事，她連穿書這麼大的事都能接受了，成親有何難？
之所以拖成現如今二十有五的大齡姑娘，不過是一直沒遇到合適的人罷了，
可她那二十年來都對她不聞不問的親爹竟已幫她找好了對象——
魏韞，簪纓世家魏家的長房長孫，人稱長公子，是太子好友兼皇帝跟前大紅人，
簡單來說，這男人不僅身家好，前途更好，長得又極好看，是最佳夫婿人選，
如此各方面條件都絕佳的男子，卻年近而立都未娶妻，身邊連個通房也無？
原來他體弱多病，連太醫都掛保證，說他的病對壽數有損，
這般病秧子，她親爹竟要她嫁去沖喜，到底是有多討厭她這個女兒啊？
不過轉念一想，嫁他倒也不是不行，畢竟她與長公子投緣，且她是顏控，
可偏偏有人不想讓她好過，婚後她才發覺，這魏府裡亂七八糟的事一堆，
最令她震驚加惱怒的，是一個偶然發現的秘密——
原來魏韞不是底子差，而是長年被府中人下毒，並且下手的還不只一人！
哼，這一個個的，看來是太平日子過久了，都忘了她馮纓是什麼人了吧？
想動她的男人？那也得先問問她肯不肯當寡婦！

文創風 897

懦弱繼母養兒記 2

國家圖書館出版品預行編目資料

懦弱繼母養兒記 / 雲朵泡芙著. --
初版. -- 臺北市 : 狗屋, 2020.11
冊 ; 公分. --（文創風）
ISBN 978-986-509-154-5（第2冊：平裝）. --

857.7 109015070

著作者 雲朵泡芙
編輯 張蕙芸
校對 黃薇霓
發行所 狗屋出版社有限公司
地址 台北市104中山區龍江路71巷15號1樓
電話 02-2776-5889～0
發行字號 局版台業字845號
法律顧問 蕭雄淋律師
總經銷 知遠文化事業有限公司
電話 02-2664-8800
初版 2020年11月
國際書碼 ISBN-13 978-986-509-154-5

本著作物由北京晉江原創網絡科技有限公司授權出版

定價260元
狗屋劃撥帳號：19001626
網址：love.doghouse.com.tw E-mail：love@doghouse.com.tw